U0020087

魔鬼岬角
社寮島
薩尔瓦多城
大雞籠社
三貂社
双溪河
三貂角
太平洋
噶瑪蘭

台灣海峽
小雞籠社
大屯山
七星山
北投社
多明哥城
八里坌
新社
奇里岸
八里坌社
八里坌舊社
干豆門
毛少翁社
觀音山
奇母卒
龜崙社
南崁
武勝灣社
大嵙崁溪
擺接社
秀朗社
秀朗河

水鄉

台北四部曲
第1部

莊華堂

謹以本書，獻給我和許多朋友懷念的友人——

晏子，若仁，綠人，小德蘭天使

盆地的巨河

——序莊華堂《水鄉》

陳芳明

滔滔巨流穿越台北盆地，延伸出去的支流豐饒了草木魚獸，也滋養了仰天無告的善良子民。歷史是怎麼開始，沒有人說得清楚，但是在草原上印下人類的足跡時，荒涼的天地早就在那裡迤邐綿延。美麗的神話故事，魅惑的民間傳說，漂蕩過好幾個世代。從來無法釐清源頭是在哪裡，而且也無法預測會消失在哪裡。漫漫歲月見證過多少追逐理想的人們，也俯視過生死起滅的聚落。留下來的記憶，是何等貧乏。有時是亂裂殘缺，有時是空白無終。可以確信的是，從遠古的盲昧狀態到現代的繁華城市，沿路散佈著多少荒塚古墓，那是所有生命的歸宿，卻暗藏著無數惹人議論的故事。人類發明文字以後，並不能保證所有的記憶都能遺留紀錄。所有的文獻只是史家寫下他們所看到的，或聽到的；那些看不到，或聽不到的事蹟，便注定付諸遺忘。動人的小說家便是在文獻匱乏的地方，填補大量的想像，也注入生命與人格。在虛構的歷史舞台上，小說家的筆引導不知姓氏的人格登場。戲骨需要戲肉，在盤根錯節的時間網絡，渲染人際關係、感情升降、故事起伏，往往可以使讀者被吸納進入歷史的深淵。

莊華堂經營台灣歷史小說已經多年，他對原住民，特別是對平埔族的故事極為著迷。他同時經營數部大河小說，包括後山三部曲，巴宰海三部曲（已完成《慾望草原》），台北四部曲（已發表《巴賽風雲》），其他的作品包括短篇小說集《土地公廟》（1990）、客家小說選《大水柴》（2006）、長篇歷史小說《吳大老以及他的三個女人》（2006）。他出道甚晚，寫作甚勤，短短十餘年就以歷史小說揚名立萬。他廣泛涉獵前人的台灣史研究成果，並且親自進行田野調查。如果說他的文學不是寫出來，而是走出來，亦不為過。他的書寫工程無疑是以雙軌進行，一方面是涉入地理的旅行，一方面則是投入歷史的旅行。在空間與時間的交會處，他找到文學的座標。莊華堂能夠漫遊的版圖，無窮無盡。到目前為止，他以歷史小說作為生命的志業，放眼當代文壇，少有望其項背者。

戰後以來，漸漸有作家發現歷史是富饒的文學寶庫。這個海島，幅員有限，能夠追溯的文字記錄，可能僅有三百年。但是在文字缺席的地方，歷史可以延伸到天涯海角；那廣闊的天地，足夠小說家的想像馳騁。歷史與文學之間，既是相互融合，也是相互排斥。如果過分偏重時間、地點與人名，小說往往淪為歷史的奴僕。真正的文學作品，把歷史視為故事的遙遠背景，對於文獻中的記載適度的扭曲變造，反而可以使人格躍然紙上。

在日據時代，日本作家帶著帝國之眼肆意改編台灣歷史。其中最有名的例子就是西川滿，他寫過中篇小說〈採硫記〉，便是以一六九七年郁永河《裨海紀遊》為底本。郁永河當年來台灣開採硫黃，是為了運回福建去製造火藥，在漢文紀錄裏，台北盆地第一次留下鮮明的記憶。

他看到了巨大的水域，當他從金包里航行進入淡水河時，看到一座美麗的山巒，他稱之為坌嶺，就是現在的觀音山。當他進入干豆門（關渡）時，看到兩大河流匯合的廣大水面，不禁發出讚嘆。郁永河趨趕牛車，進入台北平原，荒草淹沒人身，不僅看見巨蟒，也看見裸體的原住民。那是漢人眼中最原始的台北，那原初是凱達格蘭族的樂園。這位漢人官吏完成採硫工作後，離去時留下一段令人千古難忘的文字：「所謂海上神仙者，不過裸體文身而已。」郁永河的幻滅感，幾乎可以推知。再過兩百年，英國傳教士馬偕（George Mckay）又到達淡水，在他留下的回憶錄《台灣遙寄》，也看到嫵媚迷人的觀音山。但是漢人聚落已經遍佈整個盆地，移民文化蔚為風氣。平埔族似乎被迫隱入山中，那美麗的草原終於成為他們的失樂園。西川滿無視於過往的歷史變遷，卻以殖民者的身分，改寫郁永河台北平原的故事。在他的小說裏，郁永河竟然搖身變成快樂的旅行者，那種開朗的態度無非就是帝國的慾望，刻意對台灣歷史架構進行抽樑換柱；要消滅被殖民者的精神，當然就要優先篡改記憶。

容許偏離歷史方位的族群記憶，再次回歸到它應有的位置，正是重建台灣主體性的關鍵課題。長期以來這小小的海島，一直是帝國主義者凝視的對象。它好像是一個空白的主體，隨時可以填補慾望與意義，台灣不斷被解釋、被改寫、被扭曲、被誤解，彷佛是一個陰性的身軀，忍受著權力的安排與支配。從這個觀點來看，莊華堂所寫的歷史小說，確實已具備一種翻轉的力量，他容許島上住民掙脫被凝視的地位，而開始自我關照、自我解釋。他的書寫實踐，等於是把受盡委屈與扭曲的歷史命運再度改寫。「台北四部曲」是值得期待的作品，為台灣文壇帶來新的視野。他展開時間與空間的雙軌旅行，逆流而上，使失落的不再失落，使遺忘的不再遺忘。莊華堂在行文落筆之際，有時不免被當代文化所牽制，還沒有完全施展波瀾壯闊的想像。一如小說中以「混血兒」來形容故事主角，似乎不符歷史情境。金毛紅毛的種族確實在台灣島上活躍過，東洋西洋文化也在早期的土地上活動過。再回到歷史舞台時，作者對於語言的使用，可能要非常警覺，也非常敏銳。無論如何，這是不容易的成就，莊華堂正在挑戰一樁不可能的任務。

歷史滔滔，淹沒過多少愛情與理想。台北盆地的水鄉澤國，是作者夢寐以求的天地，曾經發生過的原住民精采故事，以魂兮歸來的姿態出入於小說中的山谷與平原。作者的重要理念，便是讓島上的古今族群復活過來。歷史絕對不是單一族群創造出來，文化也絕對不是單一人物所擘造。從荒蕪到繁華，從失憶到記憶，莊華堂驀然讓我們看到盆地的巨河。

（本文作者為國立政治大學台灣文學研究所所長）

推薦

水鄉「澤國」

彭瑞金

華堂在寫完《巴賽風雲》之後，立刻擬定了「台北四部曲」的寫作計畫，《水鄉》是第一部，接下來會是《水田》、《水城》、《水村》，分別要寫淡水河流域、艋舺、大稻埕、大龍峒、台北盆地、深坑、新店、烏來、三峽等今天大台北地區的開發時期為歷史背景的「故事」，已自行命名為「大河小說《台北四部曲》」。如果能如期順利完成，真是水鄉「澤國」，必定為台灣文學史添一頁光彩燦爛，澤惠台灣的史頁。

我不是迷信大河小說，也不信奉三部曲或什麼四部曲、五部曲，我不認為這些「符號」等於文學作品的CAS。雖然在讀過《巴賽風雲》和《水鄉》之後，我也肯定華堂是繼鍾肇政、李喬等客籍長篇書寫能手之後，最有可能繼踵前賢的客籍長篇小說的書寫好手。根據華堂初擬的計畫，四部計六十萬字左右，但和已完成的《水鄉》比對，四部合計八十萬字、甚至超過百萬字都有可能。不過，重點不在部數和字數，要問的是台灣長篇或客籍作家的長篇創作的立基點在哪裡？

鍾肇政寫《臺灣人三部曲》和李喬寫《寒夜三部曲》，雖然都沒有可和鍾、李二位作者對號入座的人物，但卻沒有人懷疑他們是在「講自己的故事」，作者的靈魂、思想都「附身」在小說中形形色色的人物、大大小小的事跡中「重現」，形成一種作者不在場，精神、思想卻無所不在、無事不與，無刻或間的情形。華堂不是台北人，要說台北盆地的故事，而且是說自己出生前三百年發生的故事，仰賴的是文獻的檢索和田野調查。鍾肇政和李喬的寫作範疇也逾越他們個人的經驗，當然也有很多得借重文獻和田野調查，但畢竟和華堂的完全仰仗不同。華堂有完全的歷史想像空間，人物、情節有絕對的虛構自由，有充分去發揮小說「大話」本領的餘裕。然而，事實不然，《水鄉》寫得相當辛苦，有過廢筆而嘆的挫折。我認為是小說創作一旦只依賴「可靠的文獻」、靠得太用力了，還是有靠不住的時候。

我知道華堂投注於台北盆地文獻的蒐集、調查、研究的功夫，既久又深，從盆地文化層的考古、調查的參與和文獻的上窮碧落下黃泉，早已是進入他的文學收穫期。不過，莊稼播種很辛苦，收割也往往是汗水、淚水交織。和鍾老、李喬的歷史長篇不同的是，兩位前輩的寫作有「寫自己的故事」作為驅動力、有祖靈、有地靈……的召喚，讓他們非寫不可，也有一旦動筆、不達目的絕不縮手的驅力，華堂寫《水鄉》系列，相對的，沒有他們的「驅力」，也沒有他們的「動力」，只憑對小說的「熱力」，寫得一定很辛苦，也有一定的寫作危機。那麼遠距離的小說長跑，沒有了熱力可能便跑不動。小說創作的熱力，總是隨著年齡，甚至文學創作的外在環境變化衰退。《水鄉》的出版，令人為他這部偉大的寫作構想鬆了一口氣，總是把頭洗下去了，一定要繼續把它剃完吧！何況，《水鄉》也獲得國藝會的長篇小說創作專案補助，寫完了，又立即獲得出版亮相的機會，對華堂都是肯定，也勢必為他這龐大的寫作計畫注入巨大的熱量，就讓我們拭目等待「台北四部曲」的完成吧！

（本文作者為靜宜大學台灣文學系教授）

導讀

追尋遙遠記憶裡的水鄉

陳健一

對我們熟悉的台北，一直是這樣子嗎？

沒有高樓華屋時的台北是什麼樣子呢？

一百多年前，兩百多年前，或者更遠之前——莊華堂長篇小說《水鄉》書寫的三百年前，那個時候的台北又是什麼模樣？

地質學者告訴我們：三百年前有個康熙台北湖；考古學家人類學家提到凱達格蘭族，或者毛少翁社……《淡水廳志》上還記載「賴科」這個人，另外在尹章義、王世慶的台北盆地開發史研究中，也存在「陳賴章墾號」、「胡同隆墾號」等早期台北開墾的文字片段。

知道「知識」的古早台北後，仍然想問：三百年前的台北是什麼樣子？儘管文獻中呈現出台北部分樣子，但是語意片段，意義抽象，不容易體會藏身文字間的生命和土地情境；即使弄懂知識的台北，得到的印象也只是片段、破碎，內在情感的投入及想像無法展開。

取代「知識性」的闡述，試著以說故事的方式，用柔軟、有生命的故事，藉由故事敘述視角，獲得一個直觀的印象，讓讀者感覺到、體會到古早台北的土地和生命情境，你以為如何？

莊華堂的台北四部曲第一部《水鄉》，就是這種想望和意識下的創作。

《水鄉》的內容主要表現在一七〇〇年前後二十年的台北樣子。

這段期間，台北部分地區曾經淹沒為湖泊，大都是平埔族原住民，漢人較少。淡水河以南的地方較低窪，現在的三重、蘆洲和部分新莊地區都陷落在湖泊裡或沼澤中，士林後港、洲美里及社子一帶也在湖裡面，湖泊邊緣可能在現在的大龍峒、劍潭、士林下樹林、唭哩岸、關渡、新莊街、板橋崁仔腳等地方，以及自水面浮出沙洲，像蘆洲等。他們搭乘木頭做的「艋舺（獨木舟）」往來各地。

一七〇〇年前後，漢人陸續自淡水河口或桃園一帶來到大台北區。初到大台北地區的漢人，若從淡水河口進到關渡一帶，會看到廣大的湖泊，往北，關渡、唭哩岸、劍潭（圓山大飯店一帶）為最接近湖泊的陸地，許多漢人前往居住，也發展出大台北區的三大古廟，分別是關渡宮、慈生宮及觀音寺。往南水域較寬廣，環境並不穩定，興直庄（現在新莊老街一帶）為湖邊高地，且後面有廣大的平原，環境穩定，水源豐沛，很快的吸引漢人注意，也因此成為漢人較早開墾的地區之一，一七〇〇年的往後數十年，該地區發展出北台灣最熱鬧的街道；也就是新莊街。

再回到一七〇〇年前二、三十年以後的大台北景象……

大河流（淡水河兩岸）邊沿住著不同的平埔族群，淡水河口有八里坌社，接近現在士林、北投一帶為毛少翁社，新莊一帶為武溜灣和擺接社，現在大龍峒一帶為奇母卒社，更上面的松山火車站一帶為麻里即吼社，另外中和及永和一帶有秀朗社……。漢人部分，早在清朝占領台灣之前，鄭成功軍隊占領南台灣的那段期間，已有軍隊來到台北；何祐和他的部下駐紮於奇里岸一帶，後來鄭成功的親戚鄭長也到附近活動；施琅打敗鄭成功的軍隊占領台灣後，北部仍少漢人在活動，但是已有通事在台北地區活躍，像賴科就是當時非常活躍的漢人。

一六九七年郁永河到台北時，台北到處是沼澤、湖泊，幾年後，漢人商人意識到台北「地廣土沃」，值得開墾，就陸續到台北，往來台北和大陸做生意，當時八里十三行就成為重要的口岸；清朝大官陳瓊追海盜到台北來，也發現台北土地潛能，決定派更多軍隊長期駐守，從此漢人在台北的生活方式有軍隊和平埔族抗衡，有了更大保障，漢人紛紛前來開墾，這些漢人開墾前要和清朝政府申請墾照，「陳賴章墾照」就是那個時候的墾照；墾照範圍為台北湖周邊環境較穩定的土地，像關渡、觀音山腳下、大龍峒及秀朗等地區。這段日子，漢人和平埔族的關係大抵和諧，甚至還配合漢人翻修關渡的媽祖廟，翻修那年「眾番雲集」，這中間，通事賴科應該扮演重要角色。

自大陸或自南部前來的「有力人士」紛紛找水邊高地開闢田地，自山上構築水坡引水灌溉水田，或興築水圳自大河引水到田裡；約一七五〇年代左右，大台北的新莊平原、擺接平原、大佳臘平原都有水圳，開墾基礎確定，水田及糧食來源增加，前來居住及開墾的漢人也在逐漸的增加……

於是台北地區逐漸從荒煙蔓草，成為有水田莊稼、有竹圍人家的地方。

以上的描述大抵為《水鄉》這部小說鋪陳的背景。生活在那時代的人，每天看到湖水、河水和沼澤，和水的關係密切。也因此，這部十五萬字的小說以「水鄉」做書名，就很核心的指出當時台北的環境及歷史舞台；也給接下來小說情境描述，提供貼切的生活背景和想像憑藉。

書中出現的幾個人物，大抵為活躍於台北平原的凱達格蘭平埔族，以及少部分從唐山來的漢人。整體而言，本書用三百年前的大台北環境做舞台，有機的導入歷史素材、文獻片段，以及地理、自然環境，這樣的小說寫法，就大台北區而言，該是第一次，很值得細心體會、追索及思考。

讓我們跟著莊華堂的小說之筆，追尋古早古早以前，台北人遙遠記憶裡的水鄉。

（本文作者為台灣土地倫理協會祕書長）

【目錄】

水鄉人物表（◎為主要人物）

一、平埔族系統

八里坌社

◎金毛阿豹　八里坌社大頭目卡拉豹的孫子，後成為八里坌社的頭目。

◎拉雅兒　漢名潘雅兒，阿豹與烏毛阿問的兒子，機智勇敢的巴賽族青年。

籠　肴　八里坌社長老，「巴賽風雲」八里坌社大頭目卡拉豹的連襟。

塔班加加　喜歡拉雅兒的毛少翁社的少女，後嫁于鄭珍為二房。

武　浪　八里坌社的年輕麻達，拉雅兒的童年夥伴。

阿里乃　漢名潘里乃，拉雅兒的長子。

打　賓　漢名潘打賓，拉雅兒的次子。

毛少翁社

◎麻里諾　毛少翁社的史官，烏毛阿問的祖父。

阿　必　麻里諾的牽手，烏毛阿問的祖母。

阿　媉　麻里諾的長女，烏毛阿問的母親。

巴拉告　阿媉的牽手，烏毛阿問的父親。

◎烏毛阿問　毛少翁社頭目的女兒，阿豹的牽手。

北投社

麻阿問　北投社的女巫師，麻里諾的妹妹。

金　賢　北投社的大頭目。

冰　冷　北投社番。

林仔社

皮拉漢　林仔社的大頭目。

奇母卒社

老那威　奇母卒社的老頭目。

馬　妹　老那威的妻，武溜灣社加禮蟈的女兒。

◎阿陶那威　老那威的兒子，奇母卒社的獵神。

◎阿絳那威　奇母卒社大頭目那威的女兒，後嫁為拉雅兒之妻。

武溜灣社

加禮蟈　武溜灣社長老、史官

◎茅　完　武溜灣社頭目。

◎西　奴　茅完的同母異父的妹妹，後與阿陶那威牽手。

巴里膀　武溜灣社長老。

巴　勿　巴里膀的兒子。

擺接社

麻八萬　擺接社的頭目。

二、漢人系統

通事賴科家族

◎賴　科　大雞籠社通事，泉州同安人，台灣清治初期北台灣最有勢力者。

賴伯謙　賴科弟弟。

賴伯通　賴科的堂弟。

賴　維　賴科長子。

北投鄭長家族

鄭　長　鄭成功轄下軍弁，明鄭將亡前棄軍職，率族人隱居於奇里岸山中。

鄭　珍　鄭長元配所生長子，北台灣早期墾首，與賴科等組「陳和議墾號」。

寶　惜　鄭長與南崁社女人所生的女兒。

其他漢人

廖簡岳　廣東籍客家人大墾首。

陳天章　來自台南府城的商人，陳賴章墾號的代表大墾首。

戴天樞　來自諸羅山的土地經營者，陳天章的助手。

錢思財　陳賴章墾號的管事，陳天章的助手。

楊　祚　閩籍投機商人，武溜灣社與擺接社的社商。

林天成　「林成祖」墾號的頭人，乾隆初年拓墾擺接平原的大墾首。

文武官員

朱得勝　明鄭王朝北路協左哨把總。

何　祐　明鄭末期的右武衛將軍，奉令率兵守雞籠。

陳　璸　台灣廈門道道員，曾到淡水捕海盜，後升任福建巡撫。

黃曾榮　康熙末期台灣水師北路協淡水營守備。

林把總　陳璸道標營下的水師把總。

三、外族人士

耶士基佛　西班牙統治初期的道明會神父。

法蘭西斯科　西班牙統治晚期的道明會神父。

米德修士　法蘭西斯科神父的助手。

亞拉崗　西班牙統治時期，淡水城砦的中尉軍官。

裴　德　荷蘭統治時期，淡水城砦的中尉軍官。

華麗絲　日本人與歐洲商人的私生女，妓女，金毛阿豹的生母。

伊諾瓦　大雞籠社的混血土番，南洋群島土著與西班牙混血兒。

序曲

八仙大湖

阿豹瞠目結舌，
想要說什麼，
卻不知道應該怎麼說，
他腦海裡的思索
似乎還神遊於三十年前⋯

三個生肖年之後，老金毛阿豹在干豆門天妃廟❶上梁慶典那一天，當塵土飛揚的廟埕響起連鞭紙炮聲的時候，仍會全身不自主的顫慄著想起十七歲那一年，一個人駕著獨木舟驚慌逃命之際，無視於成千上萬隨著潮汐湧入干豆門狹谷的烏魚群——牠們在河海交會鹹淡調和的浩瀚無垠的八仙大湖裡，歡欣鼓舞的衝出水面活蹦亂跳起來，四處飛濺的水花以及在陽光下耀閃的白色鱗身，都沒有吸引他的目光——那千鈞一髮的時刻背後窮追不捨的哨船一波波的傳來：金毛番——你給我回來！金毛番——你給我回來！

那年他的牽手，年方二十歲的毛少翁人烏毛阿問，第一次聽到他這個不是名字的怪名字，就覺得冥冥之中彷佛有一種神奇的力量牽引著她，在千鈞一髮的危險時刻沒有一絲兒的遲疑，一個人划著艋舺就跟著他跑，從此展開一段奇妙的逃亡姻緣。多年之後她想起來年輕時候的瘋狂行徑——那一年的那一刻，其實她並沒有注意到他那被風吹散的金頭髮，也許那才是整個事件的魔咒，我指的是「金毛番」——儘管在阿問他們父祖的年代，淡水河口兩岸八里坌人、淡水人、散拿人，還有大圭柔山區的沙巴里人，曾經看過占領淡水城堡統治北台灣的金毛人，並且在威脅利誘下跟著他們「阿門阿門」了數十年。

在烏毛阿問童年歲月的記憶裡，他們並不把那些藍眼睛鷹鉤鼻的人稱為「金毛番」，而是叫做「阿門」——那可能是當淡水城堡和北投社都有尖塔狀的怪建築之後的若干年，佛朗基人❷的大鬍子神父在他們的部落的水岸邊做露天彌撒的時候，嘴巴裡總是不停的「阿門阿門」的關係。

那年頭他還不懂凱達格蘭人說的「金毛番」是什麼東西——他連頭都沒回，只是拚命的划呀划。他沒有聽到她的呼喚，只是兩眼惡狠狠的瞪著水面因為艋舺快速劃過而湧起的銀白色波紋，然後他聽到沉悶的憂鬱的天空響起比紙炮聲還要響亮的有如打雷一般的爆炸聲時，海面上衝起比烏魚群激起高大的水柱而水花飛濺時心裡的驚悸——此刻又漫遊時光之旅的回到腦海裡。

那件事情過了二十多年之後，進入老年階級的金毛阿豹，到現在才知道那個會噴火會冒煙，又會響起轟天雷聲音的玩藝兒，唐山人稱為「紙炮」——原來那東西會響得這麼大聲，就是那個外面裹著紅色以粗糙的厚紙做成圓形管狀的東西裡面，他年輕時候經歷那場大逃亡之後，藏身於女巫之山後方的時候，認識的金包里土番於煙霧之谷❸，盜採那有臭味難聞的東西叫做「硫磺」。

老年阿豹直到死的時候，還是不知道那個唐山人於大明皇朝的偉大發明，當初並非是用來在寺廟拜拜的時候「嚇人」用的，那是比刀槍弓弩還要威力無窮的殺人和攻城利器——據說韃靼人的皇帝尚未入主中國之前，皇太極和多爾袞所率領勇猛善戰攻無不克的八旗軍，就

---

❶即關渡天后宮，為北台名廟，主祀海神媽祖。始建於康熙五十一年，為通事賴科糾眾所建，是大台北地區最早創建的廟宇；「干豆門」為關渡的舊地名。

❷清代對葡萄牙人的稱呼。

❸此地是指北投山區的地熱谷。按「北投」地名起緣為凱達格蘭族母語，意指女巫也。

是受阻於山海關前那幾座靠紅衣大砲得以堅守的城堡。聽說滿洲人的老祖宗努爾哈赤，就是死於那種會吐出豔紅硝火而聲比悶雷還響的火砲。

烏毛阿問記得，小八里坌社的人初次聽到那聲音，紛紛從屋裡走出來到河岸邊，年輕人看到那悶雷之後高高噴起來水花四濺的水柱，驚訝得目瞪口呆。可是四五十歲以上的族人，卻一點也不稀罕——就在二十幾年前，當淡水城砦裡的金毛人還有黑人苦力，百般無奈地撤出聖多明尼哥城❹的時候，他們也看過類似的場景，只是他們無法理解，為什麼金毛人要無緣無故，把自己辛苦建造的城砦毀於一旦？

那是個風平浪靜的秋天。那時候小八里坌還在淡水河口的南岸，社名也是叫做小八里坌——那個西南季風還沒有轉向之際，部落族人看見海面上出現幾個「小黑點」，不久，這個黑點形體越來越大宛如一座小島慢慢移動，他們脫口而說：「哇，那麼多『會浮動的島』？」

自從紅毛人離開他們統治多年的淡水城砦之後，這麼多年來，他們是第一次面對如此巨大的水上漂浮體，紛紛跑到近海沙灘上看這種奇景。當那些「浮島」緩緩移動進入淡水港，他們看見那個「島」上有擎天的船桅與巨大的在風裡飄蕩的帆布啪啪作響。甲板上人影晃動著、吆喝著，在浪裡浮浮沉沉的越搖越近。大家又驚又喜，紛紛猜測那是遠古時代的祖靈，喜怒無常的海神，或則是讓族人聞之色變的海妖——那個行蹤詭異無常，當年迫使他們的老祖先，不得不划著艋舺離開他們南方母島三消，與波濤搏鬥數十天，千辛萬苦橫越黑潮洶湧的深海溝的「沙那塞」❺又不遠千里的來「看」他們了。當眾人正聚精會神，凝視這座讓人敬畏的「浮島」時，突然晴天霹靂的傳出巨響，火花迸發中呼嘯而來的砲彈，把靠近港邊的海水炸得水花四濺，這時圍觀的族人嚇得趕緊逃避。只有嚇了一跳還繼續觀望的部落頭目和長老們，縮著脖頸互相探詢彼此的反應之後，那頭目摸著腦袋瓜自言自語：「奇怪咧……那個『浮島』竟然還會『打雷』？」。

從此，八里坌人把這種漂流在海上的「巨怪」，叫做「會打雷的島」。

如果依據中國人的黃曆推算，這一年是大明皇朝永曆三十六年。在那年之前，韃靼人的皇帝已經弭平中國南方三個藩王的叛亂。而當年國姓爺的叛將，後來成為大清福建水師提督的施琅將軍，正在廈門準備集結水師渡海攻占福爾摩沙與澎湖群島。於是國姓爺的孫子鄭克塽，命令以右武衛何祐為北安撫司，率領水陸官兵北巡，最後駐軍滬尾築壘為城，並派兵駐

---

❹一六二八年（崇禎元年），西班牙人又在滬尾築淡水城（San Domingo）。西班牙人對台灣北部這兩個重要港口，經營不遺餘力，一方面傳佈天主教，建教堂，設學校，從事土番教化，其範圍擴及金包里社、三貂社。

❺Sanasai，譯為「三消」，或「沙那塞」。據中研院台灣史研究所詹素娟的研究，幾百年來台灣的土著卑南族、阿美族、噶瑪蘭族與凱達格蘭族，都有關於「Sanasai」的神話傳說。「昔日有一群人，因為家鄉生存不易，所以離開南方島嶼往北遷徙。在移動過程中，先到名叫Sanasai的島嶼落腳，再遷往台灣東海岸的某處登陸。定居一段時間之後，繼續沿海岸往北移動，直到找到可以住下來的地方。」在傳說中以中途站的地位存在；而傳述類似故事的民族，則以東部、東北部、北部地區的為主。當時北台灣的凱達格蘭族，也有共同的口傳神話，說他們的祖先原居地都在南方，一個叫做三消的島上。學者推估這個島嶼就是台東外海的綠島。

守雞籠山，修復前一年又自行動手毀壞的北荷蘭城堡。

金毛阿豹沒有見過何祐將軍，甚至於在跟阿問邂逅之前，從來沒有去過雞籠山，不過那年他在福爾摩沙島北端的冒險故事，卻跟那批明鄭王朝的官兵扯上關係，展開那一段驚心動魄的逃亡之旅。

現在年近半百的金毛阿豹，帶著他們兩社鬚髮俱白的長老、兩耳大如豬耳朵的婦孺，還有那成天光著屁股的孩童們，以及鄰近的毛少翁、北投社和林仔社的族人兩三百人，七嘴八舌的圍裹於廟埕上，在三月天的驕陽下，當耳邊響著連鞭紙炮聲時，老人家霍地想起多年不見的那個會打雷的島，而孩童們早已驚嚇得哭哭啼啼之際，他緊緊握著老伴烏毛的手，看著身穿藏青唐山長袍卻披了一件繡著紅色和藍色長條的麻披風，那個曾經在金包里到三貂角的海岸線上叱吒風雲，甚至於威名遠播到山後的蛤仔難，還有神祕的黃金王國哆囉滿❻地區的賴科❼，此刻就站在他眼前七八步的地方，陪同林助老和尚高高的舉著香當天膜拜，心裡頭一時思潮翻湧起來——回到八里坌已然二十多年了，除了每年八月入秋季節，所有部落裡的族人，齊聚於大會所前方的廣場會飲，大家熱鬧的喝酒、唱歌與跳舞之外，他們已經有多少年沒有拜過自己的神，從現在起卻要開始拜唐山人的神了。

阿豹記得，在紅毛人已經走了而唐山人還沒有來的年代，在大河口北方的海岸線上，以及這條大河伸進內陸的沿岸某些部落裡，傳說中還有他們共同信仰的神。

賴科是那個年代開始冒出來，後來成為叱吒風雲的大英雄。

在女巫之山與毛少翁番社躲躲藏藏那一年多，他多次聽過幾個番社的男子，總是不時的提到「賴科」這個名字——就在數年前，從海峽對岸的福建跨海來台，經過蠻荒瘴癘的西部海岸線來到淡水採硫的郁先生，後來印了一冊《裨海紀遊》的書，根據書中記載，說他是威震這個福爾摩沙島東北海岸，從大雞籠、三貂到噶瑪蘭的著名通事。

康熙三十五年的冬天，賴科計畫前往台灣東部，與東部的土番貿易。於是帶著七人晝伏夜出，翻山越嶺，通過野番盤據的高山，抵達台灣東部。當地原住民熱情款待，並導引他參觀各番社。據說當地原住民很想與西部通商往來，但受制於野番從中阻絕，希望東西部的原住民能相約夾擊這些野番，並請賴科轉告官府，希望能派兵相助，如此一來，台灣東部近萬番民，終有一日都能成為天朝的子民。賴科等人接受原住民豐厚的餽贈，回來之後，向官府報告，東部原住民與西部原住民風俗類似，且平原的面積比西部還要寬廣，希望能和官府相約夾擊生番，打通台灣東西之間的交通，接受教化成為善良百姓。

金毛阿豹不識中國字，當然也沒有看過什麼《裨海紀遊》，不過類似這樣近乎荒誕不經

❻「蛤仔難」又稱為噶瑪蘭，即為今之蘭陽平原；「哆囉滿」為台灣歷史上著名的產金地，其地在現在的立霧溪出海口的北岸。

❼賴科其人最早載於《裨海紀遊》，原文是「客冬有趨利賴科者，欲通山東土番，與七人為侶，晝伏夜行，從野番中，越度萬山，竟達東面；東番知其唐人，爭款之，又導之遊各番社，禾黍芃芃，比戶殷富，謂苦野番間阻，不得與山西通，欲約西番夾擊之。」作者按：賴科所看見的廣闊平原並不是哆囉滿，而是今日的蘭陽平原，遇見的熱情原住民是噶瑪蘭族。就歷史文獻來說，賴科是第一位進入噶瑪蘭的漢人，比吳沙整整早了一百年。

的故事，在女巫之山偷採硫磺的歲月倒是聽過不少，因而他多次聽過賴科這號人物，並且為他晝伏夜出的冒險到後山崇肴地區招撫生番的行徑欽羡不已——據說「崇肴」位於大山之後很遙遠的地方，按照傳述人的說法是「密箐深林，岩溪窮谷，高峰萬疊，道路不通」，而當地的土番還在茹毛飲血的階段，因此沒有人膽敢去那個地方，即使到了也是有去無回，因而他對於賴科的冒險作風與了不起的事功大為崇拜，如果按照唐山人的說法，那就是不世出的大英雄。

只是阿豹完全沒有想到，差不多兩個世紀之後，一個在台灣總督府擔任囑託名叫伊能嘉矩的日本人，來到宜蘭訪問幾個平埔族人的番社之後，證明當年賴科所看見的後山那片廣闊的平原，就是今日的蘭陽平原。他所遇見的熱情原住民，為平埔番之一的噶瑪蘭族——不過那個年代，他們還是會馘首生番。

此刻曾經在北海岸、東北海岸和廣袤的大加臘草原叱吒風雲的賴科就在他的眼前，那一身唐山式的棉布長衫，賴科的頭髮跟淡水河域草原上所有人類的頭髮一樣，是黑色的，除了頭冠上纏著那條幾何紋的苧麻手工織帶之外，幾與跟他同列的幾個漢人佃首沒有兩樣，一點也看不出來傳說中大通事的威風凜凜模樣。

等到祭天的儀式結束之後，他一個人默默無言的走到岸邊。是退潮時分，干豆門前的大河灘地顯得極其遼闊，低灘地上那些原來泡在水裡的樹叢，生機盎然的挺立於泥沼地上，那片爛泥巴地似乎是他們獨立王國之所在，沒有其他的樹種水草可以跟他們爭地盤，讓它們在肥沃鬆軟的泥地裡恣意的蔓延生長。阿豹不知道五十年後變成此地主人的唐山人，把它們稱為「水筆仔」，因為那開過白花之後慢慢發育長大的種子，會變成唐山人寫中國字用的那細長的筆的形狀，等待成熟之後從樹身掉落下來，那尖的一端筆直的插進爛泥巴裡，於是一株株新的生命又開始孕育出來。

老阿豹沒有想到這些，不過他的眼睛此時正被泥灘上的那彈彈跳跳的小魚所吸引，牠們的頭看起來像青蛙，有兩顆突出而大的眼睛，一副賊頭賊腦的模樣。其中一隻趴在牠剛剛挖好的凹洞裡，鼓著賊眼睛左溜右轉的似乎在等待什麼，當另一隻彈塗魚一蹦一蹦地從牠眼前跳過來的時候，牠倏然誇張地鼓起胸鰭來，想跟她炫耀美麗的紅色的腹部，然後他看到那條似乎是芳心大動的母魚，彷彿吃了春藥一溜煙就鑽進牠那預設的陷阱裡，攪和的爛泥巴冒出幾朵泥泡泡。

烏毛阿問走過來，發現他傾著上半身偏了頭頸僵在那裡，那兩眼似乎緊緊地黏搭在爛泥巴裡。

「咦——你看什麼？」

「喔……我是？妳看……」

老阿豹瞠目結舌，想要說什麼，卻不知道應該怎樣說，他腦海裡的思索似乎還神遊於三十年前，他與她初識那天的情景——那一天……

第一章

女巫之山

大火點燃之後，
雖然濃煙薰得他眼睛冒汗，
皮拉漢仍然沒有屈服，
倔強的挺立於十字架上，
瞪著西天冷笑。

1.

阿豹睜開眼簾看到那一大片濃蔭翠綠樹林的時候，一度以為那是夢境。

在這個美麗的福爾摩沙海島上，平野、山谷、丘陵地，還有隨著河流深入的那片神祕的為綠色掩蔭的山區，到處都是這種高高矮矮而油綠油綠的亞熱帶叢林，肆無忌憚的在他眼前盤踞了視線所及的所有空間，可是他從來沒有看過這些比人略高的樹叢，居然生長在水裡。

昨天發生那場血腥屠殺和事後驚悸的逃亡之旅，經過一夜的驚惶不安之後，此刻他已經可以靜下心來，仔細的打量周遭的一切。

此時已經雲破天開，太陽紅色的大臉雖然還隱於大河對岸錐形山的後方——他不知道那山的名字，那要等到幾十年之後，當干豆門的天妃廟蓋好若干年之後，才有人把那山稱之為「觀音山」。眼前這條在一個世紀之前被紅毛人稱為「基馬遜」的淡水河，在干豆門外兩山夾峙之間的河道中帶著一種莊嚴的氣氛寧靜的伸展。昨晚為夜幕所籠罩的哀愁與憂鬱，早已經被五月清涼的晨風趕走了。當陽光灑下來的時候，透亮的水面下可以瞧見幾隻蝦虎鼓著鰓一掀一闔，那兩顆突出的賊似眼睛不時的溜轉著，忽而尾巴一擺攪動一團泥水鑽進泥灘裡，阿豹還弄不清楚怎麼回事，但見那灘泥水渙漫中隱約傳來窸窣的聲音，在後方一大片迅速擴散的泥水中搔癢似的傳入耳膜——那是——那是一大群黑黑的毛茸茸的東西，正張牙舞爪的在積了一層軟泥灘的河床匍匐前進——那奇妙的影像一直要到了三十三年之後，他那已經改成潘姓的孫子告訴他，那個像鐵盒子一般有一對大螯而橫著爬行的怪物，唐山人把牠稱為「毛蟹」，而那天那場集體逆水爬行的盛大陣容，其實是毛蟹生命旅途中必然會有的一段大遷徙——回到牠們生父生母曾經調情交配的場所，然後宿命的接受每一代子孫都會經過的生命巡迴。

此時，背倚的女巫之山早已經嘩亮嘩亮，幾朵還捨不得離開美麗晨光的灰雲，在山肩與山腹之間披上幾處深色的陰影，並從那裡傳出來幼鳥還沒有吃飽的哀鳴，幾隻縮起高腳的大白鷺，長長的尖嘴叼著剛剛捕獲的小香魚，鼓起雪白的翅膀循聲飛去。遠方，河海交會處那邊廣瀚的海域，海面上還有一層稀薄的霧氣，在淡淡底藍色憂鬱的海面上款款飄著，可是絢爛的陽光揮起千百支利刃沿途截殺，因而她曼妙的姿影很快的就消逝得無影無蹤。

阿問還蜷縮著身子躺在他身邊，她那條以水筆仔汁液染成赭紅色的大頭巾❽，在額頭與眉眼之間皺成一團，胡亂的裹住頭頂蓋與後腦勺上的烏毛——他確實看到她的一大撮烏毛，從赭紅色的頭巾裡竄出來，覆蓋了她飽滿的突出如束頸高腹陶罐的栗色前額。阿豹不知道這個名為烏毛阿問的毛少翁女孩，和她那一頭黑髮有無關係——他自己就因額頭上有那麼一撮金髮，而被認識的人稱之為「金毛阿豹」。

❽紅樹林有四五種，淡水河口的水筆仔為其中之一，因為它的汁液是天然染料，可以把布料染成紅色。

阿豹這樣的判斷在往後的幾年裡得到證實——證實他只是瞎猜而已。

「烏毛」這個名字其實跟毛髮與顏色都沒有關係，牠跟淡水河口的小烏魚一樣，是生長於鹹水與淡水混合的淡水河下游水域裡。牠是一種大型牡蠣——長達九吋的大蚵仔。往後的歲月，當他駕著艋舺溯河而上的時候，親眼看過基瓦諾灣溪、與艋舺河兩岸的幾個番社，許多番民都是撈那種大蚵仔當作主要的佐食。他瑪❾把她取名為「烏毛」，是因為那個年代的族人還不懂得養雞這種事，所有提娜在坐月子的時候，沒有燒酒雞，而補身子的方法，據說就是以占米稻釀成的酒煮「大烏毛」的關係。

關於「大蚵仔」的說法，那要等到三百年後，在黃大洲主政的台北市政府，基隆河截彎取直整治工程期間，在美麗華飯店前那堆怪手挖起來的河床土壤，終於找到了牠的殘骸證據——台灣荒野保護協會的林智謀，於淡水河域來來回回走了幾十趟之後，有一天在美麗華飯店前方那堆不會長草的廢土堆裡，找到了兩瓣大牡蠣殼，他以隨身攜帶的皮尺測量，驚訝的發現那個天王牡蠣竟然寬有十·四公分，長有二十八·六公分。

遺憾的是，這個出現於英國人柯靈烏❿的筆記裡的「大蚵仔」，早已經在那條汙濁不堪的溪流裡滅種了。

許多許多年以前，那片煙波浩渺的大湖並沒有名字。後來唐山人陸陸續續的來了，於是有人把它叫做「干豆門湖」，後來又有人把它叫做「關渡湖」，更後來學術界的文士把它稱為「康熙台北湖」——因為那個湖是在康熙三十八年形成的。然而除了三百多年前的毛少翁人之外，沒有人知道，它最初的名字，其實叫做「八仙大湖」。阿豹第一次聽到這個名字，也不明白其中緣故，不過他記得很清楚，那是阿問說的。他與她之間的姻緣，應該從那個「湖」開始說起。

那一年，十九歲的金毛阿豹認知那是海——然而那天晚上，烏毛阿問告訴他，她帶著他逃亡的那片廣瀚的水域，那是「湖」不是「海」。

「那還不是一樣，裡面裝的，還不都是水？」阿豹這麼說。

阿問不以為然的嚷起來：「怎麼會一樣，海是鹹的，而湖是淡的。」

這樣的認知是烏毛小時候對八仙大湖粗略的印象——長大之後，她一直都沒有改變這樣簡單的判別方式，直到許多年後才證實，她的說法也不正確——那不是海也不是什麼湖，而是河流漲大的大肚子，而水也不全是淡的，每天有兩次，當「湖水」漲起來的時候，水是鹹的。

為了證實她的說法，烏毛帶著他划著艋舺，從頂八仙那條小溪蜿蜒的河道，穿越長滿了小葉莎草與水蠟燭、水香蕉和大片水筆仔的沼澤地，前方就是她說的干豆門大湖——原來那

❾「他瑪」為平埔族原住民語的父親，母親則為「提娜」。

❿英國生物學家，他是達爾文進化論的信徒，於一八六六年來台灣，他在五月從淡水僱船溯淡水河、基隆河而上抵達八堵，經過松山附近的時候看到「左岸一個大牡蠣的養殖場，有些牡蠣八至九英寸長。」

是大河要入海之前，因為河水淤積而形成的瓠瓜形狀的大湖。

那一天烏毛跟他說，她們毛少翁社的老人家，把它稱為「八仙大湖」。

阿豹不信邪，果真以手掌掏水來嚐嚐，在喉嚨裡咕嚕咕嚕一陣之後舔了舔舌頭，他皺起眉頭笑起來，「妳自己嚐嚐看，水真的是鹹的嘛，我說得沒錯——我說得沒錯，這是海，不是湖！」

於是他們又為了這樣的話題而爭論起來。

2.

原來前方這個有廣瀚沼澤地的水鄉澤國，是烏毛阿問居住的毛少翁部落。

不過那天心慌意亂之際，他並沒有仔細的打量沼澤上那長滿菅草、蘆竹和許多不知名的綠色灌木叢後方的番社——當烏毛的艋舺從沼澤中那條小山溪下來的狹窄水道划出來的時候，他約略看到兩三幢鋪著茅草的屋頂，比較顯眼的是台地稍高處那高高矗立的哨望台，以及那兩棵春陽下開得豔紅似火的老刺桐。那時候他真是急瘋了，以至於沒有看到高台的上方那個負責警戒的年輕麻達，只擔心他身後窮追不捨的一群唐山官兵，和他們氣急敗壞中不時傳來「你給我回來——金毛阿豹！你給我回來——金毛阿豹！」的吆喝聲。

也不知道從哪個方位傳來女人的呼喊：「來呀！你快過來呀——」

阿豹沒有聽到，只是拚命的奔跑。

「你——快來呀！過來呀——」

他仍然沒有聽到，像被獵人追捕的鹿拚命的奔逃。

「你快來呀——金毛……快上船呀，金毛阿豹——」

這回他聽到了。是一個年輕的女人，披著紅色頭巾敞開半個胸脯在獨木舟上朝他招手與吶喊，喊著他的名字與渾號，而他並不認識這個女人——或許應該這麼說，在這條大河，這個河川水道匯集的水域，這一片水草蔓生的沼澤地，他沒有認識半個人。不過在那個性命交關的時刻，他毫無選擇的上了陌生女人的船，慌亂間，她遞過來了另一把槳，他卻愣住不知如何是好。

「快呀，你還呆在那裡做什麼？」

「我……我要？」

「快划呀，划呀！」女孩睨他一眼，雙手做出划船的動作。

「哦？好——我划。」

阿豹懂了，他使盡吃奶的力氣，那獨木舟卻不聽使喚，把船划得團團轉，身體顛顛晃晃的差點掉落河裡。

「你幹什麼？是這樣……」她把槳搶過去，兩隻栗色的手掌抓著槳柄，忍著不笑的看他。「看著，是這樣——把槳直直的插到水裡，然後往後方這樣，一拉，用力一拉，看到沒有，是這樣……就是這樣，懂了嗎？」

阿豹取過槳，按照她說的方式，可是笨手笨腳的不知該怎麼辦？那幾個手持彎刀的大兵，已經吆喝著追到離他一丈多遠的地方。女孩不慌不忙把槳遞還他，說：「快呀，往那兒划！」

「哦——」阿豹抓緊槳柄，挺直的把槳插入水中，雙手用力然後扭腰一轉，在此同時，女孩以眼角餘光瞟他，熟練的順著手勢做著同樣的動作，只見尖翹的船頭一挺，獨木舟筆直的往前竄進。

「嗯，是這樣，就是這樣划……嗯，往那邊，對，就這樣！」

女孩邊說邊划，阿豹也拚死命的划，船底剖出一條長長的水路，船身如箭一般的射出去。阿豹沒有想到，自己一上船，馬上就可以上手，他覺得自己的手臂似乎有一種神奇的力量，暗中驅使著他，或者冥冥之中有某一種力量，一種來自於風，來自於河上的氣流，來自於沼澤區的濛煙，來自於那墨綠的樹林——那河湖盡頭叢林深處的詭譎力量，讓他在千鈞一髮之際激發出一種潛在的能量，輕而易舉的逃離敵人的追擊。

他們把艋舺划進沼澤的蘆葦叢中，把速度放慢下來，舒一口氣。

「喂，你叫什麼名字？」女孩停著槳，把頭上鬆動的紅色頭巾取下來，露出烏黑而閃亮的頭髮，發現阿豹正盯著她。

「我？我是……」

女孩看他那副呆愣愣的模樣，不禁掩嘴而笑。

「我是阿問，烏毛阿問，你呢？」

他靦腆的說：「阿豹。」

「你說什麼？」那個叫阿問的女孩沒聽清楚。

「我說我是阿豹！」阿豹有些不好意思，說得小聲。

「金毛阿豹——金毛阿豹，你給我回來！」

後方一直傳來他們的喝叫，原來那群兵丁應該還在窮追不捨。阿問撇臉看一眼那幾個氣急敗壞的大兵，轉過臉問他：「他們嚷什麼？」

阿豹抿著嘴，想說什麼，還是沒說出口。看那些追兵已近，抓緊槳又划起來。後方不斷的傳來：「金毛阿豹——你給我回來！金毛阿豹——你給我回來！」阿豹沒有理他們，只是拚命的划。

「咦……你看什麼？」

阿豹的眼睛還黏在爛泥巴裡，不知道什麼時候烏毛已經翻身坐起來，發現他失了魂似的凝望著河裡發呆。

「阿豹……阿豹……金毛阿豹！」

烏毛喊了兩聲，阿豹仍然沒有回過魂來，那對眼睛仍然死盯著沼澤上的爛泥巴——她只看到幾棵才冒出芽來的小紅樹，以及爛泥上那灘渾水，其他什麼也沒有看到。

「你看什麼，看得如此入神？」

「沒有，我……我只是……」

結結巴巴的說，他感到有些赧顏，不敢看她。可是好像有一道光吸引著他，那是阿問那黑得透亮的眼眸子發出來的——突然發現，眼前這個昨晚在野地裡陪他度過一夜的女孩，竟是如此的迷人——阿豹目不轉睛的停在她臉龐。

阿問湊過來，毫不忌諱的一個頭顱近的地方，「你怎麼了？」阿問說著，也不管他，仔細端視他的臉。那是一張她熟悉的巴賽人的臉，特別是那一彎如葫蘆般鼓起來的鼻囊，噴著熱氣的鼻孔特別大，宛如野牛般的鼻頭。跟她一樣黑亮瞳仁旁邊的白色，混著幾絲深海的藍。突然，她兩片厚唇張開露出貝白的兩顆大門牙，笑著說：「我知道了，你叫做金毛阿豹！」

「嗯……妳怎麼知道？」

「昨天追殺你那幾個包特蘇，就是這麼叫你的，不是嗎，金毛阿豹？」

「妳還是叫我阿豹好了。」

「不，我要叫你金毛阿豹——金毛阿豹比較好聽。」

「我不喜歡別人這樣叫我。」

他說得很認真，連頸項都紅起來——這樣的反應讓阿問大惑不解。「為什麼？」

阿豹支支吾吾的說不清楚。此後那一整天，阿豹都固執的一直這樣堅持，可是阿問總是沒有把他放在心上——就她來說，金毛阿豹就和烏毛阿問一樣天經地義的事情，哪有什麼喜歡不喜歡？

不過對於逃亡的事情，阿豹卻是沒有顧忌的告訴他。

「他們——那些包特蘇為什麼要殺你？」

「因為我殺了他們的伍長。」

「伍長？」

「伍長是他們的官，小官，可以管七八個兵，還是十個兵。」

「兵？兵是……？」

「兵就是……就是不用做事，不必上山狩獵，不必出海捕魚，不必下田種粟……只要他不高興就可以殺我們的人。」

「你說什麼？這天空下面，竟有這種人……那——他們吃什麼？他們總要吃飯吧？」

「那批唐山人都說，他們是吃公家飯的。他們有一個王國，他們的根據地在熱蘭遮城堡，十幾年前，他們出動許多船艦，許多兵丁，攻占了那個城堡，打敗了紅毛人，於是國姓爺就成了那個城堡的王，以及我們這個島的王。」

阿問聽得一頭霧水——在她出生的年代，阿豹所說的紅毛人——荷蘭人已經離開淡水，因而她從來沒有看過父祖那一代人的紅毛人。

「嗯，我聽過國姓爺，不過他不是已經死了嗎？」

「對呀，來福爾摩沙的第二年，他就死了，後來是他的兒子繼承那個王，後來他兒子也死了，現在，聽說是他的孫子當王。」

「你怎麼知道這些事情？」

「那妳怎麼知道國姓爺的兒子死了？」

「那是籠肴，籠肴瓦基說的。」

「籠肴瓦基？」

「瓦基就是我們老人家的長輩，籠肴他是小八里坌的老史官，他已經很老很老了，比北投麻阿問還要老上十來歲，不過，他可厲害呢——他什麼事情都知道，他知道過去許許多多我們沒有聽過，沒有看過的事情，他呀……他還看過金毛人……」

阿豹的眉頭皺起了——那似曾相識的地方，如箭般的閃過腦海。阿豹打斷她的話。「等等，妳說什麼八里坌？那是什麼地方。」

「那是一個番社，喏——就在那邊。」

阿問指著出海口方向沼澤區那片蓊鬱綠樹的上方，那片為綠叢掩蔭露出一些茅屋的沙地。阿問轉過身來，手指著大河對岸，那片接近出海口的沙灘，繼續說：「小八里坌社的人，也不知道是多少年以前的從前從前，原來是住在大洋對面那片沙地上，後來發生了一些事情，好像是斗葛人從南方打過來，還有跟國姓爺的唐山人打，他們死了很多人，他們的人就渡過河，遷移過來。」

「哦，那是多久之前的事情？」

「我也不知道，那時候我都還沒出生呢！」

阿問坐下來，看著海的方向。春天的陽光那紅紅的大臉顯得極其妖豔嫵媚，在大海上方灑落溫暖的光華，穿梭於藍色的天空與不時變換成各種形狀的飄雲之間——那一直都不移動的濃白色的雲，看起來有時候像潑灑的浪花，她還聽到遠方傳來沉沉的潮聲，以及隨著浪雲起伏之間，不停跳動在陽光下閃閃發亮的烏魚。

阿豹也坐下來，跟她一樣凝視著海，久久不語。

阿問回頭，不經意間看到他那張愁雲慘霧的臉。她想到什麼，關心的問：「對了，金毛阿豹……以後，你要怎麼辦？」

「我？……我也不知道。」

「你的家呢？」

「家？」

「對呀，你住在哪裡？」

「我沒有家，我一直都在四處流浪。」阿豹搖搖頭，一臉苦笑。海灘潮間帶那邊十幾隻高蹺鴴，正蹬著細長的高腳追逐著，他突然覺得同樣是浪跡天涯，而自己的命運連候鳥都不如，至少牠們還有許多同伴一起嬉遊，而自己卻是孤孤單單一個人。阿豹繼續說：「我開始知道人世的時候，那時候我們在歐奇那瓦⓫……那是很多小島群中的大島，也許像福爾摩沙這樣大吧……不過，現在我也不知道那個地方究竟在哪裡？那時候我大概是三四歲，或者是五六歲的年齡……我只記得我們住的地方，前面都是海……就跟眼前這片大海一樣，浩瀚、波濤洶湧，澄藍得無邊無際……」

阿豹的敘述斷斷續續，停下來的時候，眉毛與上眼皮糾結在一起。他正在努力掘開記憶之門，追索一段塵封的往事——阿問沒有說半句話，從昨天上午他們因為逃亡而相識之後，她沒有聽過金毛阿豹一下子說了這麼多話，所以不想打斷他。

「我還記得，那裡的沙灘很白、很乾淨、很漂亮，真的很漂亮……每年冬天來臨之前，就有很多從北方，還有西北的方向飛來，在沙灘上，在磯岩上，在沼澤區，以及海岸線的疏林，你都會發現牠們的身影……牠們一群群的追逐、嬉戲、覓食、打鬧、戰鬥，還有張開翅膀在天空翱翔……那裡的鳥比人還多，那裡也有一些土著，我們都不跟他們在一起……是我，是那女人不肯讓我跟他們玩。」

阿問忍不住問他：「那女人是誰？」

「是卡桑，卡桑就是母親。」阿豹的嘴角扭出一些淺笑，阿問覺得那笑容怪怪的，有一些揶揄或是不屑的成分。阿豹繼續說：「那種說法，是東洋話，那時候島上有不少東洋人，也有一些紅毛人，還有土人……東洋人很多，華麗絲就跟他說東洋話，我也說……」

「華麗絲是誰？」

「就是那女人，我說的卡桑。」

「你一直說那女人……你不叫她提娜？」

「妳說什麼？」

「提娜呀，就是母親呀！」

「哦……從前我也這樣叫，在她面前稱她為卡桑……可是後來就不叫了。」

「為什麼？」

「那時候，我……後來我們離開歐奇那瓦，去到北方那個大島，那是個東洋日本國的大城市，很熱鬧，除了東洋人、紅毛人、金毛人，還有許多唐山人，他們在那裡做生意，紅毛人還在那裡偷偷的做禮拜，要我們信阿門……華麗絲也是基督徒，可是也做了很多壞事。」

「她做什麼事？」

「娼妓！」

「娼妓……那是做什麼的？」

「就是……就是跟男人……跟許多不同的男人……」

「……」阿問欲言又止，看到阿豹那吞吞吐吐的怪模樣，覺得有些好笑。

「我也不會說，他們嗯嗯哎哎，又摟摟抱抱，就是那種……哎呀，說了妳也不懂！」

「我知道——那個叫，叫做生孩子的事！」

⓫琉球群島的日語音譯。

話才出口，阿問的腮邊染上幾絲紅潮，可是阿豹似乎沒有發現——這個十七歲的女孩雖然還沒有跟異性做過那種事，可是在她成長的歲月裡，早已經多次看到這種男女肉體交歡的場面——他們族人沒有「交媾」「性交」之類的話，只以「哺滋哺滋」的聲音來形容那男女交歡時的情景——她只是沒有聽過「娼妓」這樣的詞，因為他們的部落與族人，從來沒有人從事那種的工作。

其實，在阿問還沒有出生之前，紅毛人與金毛人統治淡水和大雞籠的年代，這兩個城堡附近所集成的小小市街，就有這種女人操持的古老行業，提供遠東地區殖民與商業貿易地點包括軍人、行商、買辦、挑夫、漁民，還包括海盜等各種男人的需求。而八里坌南方海岸線上的南港營盤，就在二十年前國姓爺的水師巡弋或者短暫駐紮的年代，就有東洋人在那裡經營軍妓的部屋，提供每天無聊的兵丁，和偶爾靠岸停歇的漁民，於海上勞動之後百般無聊之餘亟需的肉體服務。直到幾年後，金毛阿豹終於了解那個淫蕩的女人——原來他的卡桑就曾經在南崁營盤做過軍妓，並且跟他的父親米奇男歡女愛的幹過那碼事，後來搞大了肚子而生下他——這個出生之謎，那是等他認祖歸宗之後籠肴老人告訴他的。

由於無處為家，烏毛本來想將阿豹帶回毛少翁部落，但是又擔心那個大河水岸邊的部落，遲早會暴露他的行蹤，讓唐山人的兵給捕捉。最後她這樣決定，把他帶到女巫之山叢林裡的北投社[12]，讓麻阿問阿婆來照顧他。她想，麻阿問的居處最為隱蔽，對於逃避追捕的阿豹來說，應該算是安全。

麻阿問已經很老了，可是沒有人知道她有多少歲數了，烏毛阿問只聽說，在她那耄耋的生命歲月裡，看過黎明之星從出現又消失已經八次之多了，而烏毛的提娜只看過四次，而毛少翁社年紀最長的老人，最多也看過五次而已。烏毛的提娜在跟阿爸牽手之前，曾經跟麻阿問學過巫術五年又四個月圓月缺的時光，可是最後只學會十幾種能夠治病驅邪的草藥，以及勉強能夠幫夜裡號啕大哭的嬰兒收收驚之外，還是沒有如願成為毛少翁的巫師，最後還是招贅圭柔社的他瑪入門，讓她順利接掌家業。提娜這個沒有完成的心願，在她結婚生子之後始終沒有放棄，後來她把這個缺憾寄託於女兒身上，她將這個鹿兒哺乳之月出生的女兒，取名為與巫師同名的「阿問」，宣示她倔強的企圖，並且在阿問十一歲初經來之後的第七天，連哄帶騙的把阿問帶到北投社。

那一年麻阿問已經很老了，花白裡帶幾絲赭色的長髮垂到腰際，微微翹起的鼻頭往內側轉轉鉤有如鷹嘴，而厚厚的皺皮囊垂下來的眼袋上方特別突出的雙瞳，不停的滾動散發出藍寶石般的光彩——提娜說，她曾經在麻阿問身旁，親眼看過第二次黎明之星從東方天空即將消失之際，有兩道藍光從那裡噴灑出來——那天清晨是個陰霾的天氣，太陽遲遲沒有露臉，黑暗之神的月光仍然頑強的統治著新的一天，哪知道，就她詫異的剎那間，灰鐵蓋般的天

⓬北投地名源自凱達格蘭族語中的「女巫」（母系社會中的女性祭祀師）。凱達格蘭族北投社，區域分布於今日北投、關渡、唭哩岸、天母、石牌等地，大致在大屯山南峰到淡水河一帶。也許當年北投社有多名女巫，因而得名。

空坍塌了一大片，曦光像屋後春日裡的刺桐花一般開得滿天燦紅，而她卻聽見老巫師雙掌合十，口裡念念有詞似乎不停的呼喚她的名字。

「阿婆，您叫我？」

麻阿問好像沒有感覺她的存在，仍然在那裡念念有詞。

「怎麼了，您不是一直在叫我？」

事隔多年之後，阿問走進女巫之山的路上，跟金毛阿豹描述那天的情景，仍然感到深深的困惑。

「怎麼，她不是在叫妳？」阿豹問。

她的臉上顯得有些無辜。「她是叫阿門阿門，不是叫阿問。」

「妳知道阿門是誰？」

「我不知道，如果我知道的話……」阿問的笑容有些尷尬的說：「也許後來，有這麼一天，我真的成為女巫師了。」

阿豹促狹的說：「不──如果妳知道阿門是什麼，妳會變成修女。」

「修女？」

「嗯，修女。」阿豹盯著他，裝得認真的模樣：「到那時候，妳會進修道院，然後每天都要阿門阿門好幾次，然後嘛……以後不能跟男人牽手。」

「那我才不要……」阿問伸伸舌頭，眉頭皺起來，好奇的問：「你說，阿門到底是誰？

怎麼跟我一樣……？」

「阿門是……不過，妳先告訴我，麻阿問有沒有拜這個東西？」

她看到阿豹在胸比畫著一個十字。阿問無法理解，「你說什麼？」

「我說耶穌呀，那是金毛……金毛番信的神。」

「哦？金毛番……」阿問愣了愣，看著阿豹，打量他那一撮金頭毛，似懂非懂的笑了，然後，帶幾分疑惑試探性的問：「那——跟你是同一祖先囉？」

阿豹沒有給她答案。因為剛才那一番話只是興之而來——自己也弄不清楚，怎麼會突然之間想起多年之前，在歐奇那瓦和長崎的童年生活印象？

帶著一顆驛動、對未來憧憬的心，阿豹放開腳步，隨著少女阿問的身影在越來越深的密林裡穿梭，一步步投入女巫之山的懷抱裡。

3.

一個禮拜之後事實證明——金毛阿豹那帶有開玩笑的揣測，並非全是空穴來風。

那教阿豹大為吃驚——「一個禮拜」的說法，居然那個以巫術來收驚、占卜治病以及生活祭典的麻阿問也知道。此外，這個有四五十戶人家的部落裡，至少有五六個老人家，曉得「一個禮拜」是七天的時間，而從月圓到月缺一直到下一個月圓之夜，大概是需要四個禮拜多的時間。而住在海邊的幾個部落，像淡水社、毛少翁社、八里坌幾個部落[13]的老人，還從這裡推斷潮起潮退的循環規律，以及各種魚群來的季節會到海岸沙灘的時間，讓他們年輕的麻達能夠駕著獨木舟，出海捕撈更多的漁獲。

不僅如此，此後的日子讓阿豹驚悸連連，他意外的發現麻阿問許多不為人知的祕密——她教阿豹巫術，以及如何向上帝禱告，並要他成為聖母瑪利亞的兒子——這些種種怪事，都要從麻阿問那間黎明之屋說起。

麻阿問以大麻竹砌起來的獨立家屋，位於北投部落的北方，是屬於偏僻的邊陲地。那裡平常時候一般族人不會來，除非碰到一些疑難雜症，需要她施法的時候，或者是獵鹿的季節開始之後，才會看到人蹤。

不過七八年前，已經陸續有零星的唐山人，在山裡採藥材、抽黃藤，在部落前方搭起簡易的茅屋，建立四五戶人家的農墾庄。在此之前三十幾年光景，鄰社的奇里岸，就早已經有束著長髮的唐山人，把山區比較平坦的河谷地，開墾成田，他們把旱地種植番薯，把有山泉水灌溉地方，闢為水稻田。他們可能是世界上最優秀的農民，他們從硫磺之溪的一條小源流，以山岩和土塊堵起來，成為一窪窪膝深的水潭，再築一條小渠道從那裡引水灌溉。後來又來了一批唐山人，沒有人知道他們究竟住在哪兒——他們都是年輕力壯的男性，他們不是以耕作水稻種植番薯為業——他們以油車口、公司田和奇里岸[14]人生產的糧食，跟當地的族人交換一竹簍一竹簍的硫磺，以走私或者是賄賂的方式，買通地方稽查的官兵，把硫磺賣給神祕出現的東洋人，和唐山商賈所僱用的單幫客——前者是日本海商集團派駐於大雞籠的代理人，唐山人稱呼他們為「倭寇」，他們是跨國商販，偶爾也幹一些海上劫掠的勾當；後者基本上是為錢賭命的軍火掮客，從海盜頭顏思齊、鄭芝龍的時代開始，他們就世代相傳的從事這種殺頭行業，為屢仆屢起的不同唐山海商集團服務，這幾年那些曾經縱橫東亞、東南亞的海商集團次第消失之後，還有幾個小股的海盜，神出鬼沒於海峽兩岸及台灣東北海岸，他們所需的槍銃火砲的火藥原料，幾乎都是這些單幫客提供的——以換取白銀、鐵鍋、鐵鋤、鐮刀、麻布，還有許多奇奇怪怪但是很實用的東西。

剛開始接觸的時候，北投社的老人家還不時叮嚀，唐山人也許不是什麼好東西，所以採取戒慎的態度。可是年輕人樂於跟他們接觸來往，因為他們總是帶來時髦的東西，讓他們大開眼界，尤其是年輕的婦女，還常常意外得到不少好處，例如一條花巾，幾匹印上一些花色俗豔的棉織布，或者是輾轉從南洋來的，那些精巧的玻璃、瑪瑙製品，都讓他們樂此不疲。

唐山人中除了坐戎克船的商人與漁民之外，還有逐漸增加的農業墾民，他們大都是身強力壯的羅漢腳，其中大都是非法偷渡客，在客頭與土地掮客的引介下，跟此地的土著以

⓭淡水社、毛少翁社、八里坌此三社荷西時代，分別位於淡水鎮中心、社子島、八里鄉的埤頭、頂罟村一代，小說此時的清治初年，毛少翁社已經移居到士林區的三角埔、八里坌社已經移居到北投的嘮嘮別。

⓮根據相關史料顯示，淡水河口北岸這三個村莊，是淡北地方最早有漢人拓墾的地方。油車口、公司田在今淡水鎮，奇里岸在今北投區的石牌里，今捷運唭哩岸站前還保存有漢番界碑。該碑原來在石牌派出所附近，關係石牌舊地名的源起。

訂約、租用或者代耕的方式，取得耕地的使用權或所有權，久而久之，他們與平埔番人維持一種和平與共生的關係，與社裡的年輕番女以招贅和買婚的方式，在這片移民新天堂共組家庭，繁衍新一代的混血兒。現在大河南岸的八里坌、加道坑口，北岸的油車口、淡水，以及稍北的錫板、八連溪口，都陸續的有唐山移民居住，幾個漢人農墾庄正在形成之中。

不僅大人如此，北投社的小孩子更是一窩蜂，有事沒事就往唐山人的新墾庄鑽，唐山人多半沒有像他們這般稚齡的孩子，私底下偷偷的嫌他們番味重之外，也沒有排斥，有時還會拿出一些稀奇古怪的東西，讓他們看得目瞪口呆。唐山人知道番人都嗜吃甜食，高興的時候就從低矮的廚房，拿出少許的烏糖讓他們搶吃，那饞狀往往讓人捧腹大笑。阿問童年時候，就曾經在唐山人過年的時候，在奇里岸的漢庄，吃過他們的甜糕，黏答答的可是很甜很好吃，現在想起來還會流口水。

讓阿問覺得詫異的是，麻阿問與阿豹一見如故，那情景有如離散多年的親人久別重逢一樣，因而輕易的解決了阿豹住下來的問題。

起初，阿問還吞吞吐吐說不清楚，為什麼必須把阿豹藏到深山裡。可是老太婆似乎一點也不為意，她只是悠閒的蹲坐在那裡，烏黑的唇齒咬著一支燻成黑褐色的竹菸斗，吸著某種曬乾的樹葉捲成的菸。阿豹從煙絲裊裊中看到老人家瞇起眼睛的臉龐，布滿了許許多多數不清的小窟窿，也許是從前得過什麼的皮膚瘤或天花之類的惡疾。最奇怪的是和鼻孔一塊兒冒煙的嘴，人中幾乎看不見，但是兩片厚厚肥肥，也許是因為吃檳榔的關係染成黑赭紅的唇，幾乎占滿了下半張臉。

好不容易等她滿足菸癮之後，麻阿問才瞇著眼，打量一下眼前這個陌生人，然後悠閒的若無其事的吐著濃煙。好半晌才張開嘴，那沙啞的聲音彷彿來自於遙遠的國度。

「孩子，你叫什麼名字？」

「啊，什麼？」

看到阿豹的嘴巴張開，又僵住，阿問急著說：「在問你的啦！」

「我？」

阿問只好幫他回答：「他叫阿豹，金毛阿豹。」

「喔，阿豹？嗯……好。」

老太婆連連點頭，又是吸菸吐煙，沒有看他。阿豹尷尬的杵在那裡，不知說什麼好。

「你，過來。」阿婆示意要他蹲下來。阿豹蹲在她身邊，這才看到麻阿問的眼眶四周，堆滿了黏搭在一起的眼屎，眼瞳只露出一小部分，而牙齒只剩下顎長長的黑色的兩根，像是門柱一樣的撐起兩片往內縮的短唇，他還聞到一股辛辣嗆鼻的菸臭味，從那很不容易張開的齒縫裡溢出來。

許久之後，她才蹦出一句話。「你的頭髮，真好看！」

阿問偷偷告訴阿豹，麻阿問是個脾氣古怪的老太婆，她很少開口說話，也不太跟人接觸，通常是一個人獨居在村社外圍的茅屋裡，過著孤獨、悠閒自在而神祕兮兮的生活。

不過，麻阿問沒有讓他住進那潮濕、陰暗且不時有一種異味，像是某種夜行動物的腥羶味溢出來的家屋，讓他一個人住進有好一段陡峭的山徑，位置更為偏僻的黎明之屋。它位於一大片亞熱帶原始闊葉樹林的盡頭——再過去就幾乎看不到樹林，越來越高的依山起伏的山坡一直到稜線附近的山頂，乍看之下彷彿是大片的綠色草原，其實都爬滿了各種不知名的茅草和低矮的箭竹林。當海風從單面山的缺口灌進來的時候，活像一大群妙齡少女婆娑起舞的搖擺著。那裡已經接近毒霧山谷的外緣，沒有起風的日子，一絲絲一縷縷白色細紗般的霧——其實阿問不必說，阿豹也知道那不是霧，也不是山嵐，那是硫磺的毒氣。不過那時候他不知道，翻過了幾個山頭便是女巫之山，在這片背風、為叢林掩蓋的山谷裡，有兩三個這麼美麗的部落。

阿問告訴他，黎明之屋是麻阿問的祭屋。

起先，他還不知道祭屋是幹什麼的。和一般北投社人完全以竹木架構成的干欄式住屋不同的是，這間陰森森得有如蘆墓的房子基部，是赭紅色岩石砌起來的，十二尺見方的狹隘空間以板岩隔成兩間，阿豹被麻阿問指定睡在靠西邊這間，整間以竹片及木椿架起來，勉強可以睡覺。而東邊那間，麻阿問慎重其事的警告他不可進入，有時候阿豹因為好奇心的驅使，於門牆外的細縫間偷偷的張望，只依稀看到裡面幽暗、潮濕而密不通風——只有一束光線從某一個神祕的角落劃出來，像一把薄薄而軟綿綿的刀片，傾斜的插進黑暗的核心，阿豹覺得，那裡面有一種詭異的氣氛掩藏於幽暗的空間裡。

阿豹很少看到麻阿問的人，幾天以來，那老太婆幽魂似的往來於住家與黎明之屋之間，偶爾現身，還沒說上話，她又悄然消失於寂寥的山林裡。特別是當黃昏來臨，漫天雲彩變幻之間，厚厚的紫色的、黑赭紅的晚霞，壓得幽深的樹林提前結束一天之後，麻阿問的行蹤更是杳然，如同山裡潛藏的精靈。

由於整天無所事事，阿豹覺得天上的太陽走得特別的慢，白晝的日子顯得漫長而極其無聊，好不容易熬到黃昏了，又嫌月光和天上的群星慢慢吞吞，行動遲緩如同地上爬行的蝸牛，深沉的黑暗是漫無盡期的永夜，一直等不到天亮。於是，他漸漸地養成一種習慣，在漫漫的黑夜裡數星星。

這種習慣，其實是受到麻阿問的影響。

有一天深夜，秋風吹得樹林沙沙作響，他無法入眠，索性沿著木梯爬上樓頂，剛來那天，他就發現原來樓上還有一間高高矗起的塔屋，像此地番社附近常見的望樓一樣，不過它不是建在地上，而是屋頂的平台上。

他一直沒有爬到上面看看，直到第三天那晚，他上了屋頂，看到初夏的夜空星光點點，上弦月有如一把冷冷的彎刀，就倒掛在塔屋尖上，因為好奇心的驅使，他爬上了塔屋。

塔屋的高度超越了雀榕、豬腳楠、紅雞油樹頂，以及那一小片濃蔭的楓香純林，使得視野更加遼闊，墨黑而渾圓如大鐵鍋蓋的天空，低垂的星子就在近處的四野閃亮，好像伸開手臂就可觸摸到。

黑暗中一小團黑影，蜷縮於粗麻繩結成的網床上，隨風微微的晃著晃著。阿豹愣住，以為那是什麼東西，似乎是一個人，可是蜷縮的身子卻一動也不動。

那個人是麻阿問，她手上還緊緊握著一把長筒狀的東西。

阿豹揣測麻阿問應該是睡著了——原來，每天入夜之後看不到她的人影，彷如水霧一般來去無蹤，就是躲在這裡睡覺？

阿豹的嘴角咧著淺笑。可是他哪裡知道，躺在搖床上的只是麻阿問不動的軀殼，她的靈魂早已遠離女巫之山地區，到七星山上觀天文了。

關於麻阿問會觀天象的事情，在北投社老人家的眼裡早已不是什麼新鮮事了。他們在許多年以前，就看過她用一把長長的圓筒狀的金屬製品，透過那個東西作法，她可以用一個眼睛看天空，聽說星星會突然變大了，還會閃著尖角的光刺。據說，麻阿問從那些星星的距離、明亮、晦暗，以及運轉的方向與快慢，來推斷族人一整年的作息時間，以及預知吉凶的事情。不過那時候他們都不懂得天文，以為麻阿問跟部落的小孩子一樣，喜歡看星星。

阿豹認得那玩藝兒叫做「望遠鏡」，童年時候在很遠很遠的出島，他看過紅毛人的船長，和日本人的長崎代官，都有那玩藝兒。不過他們不是拿那個東西來看天空，而是看海。聽說那玩藝兒可以把海變小，而把船跟人變得很大，然後把船上的東西看得一清二楚。

至於為什麼麻阿問擁有這種時髦的東西，沒有人知道。不過有些老人家私底下傳言，麻阿問原來不是北投社的人，是七八歲的時候跟著她的阿婆，從林仔社移居過來的。而林仔社的人，在金毛人統治淡水城砦的年代，是他們的仇家。

熟睡中的麻阿問口裡喃喃自語，阿豹聽不懂她說些什麼，他挨近她的身旁，好奇的看著她握在手中，斜撐於瘦削身坎上的那把望遠鏡——此刻，那東西似乎有一種特殊的魔力，強烈的吸引他。

「麻阿問……麻阿問？」

他低聲的喊了兩次，麻阿問都沒有回應，於是傾下身子，拿起望遠鏡於手中把玩。他還把眼睛靠近那個圓形洞孔瞧了又瞧，結果什麼也沒有看到。他不死心，把它摔兩下，又在木柱敲兩下，再看看，卻發現兩只玻璃鏡片滾出來。那是半圓形厚度不一的半透明東西，那材質有點像阿問頸上掛的玻璃管珠，拿近眼睛仔細一瞧，他看到一張扭曲的臉，和一個凸起的特大號的鼻子，那景象讓他嚇壞了，不禁全身輕顫起來。手一鬆脫，望遠鏡落在麻阿問的身上。

「你看到了什麼東西？」

突然，麻阿問沙啞的聲音傳來。看到她微微地弓起身，讓阿豹覺得自己有些唐突，臉上盡是尷尬的表情。

「我，我是……我只是看一下……」

「沒關係，告訴我，你看到什麼？」

「我，我看到……一個奇怪的人。」

「哦？你看到的是人？你沒有看到阿麗娜嗎？」

「阿麗娜？我沒有看到……阿麗娜是？」

「她是一個妖婦，天上最大最耀眼的一顆星⑮。」

麻阿問說著，彎起上身，盤曲著雙腿，指著天邊遠遠的海平線那端，說：「她是妖媚、淫蕩與邪惡之星，不過，這個時候我們看不到她，我等了整個晚上，她還是不肯現身，已經第八天了，第八天……」

麻阿問的話，像是喃喃自語，阿豹不知道她到底在說什麼。

「你真的沒有看到阿麗娜？」老太婆也不管他沒有反應，甚至於沒有瞧他一眼，繼續喃喃自語：「阿麗娜，我看妳要躲多久？妳還能躲多久？我就跟妳纏鬥到天亮，當黑夜過去眾星隱退之後，妳總該要露臉了，嘿嘿，阿麗娜……」

那天深夜，阿豹就真的陪同麻阿問到天明。

原來七天之前，麻阿問就在黎明之際看到阿麗娜——那顆妖媚的黎明之星，只乍現一下就消失於夜空中。依據她的推斷，黎明之星隱身之後的第八天，將會在同一個地方現身，最遲到八天之後的黎明，太陽還沒有出現之前，她會以閃亮的晨星姿態，乍現於東方的夜空，比太陽早一步宣布新的一天。麻阿問警告性的說，如果到天亮之前還沒有看到她，那就大事

⑮天文學上的金星，總是不定期出現於凌晨或黃昏，它是一等星，非常明亮。在西方它象徵妖媚、淫蕩；在古代中國，以太白星來稱呼金星。

不妙了。

阿豹被她唬住，一臉疑惑的問：「怎麼了？」

「天地運轉，日夜輪替，大自然中有它一定的規則，太陽神是其中的主宰者，月光神則是祂的牽手，雖然這一對無緣的夫妻不能在一起，可是他們卻合作無間，讓日夜輪替始終不息。」麻阿問凝望著天，一臉肅穆的說：「可是阿麗娜這個淫婦，總是每隔一段時間就耐不住寂寞，她煽媚太陽神，讓祂亂了方寸，不依照規則來走，致使日夜混沌不清，天空晦暗不明，如果讓她狡計得逞，那就是災難的開始。」

「哦……會發生怎樣的災難？」

「那要看阿麗娜那個妖姬，當時她的心情如何，她總是心腸毒辣，行事詭異，讓人摸不著頭緒。哦，你把長鏡拿過來。」

麻阿問的貓眼對著圓筒，向東方的天空瞪視，搜索良久之後，嘆了口氣，放下望遠鏡，臉上青白一陣，然後閉起眼皮，薄薄的嘴唇蠕動著，似乎又在喃喃自語。

阿豹小聲的問：「怎麼了？妳看到什麼？」

「這——顯然不是好兆頭……是兵災呀！」

麻阿問頻頻搖頭，瘦削的雙頰抖動不停，兩個眼球射出青光。她把望遠鏡交給阿豹，指示他望向仍然黯淡的天空某一角落。

「你看到了嗎？」

「哦……我什麼也沒有看到。」

「怎麼沒有？上面一點，對，就是那裡……有沒有？」

「啊——我看到了！」阿豹大叫起來。

「你看到什麼？」

「我看到好多星星，三顆、四顆，五顆……」

「它長得什麼模樣？」

「好漂亮，閃閃發光呢！」

「我是說，看起來像什麼？」

「像……它們像一把斧頭，嗯，是像斧頭！」

「對啦，那是戰斧星座。」麻阿問臉上笑逐顏開，兩顆玻璃珠似的眼睛閃著星星一樣的光芒。「你還看到什麼？」

「沒有呀？」

「怎麼沒有，就在那把斧頭附近，你仔細瞧瞧。」

「喔，有了，不過，我看不清楚。」阿豹說著，對著鏡筒，屏息靜氣認真的看。

「有沒有，大大的？」

「嗯，是很大，是圓圓的一顆大球。」

「她果然躲在那裡，好一個妖姬。」

「它是什麼，你一直在追蹤它？」

「她就是那個淫妖，黎明之星阿麗娜！」

按照麻阿問的說法，阿麗娜是一顆行蹤飄渺不定，出沒無常的星球，她最大的特徵，是喜歡在混沌的黎明之前，趕在太陽露臉之前現身，那是將亮未亮之際最耀眼的一顆星，就像一個嫵媚妖豔的女人，站在一堆年老色衰的平凡女人堆裡一樣，你一眼就會看到她，並且為她迷人的風采所誘惑。

麻阿問還說，有時候阿麗娜也會在黃昏的時候出現，那當兒，她會化身為男性，在紫雲滿天之際，發出金黃色誘人的光芒，就像俊俏的男人吸引女人一樣，勾引月神脫離太陽神的懷抱，所以當她於黃昏現身的時候，月亮總是緩緩的露出羞澀的臉龐，平時那迷人的光彩也被阿麗娜掩蓋了。

「如果是這樣的話，那就會天下大亂了！」麻阿問正色的說：「那時候，我們的女人就會被她蠱惑，失去平時應有的矜持與尊嚴，她們會像發情的母鹿一樣，千方百計的勾引雄壯的公鹿，公然的在家人面前褻瀆，不顧倫常的到處與男人交歡，成天的想做那種不是為了生兒育女才想做的事情。」

麻阿問的話讓阿豹的臉紅起來，他想了又想，靦腆的問：「那——現在，她是在夜裡出現呢？我是說……」

「不管是清晨或是黃昏，你看到阿麗娜都不是好事情！」麻阿問說著，示意他看西天

——原來，阿麗娜大大圓圓的臉不見了，阿豹在那幾顆斧頭星座之間，看到一顆閃爍得如同磷火一般的星星，冷冷的發著青光。

麻阿問透過鏡筒望了又望，臉色越來越是沉重，她的眼瞳也許是阿麗娜的光華返照，閃爍著鬼魅般的青光，因顫抖而不斷蠕動的嘴唇變成熟透的櫻桃那般的顏色。

「不好了，凶呀，大凶！」

「怎麼？」

「黎明之星在半夜裡發藍色的光，主凶，那光芒如刀光血影一般的劃過來，那是兵災呀！」

「兵災？」

麻阿問憂心忡忡的說：「嗯，不出幾個月，殺戮、戰鬥，還有死亡之事將如浪花一樣漂過來。」

「那——該怎麼辦？」

「我們能夠怎樣？當阿麗娜淫威大發的時候，連聖母瑪利亞也拿她沒辦法……」

麻阿問的話越來越小聲，最後，阿豹不知道她在呢喃什麼？越過海面的風帶著鹹苦的味道，讓他眼皮沉重起來。

4.

那天夜裡，阿豹在床上翻來覆去。

麻阿問的話讓他思潮翻湧，使他無法入眠。倒不是他害怕麻阿問的預言成真，發生戰爭面臨死亡威脅的恐懼，自小失去父親的支柱，隨著生他的女人浪跡海角天涯，他早已經習慣在各種不同的處境裡，尋求活下去的方式，所以對於茫茫的未來無所畏懼。是麻阿問再三以「淫婦」「妖姬」來指責阿麗娜的說法，讓他印象逐漸模糊之後，重新跌落不幸童年的深淵裡。回憶像一面巨大的網，一點一滴一線一片的在他腦海裡洶湧翻騰，在胃裡倒溢出酸澀的苦汁，強制他必須品嚐。翻來覆去輾轉反側之後，他懷疑，難道他的生母，就是黎明之星投胎下凡來的精靈，惡意的孕育他孤苦奔波不幸的前半生？

三歲那一年的記憶一直教他沒齒難忘。

那時候，他的「家」在歐奇那瓦——琉球島的市街上，是一幢漂亮東洋式的木造房子，有類如宮殿氏的小玄關，和三四個鋪榻榻米的房間。那時候，他的卡桑已經不肯讓他跟她一起睡覺了，雖然他每個月會幾次哭鬧著要吃她的奶，卻總是無法如願以償——他最恨之入骨的是她總喜歡陪別的男人睡覺，尤其是那個來自於東洋的海盜頭子。他有幾艘裝備有臼砲的船隊，專門在日本海、瀨戶內海與東中國海之間的大洋上，劫掠往來的商旅與漁船，有時還會就近靠岸，強制民家提供飲用水、糧食果蔬的補給，在那個年代，他是海上國姓爺的船隊之外，最大的海上勢力。他不知道卡桑與海盜王之間，究竟是怎樣的關係，不過當船隊抵達歐奇那瓦之後，那討厭鬼總是在他們家抱著她睡覺。

七歲那年，不知何故他們的「家」遷離歐奇那瓦，來到日本列嶼南端的出島⑯上，那是一個新興的熱鬧港市，有一條十分寬敞熱鬧的大街，沿街商家有日本的和式木屋，中國宮殿式和荷蘭人那有彩繪玻璃的教堂與商館，卡桑的妓院就在中國商館旁，出入的「客人」除了中國商人、水手，還包括日本武士、商販，長崎大名下屬的中階臣僚。碰到大船入港的時候，卡桑總是穿金戴銀打扮得花枝招展，帶著七八名同樣打扮入時的女人周旋於各色男人之間，一個晚上就掙了許多銀子，卻幾乎忘了他的存在，讓他孤苦伶仃的度過童年歲月。

十三歲那一年，江戶幕府四代將軍德川家綱再施鐵腕，進行另一波嚴厲的禁教措施，又造成基督徒的大浩劫。江戶城裡老中的鷹犬——目付⑰帶著武士在教父家裡，搜出了聖經與十字架，那個荷蘭籍的教父被捕，他們脅迫他必須放棄上帝，否則將丟入海中餵鯊魚。他不

---

⑯出島位於日本長崎外海。幕府時代第三代將軍德川家康，上任後進一步施行鎖國政策，發生島原之亂以來，決定只開放長崎作為對外的通商港口，為了方便集中管理、監控外國人的一舉一動，避免再次發生叛亂，說服了二十五個本地商人出資，在長崎港的灘地建造出島，成為當時中國、荷蘭人商人的聚集地，商館都設在這裡。

⑰這兩個都是日本幕府時代的官名，「老中」是幕府將軍的政事官，總共有四五人，有如明清時期的內閣大學士。「目付」是監察官，是老中所屬，有如明清時期的監察御史。

為所動，堅持他的信仰——普天之下除了上帝之外沒有其他的神，於是就在出島海邊以身殉教。

雖然四歲那年已經受洗，他從來沒有看過上帝長得什麼模樣，每個禮拜做彌撒唱聖歌的時候，在那種宗教氛圍裡，他感覺祂似乎仍然存在。直到那天在出島海邊，看到那銀白色的十字架，在潮水裡載浮載沉，最後為大海所吞噬，而那個宣稱自己是上帝使徒的神父，在潮汐上漲中水淹到嘴鼻，仍然堅持神愛世人的真諦，最後還是為海水淹死了，於是他開始懷疑，「神」真的在嗎？如果神愛世人，祂不會眼睜睜的看著神父給活活淹死。

於是往後的成長歲月裡，神可能根本就不存在，如果祂還倖存，那也是冷血動物，或者是壞心腸的東西，不然，怎麼見死不救？

「不，神是無所不在，祂在天上，在海洋，在大地的許多角落，每天盯著我們，看我們做什麼——祂也在我們心中。」

當麻阿問如是說的時候，阿豹驚訝得目瞪口呆。

這是此後三天的那個禮拜天，他看到麻阿問跪在那間黑暗的密室，口裡念念有詞的時候，他揭發一個天大的祕密——原來麻阿問是基督徒。

「阿婆，妳在做什麼？」

「我跟聖母說話。」

「聖母？聖母是誰？」

「妳不知道嗎，聖母就是瑪利亞，就是媽祖婆呀！」

阿豹愣在那裡，瑪利亞他當然知道是誰，那是被他遺忘許多年，是耶穌基督的母親——小時候，那生他的女人就擁有一尊聖母像，偷偷的放在衣櫃裡供奉。至於媽祖婆是誰，他從來沒有聽說過。

她們應該是兩個人，怎麼會是同一個人？阿豹心裡感到納悶——奇怪，麻阿問擁有的聖母，是一尊黃色長袍，頭頂王冠的婦人，跟他兒時所見，那個穿白色軟袍，冰清玉潔的女神大不相同。

「這是我們家族的傳家之寶，到我手上是第三代了。」麻阿問瞇起厚厚的眼瞼，乾裂的唇上下蠕動著，低沉的聲音彷彿來自於古老的洪荒時代。她繼續說：「我五六歲的時候，我的提娜就一直偷偷的供奉祂，等到提娜進入神的國界之前，她把聖母像交給我保管，她說，聖母是我族女人的保護神，祂讓我們的女人溫柔、善良與美麗，使我們擁有一種魅力，可以抵制阿麗娜的誘惑——讓我們的男人不會遺棄應有的工作，勇於山林的狩獵，以及出海打魚。」

麻阿問說完，睜開眼。阿豹看著她——那明亮的眼眸閃爍了奇異的光彩，就像阿麗娜——不過他心目中的阿麗娜，是早晨太陽沒有出來之前的阿麗娜，純真、聖潔，發出母愛般的光芒。

往後的日子裡，阿豹有更多的機會與麻阿問接觸，從斷斷續續的談話裡，逐步了解這個謎一般的老太婆，她那坎坷又奇妙的生命歷程。

麻阿問出生於金毛人統治淡水城堡的時代，母親是北投社人，父親是林仔社人，從小為北投社人收為養子。當時北投社人散居於五個小村落，父母親為鄰村，他們於牽手之前，在法蘭西斯科神父引領下受洗，成為天主教的信徒。

法蘭西斯科神父開始在林仔社傳教的時候，備受皮拉漢的刁難與阻撓，甚至於派人搗毀前任神父苦心搭建的木造教堂，所以傳教工作進展很不順利。據說皮拉漢後來答應他的族民受洗入教，是因為法蘭西斯科治好了他的隱疾之故，但是更多人相信，那是因為長頭髮白皮膚的金毛神父，特別受到婦女與兒童的歡迎，其他還包括皮拉漢的妻子與兩個寶貝女兒。

麻阿問七歲那一年，法蘭西斯科第一次走進圭柔山下的村落，那時這群沙巴里的部族，自稱為圭柔人，部落則稱為圭柔社。麻阿問說，西洋番人之所以把他們稱為林仔社，那可能是因為他們散居的幾個村落，都在山區的樹林裡。法蘭西斯科鬈曲的金髮和高高翹起而有些倒鉤的鼻子，在村落裡引起一陣騷動，因為他們所看過的族人都是塌鼻子。婦女們喜歡他帶來的玻璃珠和象牙管珠，她們把它串成項鍊或耳環，向人炫耀她的美麗光彩。孩子們則成天追著他跑——在他們眼裡，那個年輕卻滿臉落腮鬍的洋人，隨身攜帶許多奇奇怪怪的東西，是比巫師還要厲害的魔法師，不管法蘭西斯科神父走到哪裡，他們就跟到哪兒。特別是禮拜天做彌撒的時候，教堂外面總是聚集著一堆孩子，等著他講完道之後，當他拉著手風琴，領大家唱聖歌的時候，孩子們趴在窗口，甚至於掩身於柴扉門口，眼睛瞪著講台上那兩包東西

——那是從墨西哥漂洋過海運來的巧克力糖，以及神父的助手——迪亞哥修士以麵粉、糖和乳酪製成的餅乾。這些沙巴里人的孩子，從來也沒有吃過這麼好吃的甜點，對他們來說巧克力與奶油餅乾，那是人間第一美味。於是法蘭西斯科神父就靠著是項妙方，於短短兩個多月，引導林仔社人男女老少總共九十七人受洗，其中七個是因為難產而於生命交關時刻，把自己交給上帝的婦女，還有十八個進入老年階層的長老，他們大都是瞎子、兩耳失聰者，以及罹患重症而瀕於死亡的老者，此外七十二個是十四歲以下的未成年孩子。

麻阿問就是其中一個孩子。

麻阿問跟阿豹坦承，說她不是因為糖果與餅乾的誘惑而受洗，而是那支可以看得很遠很遠的鏡子。

沒等麻阿問說完她的故事，阿豹就急著問：「哦——就是那個望遠鏡？妳看天空，還有追蹤阿麗娜的望遠鏡？」

「嗯，就是這根東西……咦，你怎麼知道這東西叫做望遠鏡？」

「我看過它，我是說，我在出島的時候，看過洋神父，還有佛朗基人的艦隊指揮官，用過那東西，可是我沒看過……」阿豹說得神龍活現：「我聽說那東西，可以把很遠很遠的船，變得很大很大，還有把人從很遠很遠的地方，拉到你面前來，就像吉普賽人耍把戲一樣，神奇得很。」

「你真的看過？」麻阿問瘦削的臉頰帶著幾分吃驚的神色。

「我看過，可是……我的卡桑不准我碰它，她說，那東西會吸人的魂魄。」

「嗯，是這樣，我就是從那裡，開始對巫術產生莫大的興趣，法蘭西斯科神父很喜歡我，把他的借給我，教我怎麼看天空，觀察天上那多如石頭的繁星，看它們拖著長長的尾巴，在遙遠的天邊……」

麻阿問還說，法蘭西斯科神父原來希望她能夠成為修女，預定等她十歲之後，把她送往大雞籠的修道院，讓她在聖母瑪利亞的光輝下，為天主工作，可是在她八歲那年，神父就凶死了。

「怎麼死的？」

「他被剁了右手，還割去頭顱。」

「是誰這樣兇殘，把神父殺了？」

「是皮拉漢，唉，都是那個皮拉漢……」

關於皮拉漢殺害神父的傳聞，半個多世紀以來，一直是林仔社中老年人共同約定必須遵守的祕密——那是禁忌，即使統治他們的政權已經三易其主，他們還是守口如瓶。

事情是這樣——當時大屯山地區的幾個番社，以林仔社最為強大、剽悍，頭目皮拉漢身長六尺多，孔武有力，是部落裡的狩獵高手，曾經獨自捕獲四百多斤的大野豬，並累計獵得十一個人頭，被視為沙巴里地區的戰神。由於膚色、種族的不同，以及自命不凡，皮拉漢相當排斥法蘭西斯科神父，同時也擔心對於聖母和上帝的崇拜，會減弱族人對頭目的權威——

雖然神父曾經治好他的病。

法蘭西斯科神父是個熱心佈教的神職人員，當他從菲律賓坐船到達淡水之後，就立下宏願，要把前任的艾斯基佛神父，在金包里、沙巴里的佈教基礎繼續發揚，要把天主的愛，把聖母瑪利亞的光輝，灑落於大河兩岸；他希望，讓每一部落所有的土著，都能革除野蠻的惡習，接受上帝的榮光。

當時的林仔社，已經有耶士基佛神父所創立的玫瑰聖母堂，入口大廳的角落，有一尊石膏聖母雕像，成為教堂的精神象徵。法蘭西斯科接手耶士基佛神父的工作一年多後，開始跟大河對岸的八里坌社接觸，由於大小八里坌兩社有四十多個土著受洗，每次做禮拜的時候，都要划著艋舺渡過大河，往來交通不便。於是神父便接受他們的要求，決定在八里坌建立教會，並把聖母雕像移往小八里坌社。

阿豹眼睛一亮，「小八里坌，這個地方？我似乎……」

「怎麼，你去過那裡？」

阿豹滾著眼珠，「好像有，又像沒有……不過，不知道是什麼時候，我聽人說過吧？」

其實幾個月之後，當他碰到籠肴老人之後回到八里坌，事實證明，阿豹壓根兒沒有去過八里坌。麻阿問睜開眼，瞥著他的臉，以及他的頭髮，又斂目沉思良久。

麻阿問突然開口說：「我想起來了，為什麼我一看到你就喜歡……嗯，像，真的有幾分神似，怎麼會這樣？」

麻阿問喃喃自語，讓阿豹覺得一頭霧水。「像什麼？」。

「像一個人，他也是這樣一頭金髮，只是他的眼睛，像海水一樣的藍。」

「哦？」阿豹心頭一怔。

「跟皮拉漢一樣，他也是傑出的領導人，八里坌社一代豪傑，卡拉豹頭目。」

「卡拉豹？」

「嗯，卡拉豹——他不是本族人，他是巴賽，來自於大雞籠社。」

阿豹注意到，麻阿問談起這個人，眼神煥發出一種特殊的神采——他從來沒有看過麻阿問這樣，好像一下子年輕十幾二十歲。

「哦?!」

「你知道巴賽？知道大雞籠社嗎？」

「那在北方，從海岸線一直過去，這個海島的最北方，金包里大社再過去，一個小島上，那裡也有一個城砦，像淡水一樣強固的城堡。那裡住的人除了紅毛人，其他的都是巴賽，嗯，巴賽，流浪的巴賽人。」

麻阿問夢魘般的囈語，終於停下來。她看著西方的海面——她沒有看到阿麗娜——也許她就躲在灰雲的後方——那裡雲層厚重，灰濛濛的壓下來。她的思緒又回到法蘭西斯科神父殉難那件事——不幸的事情發生了——就在聖母像預計遷出林仔社的前一天清晨，幾個族中青壯在埋伏於淡水到北投的山路上，殺害法蘭西斯科神父。

麻阿問的聲音又在耳邊嫋嫋而起。「那一天，差不多是這樣的天候，法蘭西斯科神父跟往常一樣，從淡水城砦走到北投仔，還沒有到，就在半路上的香楠木林裡，竄出來一群人圍住他——是皮拉漢，以及他們社裡的幾個壯丁……我想法蘭西斯科神父做夢也沒有想到，皮拉漢會這樣像對待獵物一樣地對待他——他可是他的救命恩人哪！」

此事發生三百多年後，一個在馬德里留學的台灣博士生，在浩瀚的天主教道明會的教會史料裡，看到了米德修士的筆記，上面寫著皮拉漢身為西班牙國王授有權杖的頭目，卻連續兩次沒有參加淡水地區的區域會議，並教唆他的手下，毆打到村社執行搜查勤務的駐軍。後來，亞拉崗中尉率領一隊槍兵活捉了他，把他關進聖多明尼哥城堡的地下室，囚禁一段時日。後來是法蘭西斯科神父出面，跟淡水城堡的長官求情，才釋放皮拉漢。

至於皮拉漢為什麼要殺害法蘭西斯科神父？米德修士的說法是，神父把上帝的信仰推展到鄰社——他準備在八里坌社成立教會，並擬將聖母瑪利亞的雕像移到新設的教堂。是項計畫引起林仔社人的恐慌。皮拉漢擔心，此舉顯示神父將隨著聖母離開林仔社，讓他們的敵對部落——八里坌部族勢力壯大起來。皮拉漢認為法蘭西斯科是有權勢的人——當他知道他從淡水城堡的囚房獲釋，是因為法蘭西斯科實在有夠力，而這種有力量的人如果投入敵人陣營，將來對他、對林仔社都極為不利。

麻阿問對這樣的說法嗤之以鼻。

五六十年之後麻阿問的記憶——她的說辭比米德修士的筆記還要真實，簡直是巨細靡遺。

「那真是讓人詛咒的日子。那天，黃昏的暮色開始瀰漫山區的時候，我跟在阿兄的後面到豬腳楠木林，我看到神父躺在那裡——雖然沒有頭，但是我認得他的白袍，染著紅色的血，還有掩在袍裡那支隨身攜帶的望遠鏡。他們割取他的頭，右手也不見了，但我還是一眼看出他是神父。那天夜裡，部落裡引起很大的震驚與騷動。他們害怕紅毛人來報復，差不多連夜都逃光了，大部分是躲在圭柔山、女巫之山的叢林裡，有些人則到大屯社、毛少翁社依親。我沒有害怕——因為那支望遠鏡，我簡直欣喜若狂，我拿著它躲在聖母玫瑰堂裡，跪在那裡禱告，我跟聖母說，我想要望遠鏡，聖母說，現在它就是妳的了，但是，妳要成為我的僕人，同時，妳也要擔任部落裡的祭師，透過妳的雙重身分，引領那些可憐的、倉皇逃亡的子民，回到天主的懷抱，讓他們成為上帝的信徒。我毫不遲疑的答應了——只要擁有那支神鏡，我高興得整夜都在把玩它，雖然黑暗中什麼也看不到，但是從那天晚上開始，我就擁有巫術，透過觀星術讓我能夠預知未來的能力，於是，我自然而然成為部落的巫師。」

麻阿問停下來，看著天，長長的噓了一口氣。

「那時妳幾歲？」

「八歲，其實還沒滿七歲。」

「怎麼會有那麼小的巫師？」

「你知道，我們北投是什麼意思？」阿豹搖頭表示不解。「是女巫，因為族人的出生、病痛與死亡，以及一年中許許多多的祭典，在我們北投社所有的部落，從來都是女巫師來主持——從來都是女巫，沒有男性——而且不止一個，每個部落都有兩個，或是三個。所以附近的林仔社、淡水社，就以北投來稱呼我們。」

阿豹還是無法理解，一個社為什麼要這樣多的女巫？而麻阿問居然於十四歲那一年，成為北投社的大巫師。

麻阿問撫摸她的望遠鏡，好像愛撫她的寵物一般。「因為我擁有它，便擁有無上的法力。」她得意的說，「透過它，我比其他任何一個女巫師，更了解天上眾神的祕密——每一顆閃亮的星星，都是一個神，他們神，也跟我們一樣，有愛怨，有貪癡，有妒嫉，他們的慾望與行動，會影響我們人與人、部落與部落、種族與種族之間微妙的互相牽扯的關係。而我，總是能夠在它們出沒與移動之間，看出一些端倪。」她頓了半晌，然後從鏡筒的兩片透鏡，探向遙遠的天空。「第二天清晨——我是說，法蘭西斯科神父被殺的第二天，大清早，我就這樣看，嘿——我看到阿麗娜，你一定不相信，那個妖姬，竟是一張慈悲、聖潔的臉，跟聖母瑪利亞一模一樣，在清晨的曉霧飄渺之間，散發那金黃色的、愛的光輝！那表示，殺戮與仇恨都走了，就像祂所引導的陽光出來之後，霧便會煙消雲散一樣……我要族人們回到他們自己的家，回到我們已經住了幾代人的部落，就如同往日一般的生活。他們起先還遲疑，以為我是胡說八道。」

那是麻阿問第一次預言成真——淡水城堡的長官並沒有對他們施以報復，新接任的路易斯馬羅神父，受命到叢林裡召回他的信徒，回到原來的部落安居樂業，好像什麼事情都沒有發生。不過，西班牙的官兵在北投舊部落的一間祭屋，抓了皮拉漢，囚禁三天之後，長官召開臨時議會，決定要處決首謀的肇事者，他們把皮拉漢綁在十字形的大木架上，於城砦西側的空地上堆起柴堆，他們強制附近幾個部落的頭目與長老，聚集於廣場那邊，眼睜睜的看著熊熊大火把他活活燒死。

然而，法蘭西斯科神父與皮拉漢之間的恩怨並沒有就此了結。

說完故事之後，麻阿問這樣結語：「有人說他是恩將仇報，但是皮拉漢對於自己所作所為無怨無悔。」

阿豹心裡這樣想：怎麼會呢——這隻冷血動物！

「你當然無法理解，其實他——皮拉漢太愛神父了，只有殺了他，才是萬全之策。」

「……？」

「大火點燃之後，雖然濃煙燻得他眼睛冒汗，但是皮拉漢仍然沒有屈服，倔強的挺立於十字架上，瞪著西天冷笑。」麻阿問的話越來越低沉，好像是說給自己聽。「我躲在刺桐樹下，透過望遠鏡，我看到躲在濃白雲層裡阿麗娜那張金紅色的，又羞又惱的臉——普天之下，沒有男人能夠逃過她的誘惑，只有皮拉漢……她曾經幾度於黃昏降臨的時分，以不同的姿容跟他示好，可是皮拉漢卻視若無睹，他不只對她——顯然的，皮拉漢對女性都興趣缺缺，唯獨對法蘭西斯科神父……阿麗娜這個妖姬，哪能忍受這樣的屈辱……於是，她決定，法蘭西斯科神父非死不可。天哪——沒有人知道，關於那場樹林裡的悲劇，阿麗娜才是元兇，不是皮拉漢！」

麻阿問的話讓阿豹陷入極大的困惑裡。那些人與人或是人與神之間的恩怨情仇，不是他能理解的。然而此後幾天，腦海中還是不停的翻湧著，好像故事裡的人，真的與她有什麼關係。

一連十幾天，他都沒有再看到阿問，覺得生活中若有所失——除了老巫師之外，在這裡，他連一個說話的對象也沒有。當黃紛紛的相思花將要落盡之後，時序已經過了晚春，而初夏的陽光已經迫不及待燒烤女巫之山的叢林，從山上遠眺，放眼盡是無邊的濃綠，更遠的地方，那無邊無際的澄碧海洋，沉默中低聲喘息著，讓他少年的心感染憂鬱的成分。

他開始焦灼起來，成天瞪著藍天與碧海發呆，寂寞像黃昏之後的濃雲快速堆積起來，漲得心裡難受，然後看著那輪紅日沉落海裡，心裡似乎又被掏空，好像等待什麼又一天天的落空，陷落越來越深的黑暗裡。最後阿豹發現，他是等待阿問——是阿問，他想念她，強烈的期望看到她，那個毛少翁的少女。

那天夜裡，他再也禁不住心裡的渴望，於是他跟麻阿問說，明天一早他要去毛少翁社。阿婆答應了，並告訴他山路怎麼走，原來他們族人有一條山徑，可以不必下到河谷，直接從山坳穿越叢林，那是他們的婚路。

「婚路？」阿豹聽傻了眼。

「嗯，那是我們北投社和毛少翁社的人，結婚牽手之路，也是我們狩獵的獵徑。」

過去數百年來，北投社和大河南岸的八里坌社、武溜灣社是敵對關係，彼此之間互獵人頭，至於淡水社、林仔社、毛少翁社[18]則是友好關係，彼此通婚。特別是毛少翁社，從前他們部落還在大河南岸的時候，兩社關係比較疏遠，後來因為家園陷落水裡，他們遷居大河北岸之後，兩社族人往來愈加密切，通婚日多，送往迎來之間，自然於山區走出一條通婚之路。

麻阿問教他如何沿著硫磺溪谷跳石下山，然後爬過奇里岸山，穿過奇里岸社，然後沿著山腰之間的硬泥路，抵達毛少翁新社。不過阿婆警告他，毛少翁社是兩頭蛇，不能完全信賴。她說，過去毛少翁社與八里坌社有部落聯盟關係，到底是敵是友很難說。

臨行之前，麻阿問提醒他：「路上，如果碰到什麼事情，你可以找鄭善人幫忙，他是我的故人，就在奇里岸，是當地的頭人。」

「哦？」

麻阿問說：「他叫做鄭長，是唐山人，記得喔，路過奇里岸，你先去找他。」

5.

硫磺之溪是一條山間小溪流，在溫熱潮濕的亞熱帶密林裡，它像一條小綠蛇，挺著腰身蜿蜒的流過女巫之山、奇里岸山，缽底狀的溪谷，河灘上累累的大小不一的卵石，長著青苔，流水聲中有一股淡淡的硫磺味，卻是清涼潔淨。到了奇里岸山的山腹，你可以看到女巫之山圓滾滾的輪廓，矗立於重重圍繞的錐形山中，煙霧裊裊之中神祕而莊嚴，那是北投社人的聖山。

當年鄭長選擇在這裡建屋，並不是因為山，而是那濃密的樹林下間歇性的草原，厚厚的一層落葉與腐植土，還有更重要的是，它擁有硫磺之溪源源不絕的甘泉水，將來必然是一塊肥美的沃壤，他堅信，只要埋頭拓墾不消幾年工夫，可以養活數百人口。

現在，奇里岸已經是個漢人與番民混居的地方，它位於奇里岸山南側的背風面，一個山區谷地的小集村。鄭善人的莊宅是五間起的土角厝，屋頂覆上幾層厚厚的茅草，那是奇里岸最大的建築物，只要進入庄子就看到了。

現在也有人把硫磺之溪叫做「毛少翁之溪」，因為奇里岸庄翻過一個小山頭，就只有二里路程就到了毛少翁新社。這條溪如同一條彎彎的帶子繞過庄前，流經毛少翁新社，然後在下八仙附近匯入基馬遜河。

⓲一九〇七年日本學者伊能嘉矩考查凱達格蘭族舊社地，在這個區域有內北投社（今北投區清江里、長安里、中正里、中央里）、奇里岸社（今北投區國度里、立農里）、嘎嘮別社（今北投區關渡里、一德里、桃源里、稻香里）。在現今台灣學術上，這個區域的凱達格蘭族，為「毛少翁群」的生活系統識別，他們是台北盆地內依傍淡水河系生活的平埔族。

阿豹就是沿著這條溪谷旁的婚路，來到奇里岸的庄尾。乍看之下，除了河流與綿延的山嶺之外，這個庄子幾乎就是被竹林掩蓋的村落，村莊外圍，遍植一種高大而有硬刺的竹子，一方面可以圍堵冬季嚴寒的東北季風的侵襲，同時還有防禦作用——奇里岸人雖然和北投社人和平相處，可是林仔社人和北投人卻是世仇，鄭長老人擔心，從前林仔社人連紅毛人的神父，都被他們砍頭了，何況是唐山人，所以建庄之初，就仿傚本地的土著一樣在居家外圍遍植刺竹，所以他也在村莊外圍種了一重刺竹，而西北和北方那邊還特別種了兩重，因為林仔社的番人常在那片山林出入。

鄭長膝下育有一子一女，長子名珍，與正房前妻留在原鄉的泉州府同安縣故居。那孩子是他十九歲那年，隨著國姓爺的世子鄭經，移防到台灣之前的幾個月所生，幾年之後泉州陷落於清軍，讓他好不擔心，日夜懸念不已。還好，隨軍駐守於台灣縣城那幾年，每隔幾個月，鄭軍的海上船隊還會送來珍兒寫來的家書，幾年之後又斷了，金門鎮那邊傳來消息，說是清軍為了堅壁清野，厲行海禁政策，不許片板下海，實施封禁遷界令，將福建沿海地區百萬人口，強制遷移到內陸地區，他們鄭家也被波及，從此家人便斷了音訊。他心裡這樣盤算，他這房鄭家裔脈，三代之前與國姓爺為同門血親，鄭成功堅決反清復明，現在鄭軍在金廈的基地全失，想來家眷勢必難保，而少主鄭經不思奮發圖強，光復大明江山，最後荒淫過度縱慾而死，繼任的幼主鄭克塽更加無能，朝政又為馮錫範把持，國勢日衰。

次女鄭惜，為台灣的二房所出，那是族叔鄭泰降清之後，因為他們家族與泰叔一房較親，為免上級長官見疑，於是他自請遠調邊區屯兵。他的申請很快得到上級長官的回應，於是他率著一隊來自於同安故鄉的子弟兵，經由海路北上，經過大甲、吞霄、中港、紅毛港抵達北台灣，設營盤於南崁港，每天對著茫茫大海，日夜憂心忡忡思念故鄉的家園與親人，卻是有家歸不得。於是苦等多年之後，鄭長於四十歲那年終於死了心，以一個鐵鍋、兩把鐮刀及一串來自於南洋的玻璃珠，在防區的南崁營汛的坑仔社，買了當地土著的女人作為二房，沒想到卻因為產下女嬰時，落紅過多而死，女嬰雖然保住小命，呱呱墜地時居然不哭不鬧，只見一團血肉模糊的肉泥，鄭長悲痛之餘，心想大概是活不成了，吩咐下人以胞衣裹住，棄於屋後的老刺桐樹下。沒想到那天夜裡，鄭長準備睡覺的時候，卻聽到嬰兒哭聲，原來那個女娃居然活過來了。驚喜之下抱回來，趕緊磨米漿以餵食，並請了一個南崁社番婦為奶媽，將她取名為「罔惜」，因為這小孩是他在台灣唯一的親人，意思是不妨養養看，也許還養得活。

沒想到這個女娃兒不但命大——她活得好好的，而且越長越標致，那是鄭長在台灣唯一的骨肉親人，像家傳的寶物一樣。對她惜之如命，自小就喚她的乳名為寶惜。

寶惜八歲那年，鄭長奉令將汛兵移防大雞籠，他不想離開南崁，又不能抗命，最後決定棄軍職逃亡。他帶著四個親兵與家人，沿著海岸線向北方走，最後跨過大河，在硫磺溪谷的山區，透過北投社平埔族人的幫忙找到棲身之地。

十八年前，鄭長老人帶著他的亡命汛兵入墾此地的時候，番社還沒有形成，向西南方向緩坡傾斜的台地裡，除了少數香楠木與葛藤之外，都是白茅與箭竹叢生的野地。由於這塊地介於北投與毛少翁兩大社之間，是兩社的公共獵場，所以拓荒過程相當順利。

不過鄭長老人並沒有虧待平埔族土著，即使當初沒有訂下契約，他還是提供每年十八石的穀子，作為北投社的租粟，此外每年八九月北投社做年之前，還送去三斗的糯米，提供他們做祖先祭祀所需。至於毛少翁社，他們遷居到基馬遜河北岸的埔地，比這批唐山移民還要晚若干年──那一年小八里坌社遭逢毀村滅社的大難之後，部分族人逃亡到這裡，鄭長老人讓出了四十多畝的墾成旱園，作為他們安身立命的家園，並提供他們的作物收成之前，大半年三十多個丁口的糧食。因而，兩社番民都很敬愛這個唐山人，尊稱鄭長老人為「善人」。

鄭長與本地土著相處融洽，歸功於他的為人敦厚，以及特殊的人生機緣。遠在十七八年前，就曾經來過淡北地區──當時明鄭降將施琅，被康熙皇帝任命為福建水師提督，南中國海域傳言紛紛，說他將率水師出兵打雞籠的時候，鄭經半信半疑之際，派遣右武衛何祐督軍北上，於是他跟隨何將軍巡遊淡北水域，將軍還奉命毀壞之前紅毛人鎮守的雞籠山城砦。

那一次，鄭長並沒有留在雞籠。那一個月期間，他奉命駐留淡水，看守被荷蘭人自己炸毀的聖多明尼哥城，並招撫附近的平埔族番社。由於言語不通，他是透過一個整天嘴裡都念著阿門阿門的信徒做翻譯，告訴他們紅毛番已經被國姓爺趕走了，現在統治台灣島的是國姓爺的兒子。出乎預料的，那個叫做麻里諾的淡水社人，居然會講幾句他的家鄉話──麻里諾說，那是從前金毛人的耶士基佛神父教他的。

為了證明他說的是真的，那個叫做麻里諾的中年人，還帶著他翻越幾個小山頭，到北投社看那幢傾毀得只存屋基的玫瑰聖母堂，聖母雕像已經不知所蹤，但是他看到一位據說是法力高強的女巫，他的妹妹麻阿問。

現在，奇里岸已經是八九戶人家漢番混居卻有如世外桃源的家園。阿豹一踏入庄頭，就有人好奇的打量他，然後他們低聲而小心翼翼的談論，讓阿豹覺得渾身不自在。三個七八歲的小孩子，還一路追著他跑，喊：金頭毛——金頭毛——

方才走在山徑的時候，阿豹一路想著阿問，沒有仔細推想，為什麼麻阿問要他路過奇里岸的時候，先去找那個叫做鄭長的頭人？攀上奇里岸山鞍部之後，他俯望溪谷裡那個掩在樹林以及麻竹尖下的茅廬村舍，已經有幾縷炊煙裊裊而升，更遠方，一群高蹺鴴正在覓食的地方，是疏林、草原、河灘與沼澤地共同組成的低地，放眼所及，綠意盎然，好一幅美麗的人間圖畫。於是一種奇特的感覺，他決定遵照麻阿問的囑咐，見識那個鄭善人。

「我要找鄭善人，請問一下，他住哪裡？」

在村口，阿豹生澀的模樣和奇特的腔調，引起村人的好奇，他們紛紛把指頭指向同一個方位，然後圍著他議論紛紛。阿豹正在不知如何的時候，一個穿著看起來像是番女，面貌卻姣美像是唐山人的女郎，頭上頂著一個木盆，款款擺擺的走過來，她瞟了阿豹一眼，支開兒童與村民，走到阿豹面前。

「你要找鄭善人？」

「嗯……」

「你找他什麼事？」

「是厤阿問，是厤阿問要我來看他的。」

「厤阿問？」女人瞅著看他，當然特別是那一撮金毛髮。她說：「哦——那好，你跟我來吧，他就住在前面那裡。」

阿豹還窘在那裡，不過那女子是滿臉的善意，讓他放心不少。

「走呀，還愣在那裡幹什麼？走呀！」

他跟在女人後面，走過有些潤滑的泥板路。那女人年歲比他大些，大概有二十三四歲吧？為了頂住頭蓋那個木盆子，細細的腰桿挺得直直的，而又大又圓的臀部，一路在他眼前不停的滾動著，煞是好看。不多時，女人拐身走進前方那間呈ㄇ字形的土角厝。

「就是這裡了。」女人把木盆取下來，這才發現裡面裝的都是薯榔。

這一陣子的山居生活，阿豹知道女巫之山的樹林裡，到處都是薯榔，附近的番民以撿拾這種東西為業，然後一簍一簍的挑到淡水港，跟唐山人交換布匹、鐵鍋、糖以及其他生活用品。他還看過北投社的婦人，把薯榔搗成細碎的汁液裝於木桶裡，把唐山人那邊換來的米色棉布，染成紅褐色的長巾拿來包頭髮用。

這是附近幾個部落的番女常見的頭飾——可是眼前這個皮膚姣好的女人並沒有包頭巾，也沒有袒胸露乳，可是卻比一般的番女漂亮多了。

「你怎麼了？」走到廳堂門口，她回過頭來，發現他傻愣愣的一直看她。「什麼地方不對嗎？」

「哦……沒有，這裡就是鄭善人的家？」

「嗯，你在這裡等一下。」女人說著，以眼尾瞄他一眼，跨步走進屋裡。

女人的身影被吃進有些陰暗的廳堂裡。這間土角厝，和他在金包里看過的唐山人住的房子差不多，牆面糊了一層泥漿與稻殼，頂上覆了一層厚厚的茅草。房子的正身是五間起，中央開著廳門那一間，蓋得特別高。他一手撐住門框，傾身探頭進去，偷偷的往裡面瞧，他看到一張圓木桌，兩張竹交椅，最後是一張漆紅的長形供桌，上方有個香爐和一方精緻的木盒子，還有一尊神像，前方還放了一個方形的香爐。他還想看清楚那是什麼東西，聽到乾咳兩聲，從內室的通道那邊，女人領著一個著長衫的老者從內室走出來。

「咦，你探頭探腦做什麼？」

阿豹有些尷尬，一條腿踩進門，還在猶疑要不要進去。

「你進來呀，進來坐。」女人把他拉進來，眼前是個年近六十歲，沒有綁著長辮子的老人家。「阿爹，他叫阿豹。」

「聽說，是麻阿問要你來找我的？」鄭長老人炯炯有神的雙眼打量他，看到那一撮金頭髮，眼睛泛著奇異的光彩。他問：「你是哪裡人？」

「我？我是……」阿豹吞吞吐吐，不知道如何介紹自己。

「看來，你不像是北投社的人……」

「……」

「你要去什麼地方？」

「毛少翁。」

老人還是盯著他，讓阿豹渾身不自在。「你知道，麻阿問為什麼要你來找我？」

「我不知道。」

「你不知道？她不愧是未卜先知呀！其實，前幾天已經有人到毛少翁找你了。」

阿豹心頭一怔——他想，該不是阿問吧？

「是淡水那邊的水軍，聽說他們要找……找一個金頭髮的人。」

阿豹那張倉皇變色的臉，以及忐忑不安的心，老人家全看在眼裡——他知道，前天來村社搜索的營盤官兵，他們的對象就是眼前這個年輕人。他沒有繼續追問下去，就決定讓阿豹留下來，不讓他去毛少翁。

「可是——我要去找阿問。」

「阿問？」老人揚揚花白的眉毛，問他：「你說的是……毛少翁的阿問……你跟她是？」

「她是我的……」阿豹顯得有些不好意思，不知道該如何來表達他與阿問之間的關係。想了一下，他說：「她救過我，是我的救命恩人。」

「哦，那好。」老人應著，轉身向內室喊：「寶惜！寶惜！」

一個女人應了一聲，從內室款款步出來，是一個著藍布衫、碎花七分褲的妙齡女子，阿豹覺得似曾相識，卻一時想不起來。女人看他傻愣愣的模樣，掩口淺笑，走到老人身旁，以海口腔的唐山話說：「阿爹。」

「這是我的女兒，叫做寶惜。因為山路熟，所以就讓她帶路吧！」

「寶惜？」阿豹不解，只是目不轉睛的看著她，這女人跟阿問，以及他所看過的番女都不一樣，除了膚色、服裝之外，有一種無法形容的特殊感覺。

「咦——妳不是……剛才？」

那女人故意促狹的說：「我怎樣了？」

這時候阿豹才弄清楚，原來她就是方才領他進來的那個女人，可是怎麼換了衣服，就像脫胎換骨變成了另外一個人，而偏偏這麼巧，她又是鄭善人的女兒。

「我還是不懂，妳怎麼……？」

「你不懂什麼？」

老人家說：「這孩子本來叫做罔惜……就是本來不想要，結果是養大了，到處人家都搶著要跟我結成親家，變成寶惜……真是豬不肥，肥到狗。」

寶惜嘟起嘴唇：「阿爹，你又來了。」

鄭善收起笑容，抿著嘴唇看他女兒。「好了，我不說，不過寶惜呀，這個小哥要去毛少翁，他要找阿問，妳給他帶路。」

「嗯。」寶惜應了聲，細長的眉揚起來，瞟向阿豹。「不過，你得老實說，你是不是真的喜歡阿問……說呀，是不是？」

阿豹漲紅著臉，只能點點頭尷尬的笑著。

6.

毛少翁是一個散居的番社，他們的竹屋茅廬，散布在大湖北岸的低灘地與背風面的緩坡上，從奇里岸俯瞰下去，屋舍東一叢西一叢的、掩護於闊葉樹與竹林之間，從下八仙、中八仙、頂八仙一直沿伸到奇里岸附近，錯落有致的迤邐於湖光山色之間，宛如世外桃源。

烏毛阿問童年時候，她們從前的家就住在那個大湖靠西南側的河水裡面——不過她對於那個老家的記憶相當模糊——地動那天她嚇壞了，以為族裡老人家常說的沙那塞又來作怪了。直到她清醒之後，從前的事幾乎都忘光了，只記得水變大了——她看到她們那幢大河邊的竹木架設起來的房子，跟許多毛少翁社的房子一樣全都不見。然後她記得的事情是湖面上到處都是艋舺，以及其他會漂浮於水面上的東西，大家哭泣著呼喊著離開那個繁衍了四五代族人的水域，移居到頂、下八仙的草埔，建立新的部落。

毛少翁的史官麻里諾說，「八仙」依他們的族語，是指長滿了水草的濕地，那是大湖水岸邊一大片美麗的青翠的生機盎然的低地草原，突起的濕地上，到處都是竿蓁、白茅、甜根子、鼠尾草等草本植物。水岸邊則東一叢西一叢的菖蒲、水香蕉、水簑衣、咸豐草和蓼科植物，有些地方菟絲草鋪蓋著厚厚一層，還拚命的爬上小灌木叢。較低窪的地區，則是密布小水塘的沼澤地，那是綠頭鴨、大白鷺、小白鷺、蒼鷺與高蹺鴴等候鳥入冬之後的天堂，因為草叢與沼澤裡滿是牠們喜歡的食物。

寶惜居住的奇里岸雖然不是在湖邊，不過因為部落位於大湖西側的高處，俯瞰而下看得清清楚楚，四歲那年隨著父親來到奇里岸的時候，那片山坡地還沒有房子，下方那片大湖也尚未形成，那是一大片低平的沙洲濕地，各種雜草和一年四季常綠灌木叢，盤占了那片濕潤的山谷。當春風吹起來的季節，月見花、霍香薊、金銀花、牽牛花開遍滿山滿谷，藍紫色的苦楝花在春雨綿綿裡四散紛飛。

寶惜說，六歲那一年的某天夜裡，天搖地動之後她一覺醒來，那片山谷卻裝滿了水，那些樹呀花呀草呀都不見了。

「嗯，妳說的跟阿問說的一樣。」阿豹突然接話說。

寶惜突然想起什麼，雙瞳溜轉，以很奇怪的眼光看阿豹。「你說，阿問曾經救你的命？」

「是呀。」

「我父親當年是逃兵呢，我們從南崁營盤，一路穿山涉水，逃亡到這裡，之後，我們就一直住在這裡了。」

「他們怎麼會放了你們？」

「他們？」罔惜掩口而笑。「在南崁營盤，哪有什麼他們，我們跑了之後，根本沒有人管我們死活，而我們卻活得好好的。」

鄭長帶著家人逃亡的年代，北台灣幾乎沒有唐山移民，這一大片被明鄭王朝的君臣視為蠻荒之地，不但沒有設官治理，還當作是違犯軍紀的犯人流放的地方。即使有時候碰到軍情需要，受命北巡的官都視為畏途，生怕被還沒有馴服的生番馘首，或者是感染瘴癘疫病而身亡，特別是女巫山區的硫磺毒氣，更是駭人聽聞，是故，沒有人願意來這種鬼地方搜捕逃犯。

比較起來，阿豹覺得自己真是不幸，同樣是逃亡，自己卻要東躲西藏。而寶惜一點也不驚恐，偶爾想起兒時的那段經驗，好像那是一場好玩的遊戲。從奇里岸定居下來之後，從來沒有人來探詢或追捕，不像阿豹，每天惶惶不可終日，像一隻隨時都要擔心被弓箭射中的鳥。

讓阿豹意外的是，當他們兩人從斜坡上溜下來的時候，下方那片白匏子樹隨風翻著白葉，飄飄搖搖之間，出現一個年輕的女人的身影，就站在湖邊水渚上，對著他們熱情的揮手。

「阿問——阿問！」阿豹認出來，趕緊跑過去，邊跑邊嚷：「妳怎麼在這裡？妳知道我們……」

「我知道，我早知道，你會下山來看我的！」

「妳怎麼知道？」

「今天一大早，我做過水占了，阿豹，你看——」

阿問指著湖面。阿豹凝望爬滿水岸邊的圓葉節節菜，以及在一片綠色浮萍鋪滿湖面探出一株株黃色的水蓮花，其他什麼也沒有看到。其實水面上波紋掀動著光影，是兩隻正在彼此追逐的綠頭野鴨，攪動了寧靜的湖面。

「你有沒有看到？」阿問對他投以曖昧的眼光。

「看到什麼？」

「唉呀，你笨！」寶惜一指戳到阿豹的額頭，嚷得很大聲：「你沒有看到那兩隻野鴨嗎……牠泅到這裡來了，這隻是母的，你看那隻公的，你看到牠泅過來了，喂——你看到沒有？」

「嗯，我看到了。」

「那你還不明白嗎？」

「明白什麼……寶惜？」

他莫名其妙的看著寶惜，又瞧一眼阿問，還是弄不清楚怎麼回事。

阿問與寶惜相視大笑，原來她們早已熟識。阿豹看著她們兩個手挽著手，走進沼澤地，吱吱喳喳邊走邊聊，還不時傳來銀鈴似的笑聲。

「喂——妳們要去哪裡？」

「我們去抓魚，你要不要來？」

阿問說的抓魚，其實是巡視定置魚網，那是八仙大湖環湖地區的人家常見的漁獵方式。他們以苧麻抽絲曬乾製成的網，四端都有繩索縛於大麻竹做成的支架上，以一支長竿支撐著，網的中央壓上石頭，使它沉入水中，成為陷阱，網上放些有腥臊味的餌，於是就有些一指大的小魚蝦，游入網的上方，只要不定期的舉起定置網，每次都會有或多或少的漁獲。

這是婦女捕魚的方式，男子則是以標槍巡行河面射大魚，或者以兩艘艋舺合作網魚的方式，因為黑鯛及花身雞魚，喜歡利用漲潮時分近海魚群隨潮汐湧入河口，兩船各拉網的一端先行布網，等潮水退的時候，魚群成群結隊的順流而下，兩船同時收網捕捉。

毛少翁社的凱達格蘭人真是天生的水民族，他們有一半的生活資源，來自於河流與湖泊，特別是這片廣瀚的大湖，提供族人源源不絕的食物。

阿豹羨慕的跟阿問說：「你們真好，住在這大湖邊，好像一個大倉庫，永遠都吃不完。」

「這都是娃拉妹的恩賜，她總是在我們食糧不繼的時候，驅趕大批的魚群從大海進入河口，成為我們的食物。」

「她怎麼對你們這麼好？」

「她是水神——我們族人的傳說，水神娃拉妹長得婀娜多姿，因為太美麗了，所以山神和土神都喜歡她，兩人常為她爭風吃醋，於是雙方鬥法，山神就讓後方那座大山噴出火來，紅燙燙的岩漿覆蓋了山谷與大地，讓很多野生動物拚命奔逃，沒地方躲藏，於是土神就叫地牛大翻身，把眼前這片低地，變成大窟窿來裝熔漿，沒料到地牛發威起來動作太大了，把社子島的沙洲，我們整個部落，都震到水裡面去了。」

阿豹同情的說：「怎麼這樣，那，你們一定死了許多人？」

寶惜卻一點也沒有悲傷的表情，噗哧一聲笑出來。

阿問也一派輕鬆，誇張的說：「我們本來就是水族，跟魚蝦們是親兄弟，死不了。」眼看著太陽西斜了，阿豹卻沒要走的意思，因為這裡湖海、沼澤的風光比女巫之山那邊有趣多了，他想在這美麗的湖邊留下來。

阿問卻說：「你敢留下來？你不怕包特蘇，那些人又回來抓你嗎？」

阿豹語氣堅定的說：「我不怕，我要留下來，跟阿問多抓幾條魚……」

阿問心裡竊笑，卻故意這樣說：「不行，留下來危險！你留下來的話，就像網裡面等待被捉的魚一樣，到時候誰來救你？」

阿豹急了，搔搔額頭，看著阿問。阿問撇過臉，跟罔惜眨眨眼，笑出兩個小石子落於湖面激起的酒窩。「可是我……寶惜，我想……」他看到罔惜臉上有些詭異的微笑，想要央求她，卻不知道要怎麼說。

「你想怎樣？」寶惜一指直戳到他的眉心，傾身在他耳邊，帶著捉弄的語氣說：「你這個人怎麼這樣婆婆媽媽，你呀，就把心裡的話，就像樹上的公鳥一樣，以美妙的歌喉唱給母鳥聽吧！」

這次阿豹似乎聽懂了。他漲紅一張臉，認真的對阿問說：「我想，我想每天太陽一出來就看到妳。」

阿問把笑容躲藏在心裡，鼻頭一皺嘟起嘴唇調皮的說：「哼——那還要看看麻里諾是否允許，讓你這個金毛髮成為我們家族的一分子。」

「麻里諾是誰？」

「他是我的瓦基瓦基，唐山人說的阿公！」

7.

有些意外的，這個鬚髮全白喜歡說故事的老人，跟阿豹一見如故——雖說阿問的他瑪與提娜——從北頭社入贅到毛少翁的巴拉告，和麻里諾的長女阿娓，對這個頭上有一撮金毛的外來客有些疑慮，可是當阿豹談起關於麻阿問以及她的望遠鏡的事情，麻里諾就頻頻點頭而笑逐顏開，巴拉告眼看老丈人高興，就唯唯諾諾的不表示意見。

在毛少翁新社五十八戶人家三百五十四個丁口中，阿問的家族擁有十三個成員，算是最大的家族。族裡的長老麻里諾，他說的每一句話，都會成為家庭或者部落所有成員的準則——在某些關鍵時刻，他的決定往往左右了頭目的意見。在毛少翁這個與河流下游的武溜灣大社一樣，在紅毛人統治的年代，他們的大頭目雖然被淡水城堡的長官授以象牙的權杖，在部落裡享有很高的權威，但紅毛人規定頭目的產生必須經由部落長老的選舉，所以頭目領導的權力是建立於部落長老會議的基礎上。而麻里諾雖然是外來的，但是因為他長期擔任史官，所以在長老群中有一言九鼎的分量。

自從五十二年前，從北投社來到毛少翁的沙洲與阿必牽手之後，他就時時刻刻警惕自己，如何振興在這個曾經是毛少翁社最顯耀的造船家族，因為姊妹眾多陰盛陽衰而逐漸沒落的家風。

阿必告訴他：「你要成為我的牽手，將來跟我一起繼承這個家族的榮耀，首先，你必須造一艘最大，且能代表家族榮耀的大船。」

阿必這句話說了好久，可是都沒有看到麻里諾的動靜。每天一早，她看著麻里諾總是帶著斧頭與粗麻繩出門，駕著小艋舺划到大河的對岸，然後黃昏的時候才回來，有時候他會帶回來果子狸、穿山甲和飛鼠之類的獵物，有的已經發臭生蛆，常常都看到蟲蟲在廚房及置物間到處爬行，但大多數的日子，麻里諾總是精疲力盡的空手而歸。

「你每天去八仙那邊做什麼？」阿必問他。

麻里諾只是微笑的沉默以對，從來都沒有表白。有時候阿必難免嘮叨幾句，卻從來沒有破口大罵這個看起來像是無所事事的牽手。因為每天晚上他總是把她折騰得死去活來，讓她嚎叫出精之後仍然不肯拔出他的命根子，然後以鼠尾草的汁液塗抹她那長滿黑色剛長毛的陰部，告訴她：「妳要趕快給我生個跟我一樣壯的兒子！」

阿必問他：「那你答應我的事呢？」

「我不是正在努力嗎?!」

麻里諾年輕的時候身體壯碩，雄健有力的雙腿之中夾了一副相當可觀的大卵葩，不論是寒暑季節，那寒酸的麻布總是包不住那旺盛的精力象徵，阿必的五個妹妹都看過他胯下的大傢伙。那時候她們都還沒有跟男人牽手，使得她們即使不是春天的季節也心神盪漾起來。有天夜裡他們做得太激烈了，竹架的床位和整間竹木構造的房子都晃動起來，把一家人都吵醒了。麻里諾裸著大汗淋漓的身體喘著氣推開房門的時候，那五個花容失色的妹妹摔成一堆，然後笑鬧成一團——她們一點也不避諱，每雙黑不溜丟的眼瞳都盯住他的大傢伙，眼神裡煥發著熊熊燃燒的慾火，並且對這個每晚都把姊姊折騰得死去活來的男人投以愛慕的眼神。

很不幸，他們牽手的第三個月，阿必的月經還是依舊如潮汐般來襲。來的前兩三個晚上，阿必青春的肉體更是春情氾濫起來，一個晚上的激情顯然沒有滿足她的慾求，她在清晨醒來的時候仍然緊緊抓住麻里諾那昂然挺立的傢伙。麻里諾卻說什麼也不肯讓他的東西再度進入她的身體，他翻身而起就急著出門。這樣的情況持續了好幾天，最後麻里諾只丟下一句話：「我要維持它的最佳狀況以應付山裡沒有休止的戰鬥！」

阿豹愣頭愣腦的問：「你是去山上獵鹿？」

老人家說到告一段落就閉目養神，沒有回答他。

「那是獵山豬囉？」

老人家只是搖搖頭，阿問已經笑得前俯後仰。

「那就是跟紅毛人……或者是唐山人打架？」

麻里諾說的故事，謎底完全出乎阿豹的預料之外。

三個月圓月缺之後，阿必的他瑪、提娜在好一陣子的疑神疑鬼中終於確認，他們家族的另外五個女兒——除了最小的因為初經還沒有來以致沒有異樣之外，其他幾個肚子都大起來。阿必是最後一個知道這個家族祕密的人，當她開始發現妹妹們的肚皮脹大起來之後，她還推測元兇是因為那些長了蛆蟲的獵物。她熱心的採一大袋的山艾草，加入一些山扁豆和其他四五種不知名的藥草，以陶罐熬了湯汁，強迫四個妹妹喝下去。她這種得自於姑媽麻阿問的獨門偏方，並沒有讓她們的肚子變小，她們仍然一天到晚的反胃嘔吐，而且三不五時就要拉肚子，幾個姊妹輪流的占據了茅房，還常常為了先後爭得面紅耳赤。有一天二妹在茅房中傳出驚叫聲，阿必跟大妹聞聲進去之後，看到一條蛇在她光屁股那邊蠕動著，兩人嚇得大叫奪門而出。麻里諾叫她蹲著抬高屁股，然後用力的把那條跟手臂一樣長的大蟲拉出來。

阿豹忍不住問老人家：「那是什麼蛇，怎麼會鑽進她的肛門裡？」

麻里諾兩手比畫著，「那不是蛇，那是肚屎蟲，足足有這樣長呢。」

「她們姊妹的肚子都長了肚屎蟲？」

「嗯，她們不但長了蟲，還長了人呢！」

一個禮拜之內，她們四姊妹痾出了一大缸的肚屎蟲，她們每天拉的大便供養牠們，越養越大，眼看那個陶缸快要裝不下了，全家人正煩惱接下來怎麼辦？結果有一天小妹不小心把它打翻了。於是三十幾條養得白白胖胖的蟲，好像吃怕了屎，想要換換新口味，牠們拚命的蠕動身體鑽進沼澤地，然後游向干豆門那邊，消失於象鼻灣裡。

阿豹還是不了解，他急著問：「那她們姊妹的肚子是不是變小了？」

「哪有變小，反而越來越大，三個月之後，她們四姊妹在一週之內，各自生下一個娃兒，都是兒子呢。」

「那大姊呢？我是說，牽手呢？」

「她沒有，她是不孕症，所以沒有生。」

阿問也好奇的問：「那小妹呢？我是說小姑婆。」

「她傷心極了，因為姊姊們生了蟲，還生了兒子，可是她什麼都沒有。」

「後來呢——我的小姑婆，怎麼我從來都沒有看到她？」

「後來，她變成神了，變成河神！」

看到四個姊姊都有白白胖胖的兒子，小妹阿麗娜吃味了，她在全家人的面前，跟麻里諾正式的提出要求。來，你快來弄我吧，把我也弄出一個白白胖胖的兒子來——不然，把我弄出幾條蟲來也好。麻里諾沒有答應她的要求。他說，阿麗娜，我已經有五個牽手四個兒子了，將來要幹什麼都夠了，妳應該離開我們的家，找一個妳喜歡的男人，還有一個家，然後生出一堆兒子出來。

阿麗娜傷心的哭得厲害，沒幾天就真的離家出走了。那是春末一個有霧的清晨，干豆門內那片沼澤地都是濃煙，她沿著沼澤地的邊緣往出海口的方向走，然後消失於濃霧中，從此再也沒有回來了。

阿問和阿豹同聲問：「後來呢？」

「很多年一直都沒有音信，直到鄭善人全家人移居到奇里岸之後，有一天鄭長在象鼻灣的紅樹林內，拾到一個木頭雕刻的神像，把祂供奉在家裡的神桌上，跟鄭家祖先一起供奉。」

「那跟小姑婆有什麼關係？」

「有一天麻阿問看到了那尊神像，大驚失色的說，祂就是阿麗娜！」

照麻阿問的說法，阿麗娜原來是天上的女神下凡來的，來到人間化身為聖母瑪利亞。可是鄭善人卻斬釘截鐵的說，這是聖母沒錯，可不是什麼瑪利亞，祂是天上聖母媽祖。

阿豹想起來麻阿問在暗室膜拜的那尊神像，急著問：「那到底是聖母瑪利亞，還是聖母媽祖？」

麻里諾斬釘截鐵的說：「都不是，祂就是阿麗娜的化身。」

阿問眼睛睜得老大，「瓦基，你說小姑婆變成了神。」

「嗯，她變成了河神，是河神哪……」

麻里諾說，他是整個部落最了解阿麗娜的人。他說阿麗娜是個石女，他的東西從來都沒有進入她的身體，可是她的心地慈善，心腸比沼澤地的爛泥巴還要鬆軟。她離家出走，不是要去尋找喜歡的人——她往干豆門的方向走，是要尋找那三十幾條肚屎蟲。對阿麗娜來說，那是她的寵物，也是她的孩子們。

「她找到了嗎？」

「嗯，找到了，可是牠們都投胎轉世了。」

第二年春天的梅雨季節，麻里諾架著艋舺，載著四個剛滿週歲的兒子，回到社子沙洲舊部落。他依照族裡的傳統，把四個光著身子的嬰孩丟到河裡，讓他們泡水，洗滌身上的邪氣，他們都經過這樣嚴酷的考驗，所以都活得好好的，將來變成他造大船的得力幫手。那時候，奇怪的事情在他眼前發生了——就在孩子泡水的地方，從出海口的方向來了三十幾條長長的白白全身圓滾滾的魚兒，停在孩子身邊，跟他們嬉戲玩耍，然後成群結隊的往河的上游，武溜灣溪和秀朗溪的方向揚長而去。

那時候已經變成北投社巫師的麻阿問，告訴她的哥哥麻里諾，那是阿麗娜的巫術，把那些肚屎蟲變成了白鰻魚，每年春天秋天兩個季節，在大河的河口與上游的山溪之間，反反覆覆的來來去去……

8.

阿豹在毛少翁社住了七八天，每天陪著阿問在湖邊散步、抓蝴蝶還有網魚，在湖的四周和這片水草叢生的沼澤地，好玩的事情太多了。有一天，還幫他在沼澤地的水田裡種一種綠色的植物，阿問告訴他，那東西叫做水芋。

「這東西種在水裡也能活嗎？」

「嗯，怎麼不能活，你看公司田那邊唐山人種的水稻，不也是種在水裡嗎？」她一邊說一邊把水芋種在爛泥巴裡。「只要經過四個月圓月缺，它就長得這樣大了，這是我們毛少翁社的主食之一呢。」

阿問說的主食，其實主要是在部落的大狩獵的季節，族裡的壯丁組成的獵團集體出草的時候，因為要到深山林裡追蹤水鹿與野豬，往往進山就是五六天，那乾燥的水芋因為便於攜帶，便成為獵人們最重要的主糧。

不過阿問卻不喜歡阿豹來做農事，阿問說：「這是我們女人家的事情。」

阿豹對眼前這個謎一樣的美麗湖泊，有難以抗拒的好奇與憧憬。特別是山腰的闊葉樹灌木叢密林一直沿伸到沼澤地，林木蒼鬱，野花水草叢生，加上八仙大湖廣大的水面，吸引許多水鳥前來覓食，河面上的綠藻、浮萍和其他微生物，也提供了蚊蚋、蜥蜴、蝴蝶、蜻蜓、螢火蟲嬉遊覓食的天堂。陰雨天的時候，空氣浮滿雨後的水氣，潮濕而靜謐；有陽光普照的日子，數量繁多的紅色和黃色、深綠色的蜻蜓，在沼澤地的淺水塘上飛來飛去，爭先恐後的尋找牠們交配的性伴侶，雙雙對對就停在正開得花枝招展的水蓮葉上，牠們急著交配受精產卵孵化，利用陽光與水分繁衍牠們更多的族群。

低濕的草原上霍香薊、馬櫻丹和沒骨消爭相吐豔，那奇異的香味吸引小白蝶、淡黃蝶和幾隻特別搶眼的鳳蝶來此拈花惹草；湖岸那邊有三三五五的魚狗、小白鷺和鸕鷀⑲，各自分據地盤站在水湄邊，忙著捕食；身體嬌小的魚狗真是捕魚高手，牠不時的表演拿手絕技——牠總是在湖面上低飛巡邏，相中目標之後，突然以迅雷不及掩耳的斜飛插入水中，啣起小魚，隨即騰空而起，動作迅速而乾淨俐落。鸕鷀則有另一種捕魚絕活，牠們是採用分工合作的方式——一隻鸕鷀在水底發現鯰魚、鯉魚、草魚、鱸魚之類的，就追上去啄掉魚的一隻眼，然後翻身衝出水面，嘎嘎底叫喚同伴前來幫忙，隨後兩隻鸕鷀並肩潛下湖中，在水底一陣亂啄，然後同時浮出水面，此時一隻鸕鷀咬住魚頭，另一隻咬住魚尾，如此分工合作把這一尾鱸魚啣出水面。

面對這一片美麗的湖光山色，阿問拉著阿豹的手，追逐漫天飛舞的紅蜻蜓，她敞著黃麻小背心的兩顆渾圓的肉球抖動著，臉上像豔紅如火的雞冠花一樣展開笑容。她看到大水塘裡飛舞黑色的身背中腹灰白的蜻蜓，三四隻、五六隻不等的集體嬉玩著。她停下來，示意阿豹靜下來，指著停在水香蕉小枝上那一對交疊在一起的黑白蜻蜓，雙眼凝視牠們。

阿豹以為她喜歡這兩隻，伸出兩指輕移過去，想把牠們捉起來。

「阿豹，不要！」

他嚇一跳，趕緊收回手。「怎麼了？」

「唉呀——你怎麼這樣壞，牠們正在做好事情呢！」阿問嬌聲嗔怪，兩彎眉毛豎起來，眼睛裡卻有一把火熊熊燃燒。她把雙手勾住他的頸項，嬌媚的說：「你怎麼比山豬還笨，一點也不解風情？」

「我……」

阿豹支吾著，一時不知道如何回答，因為阿問的鼻尖幾乎碰到他的，他聞到一股很特殊的味道，那是女人特有的氣息與體香。他看到阿問燃燒的眼睛，還有胸前那裸露的飽滿的渾圓的雙峰，隨著越來越急促的呼吸像海波浪般起伏著，情不自禁的把那青春的冒著火熱的肉體，輕輕的擁抱起來。

阿問雙手從他的頸部滑下來，身體前傾緊挨著阿豹結實的胸膛，他聞到男人的汗酸臭以及男人特殊的體味。她把眼睛閉起來，蠕動著濕潤的唇，等待阿豹。可是她發現阿豹全身顫

⑲台灣早年有野生鸕鷀，只是數量少。鸕鷀黑色羽毛、大腳丫，外形如番鴨，走路搖搖擺擺。牠的嘴巴硬緣末端帶鉤，適合叼魚，頸下的喉囊方便儲存漁獲，有腳蹼可供快速踢水，尾舵可以急轉，宛如一艘潛水艇，所以是鳥類中的潛水高手。五十年前的新店碧潭，曾有過漁人驅趕鸕鷀捕魚的場面，整座碧潭橋上擠滿了看熱鬧的人潮。

慄著，猛然把她推開，撇開臉，然後垂下頭嗚嗚的抽泣起來。

「你怎麼哭了？」

「……」

「你不喜歡我？」

「不是……」

「你不願意跟我牽手，跟我一起……」

「不是……」

「你不敢親近我？你怕我是嗎？」

阿豹仍然沒有答話。雙眼無神的凝望大湖以及遠方海的那邊，發呆。

天空霎時陰沉下來，原來西天那邊飄來一大團濃灰的雲，遮蔽了陽光。海風輕輕吹過來，濃雲深處的遠方傳來低沉的雷聲，一大群方才還在水塘覓食的白鷺鷥同時豎起長長的脖子，看著天空，當第三聲雷響的時候，一隻大白鷺騰空飛起來，接著幾隻也揮舞著翅膀，於是一大群白紛紛的鷺鷥，幾乎遮蔽了陰沉的天空，向女巫之山的方向飛過去。

湖面籠罩了幾縷輕煙，和灰濛濛的天空漫渙成一大塊沾汙的蔴布，向山腳那邊輕輕的飄移。天似乎就要下雨了，紅蜻蜓似乎也感覺到這樣不妙的天兆，牠們鼓著兩對如滑翔機般的薄片羽翼，一團團一簇簇在越來越灰濃的天空中亂飛亂竄，在第一陣雨滴落下來的同時，那些公蜻蜓紛紛跌落於湖面上。

阿問走過去拉他的衣角。「快要下雨了，我們回家吧！」

阿豹仍然立在那裡，以哀傷的眼神望著湖面那些還在掙扎的蜻蜓。阿問依在他的身旁也看著湖面，這時才看到，原來阿豹是看到荷葉上一隻母螳螂，正在迅速的吞食另一隻剛剛才跟牠親密完的公螳螂——老天，這麼狠心腸，剛剛牠們還交疊在一起親熱呢！

豆大的雨點叮叮咚咚的落於湖上，激起了千百個小漣漪，不停的擴散出去，風助雨勢之下，湖面皺成一大張扭曲的布。天越來越暗，雨越來越大，滴在他們的頭髮與額頭，她看到阿豹那張心事重重的黑褐色的臉龐都是水，分不出是淚是雨。

她輕撫阿豹的雙頰，關心的說：「你還在哭嗎？」

「沒有了……剛才真是難為情，其實我是……我是一時之間想起那個女人……」

「你的卡桑？」

「嗯，我想起我的童年，似乎都沒有母親，沒有女人，因為她——我是這樣想，就像那隻螳螂一樣……作為人子，我真是羞愧，我怎能夠這樣想呢！」

阿問把他抱起來，緊緊的擁著。雨越下越大了，天色像黃昏一般的灰暗，方才還在飛舞的鳥呀、蟲呀、蜻蜓呀都不見了，綿密的雨網裡只有他們兩個人緊緊的抱在一起的身影。

9.

幾天之後，阿問希望選擇阿豹成為她的牽手，驚動了造船家族所有的成員。

阿問的他瑪巴拉告倒是不置可否，因為二十幾年前，巴拉告也是差不多這樣成為家族的成員。阿問的提娜阿娓說什麼也不肯點頭，因為她無法容許一個來路不明，頭頂上還有一撮金毛的年輕小夥子，突然成為女兒的牽手，將來還要繼承他們絕大部分的家業。

麻里諾大聲斥責他那好不容易就要媳婦熬成婆的大女兒：「這個家什麼時候變了哪，我還活著呢！這有什麼大不了的呀——如果阿豹和阿問牽手了，他們繼承的家業，還不是我的家業？還輪不到妳來管！」

阿娓忿忿不平的說：「什麼——你希望那個金頭毛的雜種兒，來繼承我們……繼承你的家業？瓦基呀，你老了，糊塗了，這可是我們造船家族幾個世代人的榮耀呀！」

「妳才糊塗呢，妳沒有看到嗎，這個世界在變呢。從前哪，我們的部落都變成大湖，現在，有些又變成沼澤地，慢慢又變成我們種水芋的田地……還有哪，在奇里岸，在八芝蘭⑳，在八里坌，在紅豆溪口那邊，唐山人像漲潮的魚群一樣湧進來，再過十年二十年三十年，妳還能夠繼續守住妳的家業嘛？」

麻里諾說完，枴杖重重的往地上一頓，語氣堅決的說：「我已經決定了，就讓他們兩個年輕人牽手，但是阿豹與阿問，都不繼承我們的家業。」然後他把阿問叫到面前，以莊嚴的態度跟她說：「前幾天，麻阿問告訴我，那個年輕的金毛人不簡單呀，妳放心的跟著他，妳要把他留在部落，或者出去外面闖蕩，都不必擔心餓肚子。」

麻里諾的話起了決定性的作用，阿問的婚事就這樣定下來了。

那天晚間，麻里諾又開心的要阿豹聽他說故事，說著說著，又想到什麼，他慎重其事的告訴阿豹，將來要成為家族的成員之一，必須學會許多男人該做的事，除了捕魚和種水芋之外，他要阿豹也跟著他們學習狩獵的技巧。麻里諾給他一把一尺二長的番刀，可沒有急著要他去打大型的哺乳動物，他要阿豹一出門就把它掛在腰際，麻里諾說，這樣才像個毛少翁的男人。

麻里諾先教他怎麼捕捉鳥類。那是用竹筒切片和麻線做成的小機關，把它綁在麻竹上，小機關上放個香餌，當小鳥聞香來吃餌的時候，觸及機關的卡榫，竹片和線連動就輕易的把小鳥捕捉。讓麻里諾相當訝異的是，阿豹似乎天生就有一雙巧手，他很快學會那種小玩藝，然後把它稍微改良，改換其中一兩個零件，再把麻繩變粗一點，把它放在大樹的枝椏上，可以捕捉諸如長尾山娘、鷂鷹、大冠鷲之類的鳥類。

有時候他也會帶著阿問到山裡打獵。這片山區是闊葉喬木與常綠灌木叢的混合林，崎嶇

---

⑳今台北市士林區舊市區的老地名，是原住民巴賽語音譯，原意是指一種長在水邊的竹子。

不平的山徑，被密不見天日的蓊鬱森林所覆蓋，腳下是一片厚厚的落葉層，沿路常見青蛙與各種蛇哥出沒其間。阿問聽見草叢裡有響亮而急促的窸窣聲，一股腥臭的氣味撲鼻而來。

阿豹驚叫起來：「有蛇呀！」

「沒關係，這是臭青公，沒有毒的。」

阿豹驚魂甫定，循著聲音的方向，向前輕輕挪動腳步，那沙沙的聲音越發急速，那條臭青蛇盤扭了長長軀體，從右邊的竹藪蠕動而去。那條五尺長的臭青公身體太重，爬過草叢時沙沙作響。他看著那條兩公尺以上的臭青公身子最粗的部分比手腕還粗。前方的草叢成排不停地波動，窸窣的聲音隨著草浪遠走。

「妳不怕牠咬妳？」

阿問笑說：「其實，蛇的膽子比人還小，只要我們不去驚嚇牠，牠是不咬人的。」

「妳怎麼知道牠有毒沒有毒？」

「在山裡住久了，你自然就懂。」

「哪些蛇是有毒的？」

「很多呀，例如常喜歡攀到樹上，與樹葉同色的竹葉青，兇猛的眼鏡蛇，生氣的時候上半身會豎起來，喉嚨會噴出毒氣；還有最常見的龜殼花和雨傘節，龜殼花的表皮花紋就跟烏龜殼一樣，很好認，雨傘節的表皮只有黑白兩色，是黑一圈白一圈，這些都是有毒的。」

阿問說著，突然前方茅草叢裡傳來嘎啦啦嘎啦啦的聲音，她小聲的說：「噓！這是過山刀。」她跟阿豹示意，輕聲悄然的往前方察看。是一隻與他們一樣身長的大蛇，胸背上有一片像魚的背鰭一樣的東西，當牠穿過茅草叢的時候，那東西神奇的把茅草割下來，讓蛇身順利通過。

「這是什麼蛇，這麼厲害？」

「你沒有看到牠背上有支刀子嘛，這是過山刀，牠也是毒蛇。」

山區密林裡不但毒蛇多，各種鳥類種類也繁多，他們經過的地方不時傳來綠繡眼和畫眉鳥的鳴啼，遠方還有啄木鳥呱呱呱叫聲。他們還看到一群紅尾伯勞，搖著豔麗的鮮紅翅羽在雀榕樹傘下掠飛而過。在高大的木麻黃頂的枝椏上有個鳥巢，一對烏秋正在那裡兇惡的叫著，因為一隻比牠們身體大上三四倍的鷂鷹看到裡面有四個卵，牠們彼此叫陣了好一陣子，阿豹看到母烏秋突然飛身直撲鷂鷹，嚇得牠落荒而逃。

「烏秋怎麼這樣猛，連老鷹都怕牠？」阿豹問。

「那隻是母鳥，牠是愛子心切，不容任何東西欺負牠們，其實——鳥跟人一樣，母愛都是偉大的。」

阿豹心頭一怔，呆呆的看著那隻烏秋一路追擊，兩隻大小不一的在林子上空忽高忽低的旋飛，似乎是不肯罷休的樣子。

「走吧，你還在看什麼？」

「哦……」

他們沿著山的稜線往上攀緣而上，一路上高大的五節芒草叢與台灣葛藤，兩側森林高低起伏，到處林立著濃密而高大的闊葉樹群，有構樹、白匏子、血桐、香楠、豬腳楠、軟毛柿、杪欏、虎皮楠、山紅柿、山刈葉等等。

阿問停下來，指著那兩叢有心形大葉子的樹。「這兩種樹葉子都大大的，可是仔細看不一樣喔，這種是鹿仔樹，因為水鹿喜歡吃它的葉子，另一種是白瓠子，你看它的葉子背面風一吹起來，就翻成白色的。」

「這山裡也可以看到花鹿嗎？」

「當然有呀，不過矮山地區比較少了，我聽瓦基說，從前他小時候，草原上梅花鹿、水鹿成群結隊，很容易獵捕。」

「現在怎麼變少了？」

「因為被獵光了，在紅毛人統治的年代，常有唐山人來捕殺，聽說東洋人特別喜歡鹿皮，所以紅毛人把它船運賣到東洋去。那是第一批來到草原的唐山人，他們不捕魚也不耕種，專門獵鹿。」

阿豹腦海中閃過一絲塵封多年的印象，想起青少年十三四歲時候的事情。

「我在長崎的時候，那是很大的商港，有很多日本朱印船㉑、唐山戎克船㉒，和紅毛人的商船在這裡進進出出……有個日本大官在港口管理，還有一些日本武士，他們很神氣，身上隨時插著兩把刀，還穿盔甲以及鹿皮衣。」

阿問說：「哦，是我們這邊的鹿皮嗎？」

「我沒有問，應該是吧？還有他們的刀鞘上，還有刀柄那裡也包著鹿皮，聽說鹿皮很貴呢。」話鋒一起，阿豹又想起什麼，繼續說：「東洋人住的房子，跟你們有些類似，從地上架起來大約有這樣高，不過都是木頭做的，包括門窗、桌椅和櫥櫃，都是木頭做的。」

「什麼木頭，你看看是這山裡的哪一種樹木？」

「我也不知道，只是味道特別香，全屋子都是木頭的香味。」

「那會是什麼樹呢？」阿問沉吟著，心裡思索著。「有特別的香味，應該是樟樹吧，唐山人最喜歡砍那種樹，把它剁成木屑，然後用火來煮成香油，他們說是樟腦油。對了，唐山人也用這種樹做成櫥櫃和神像，因為它有特殊的香氣，所以蚊蟲不吃，可以經久耐用。」

阿問的話讓阿豹讚嘆不已，「哇，妳怎麼知道得那麼多？」

「是寶惜跟我說的……其實，也不是她說的，她的愛人賴科說的。嘻嘻……她的愛人說給她聽，然後，我再說給我的愛人聽。」阿問臉上漾著幾分少女的嬌羞，還有幸福的微笑。她繼續說：「還有，我聽麻里諾說過，從前他在大屯造大方舟的時候，就是用這種樟樹來做船底的龍骨，不過，其他的木板都是肖楠木做的，因為它比較輕，又不容易腐爛。」

㉑日本幕府時代，將軍發給對外貿易的船之允許證，是以紅印關防之朱令狀，規定擁有朱令狀的船才可以出海貿易，謂之朱印船。

㉒西班牙語「junk」稱呼中國帆船的音譯，也有人認為是閩南語稱呼「船」的語譯音。

阿問拉著他的手走進樹林裡，指著那些樹一棵一棵的教他辨認。

阿豹說：「我懂得這麼多做什麼？」

「你將來要懂得比我還要多呢！」阿問把臉埋在他祖露而多毛的胸膛裡，嬌媚的細聲的說：「你要成為阿問的牽手，將來要養活一家人，就必須懂得更多的東西呀！」

10.

阿問與阿豹牽手那一天，已經是入秋季節，山坡上的烏柏葉已經由綠轉黃了，可是沼澤地的水草仍然青翠豐美。那天清晨，阿問的他瑪巴拉告就叫部落裡的年輕人把湖岸的港邊清理乾淨，他們預估八里坌、淡水還有更遠的小雞籠社，都有親戚朋友划著艋舺來作客。

巴拉告和同輩幾個壯年人，昨天下午協力完成新人床轎，那是以桂竹枝拼接起來，以長竿竹篾綁緊，然後以兩根粗壯的刺竹竿撐起來的，跟唐山人的轎子一般，那是提供今天的新人遊社用的。現在他則忙著在木臼上搗小米麻糬，然後把它做成軟綿綿黏答答的小米糕，那是今天宴客的主食。幾個十來歲的青少年也沒有閒著，他們把大哥哥們切好的桂竹筒，以小刀一個個的修成竹杯，那是今天大家喝小米酒的酒器。

阿問的兩個妹妹，一個十五歲，另一個十七歲，現在跟著提娜忙著煮一大鍋的山豬肉。那個大鐵鍋是全部落的公共財產，一般使用於部落的年度祭典諸如播種祭、除草祭、豐年祭的走標等時候才用的。大鍋裡主要的配料是黃藤心和箭竹筍，都是山區裡的最佳美食；山豬則是前天晚間阿豹跟著幾個年輕的麻達，在竹子湖的峽谷裡獵獲的，阿豹雖然只是實習過程，沒有使上什麼力，不過他也是小獵團成員之一，這是他生平第一回出草，也感到與有榮焉。

依照族裡慣例，山豬頭由獵獲者取得，那個叫做巴奈的中年獵人，卻大方的把一對山豬牙送給阿豹──巴奈家的屋簷下已經掛滿了十幾副山豬牙，而且在左胸上刺了三個印記，那表示他不但是個好獵人，且已是部落裡的馘首英雄。

「我要山豬牙做什麼？」阿豹問他。

「掛在頭上呀，你不是要跟阿問牽手了？」

「掛在頭上幹什麼？」

巴奈和其他幾個麻達都笑出來──回來之後麻里諾才告訴他，那是部落裡勇士的象徵，擁有山豬牙帽的人才有資格娶老婆。

由於阿豹孤家寡人一個，就商請由奇里岸的鄭善人權充為男方家長，由他和麻里諾一起主持這場熱鬧的牽手儀式。兩位老人家於十幾天前就見面磋商婚期，等到牽手日訂出來之後，再進一步決定結婚的方式，當然阿問的父母主張完全以傳統的儀式來進行，鄭善人則希望有些改以唐山人婚禮的方式，雙方各有堅持。最後由麻里諾出面答應鄭善人的某些要求，例如確認這不是招贅婚、要象徵性聘禮，其他都遵照女方的要求，雙方總算達成協議，勉強算是皆大歡喜。

兩位新人在大廳內拜過雙方父母之後，由麻里諾主持祭告祖靈的儀式，只見他一手托著木杓，一手以柚子葉撥水向大廳的四面牆灑點水，招請祖靈來享用攤在地上豐盛的供品。口裡念念有詞的說：

「三虔請祖公（錢晚日店留什），虔請祖母（錢晚眉），爾來請爾酒（街乃密乃濃），爾來請爾飯共菜（街乃密乃司買單悶），庇祐年年好禾稼（打梢打梢樸迦薩嚕塞嘆），夫妻和好又恩愛（樸迦薩嚕朱馬嚼喈），生更多的子子孫孫（麻查咬，斯麻老麻薩拉）。」㉓

接著阿豹將阿問抱上新人床轎，由八個年輕的麻達抬起來，由新郎官扶在一旁，一行人敲敲打打的從主屋出發，沿著村路浩浩蕩蕩，歡天喜地的到所有毛少翁社的家屋，舉行一對新人的遊社活動。

在遊社完的歸途，他們在山坡上俯瞰下來，看到湖上來了十幾艘的艋舺，正緩緩的破浪而來，而港邊也停了近二十艘大小不一的艋舺，其他一艘是平頂的竹筏，上面掛有隨風擺動的篷子，船上有三個人，其中男的身材高大魁梧，正以美妙的動感以長竿操舟，另外一男一女坐於篷子邊，好像在跟他們招手。由於距離太遠了，他沒有認出來是誰。

等他們下了斜坡來到港邊的時候，那艘竹筏已經要靠岸了，阿問看到她，從新人床轎上跳下來，大喊：「寶惜，原來是妳呀！」

阿問跑過去，兩個女人手拉著手放聲大笑。阿豹也走過去，阿問身旁一個男人一直打量他，並以優雅微笑點頭打招呼，並伸出手來握住阿豹的手，這個動作讓阿豹覺得有些尷尬，然後才注意的看，原來是個穿著軟綢長袍的唐山人。

「我來介紹，這位是我哥哥，他叫做鄭珍，五天前才從唐山的泉州港渡海過來，剛好碰到妳大喜的日子。」

阿問打量這個長相斯文，氣宇不凡的男人，臉頰是懷疑的表情。「妳什麼時候多了一個哥哥？」

「是真的哥哥呀，是我父親還在原鄉同安的時候，是之前那個媽媽生的……我們兄妹是同一個父親，但不同一個母親。」

鄭珍欠身雙手抱拳的祝賀他們，「我真是幸運，一到台灣來，就有機會來參加盛宴，恭喜呀，祝福你們這一對新人。」

相對於阿豹的拘謹侷促，阿問反而顯得落落大方的歡迎他。「謝謝你的祝福，也歡迎你到我家作客。」

於是他們兩個人隨著遊社的隊伍，回到阿問的家。此時造船世家的前院、側院還有後院

㉓凱達格蘭族之澹水各社祭祀歌。凱達格蘭三貂社平埔族後裔，在日據時期尚保留祭六祖之習俗。每年分冬夏二期，分別祭二三祖，即於舊曆元月二日為冬祭；夏祭為六月十七日。

都擠滿了人潮，大家分成幾個小團體，席地而坐，談天說笑的聲音此起彼落，好不熱鬧。看到新人回來，十幾個年輕人一擁而上，把阿問從新人床轎上抬下來，二十幾雙手把她高舉起來，吆喝著笑鬧著抬起新人在前院繞了三圈，然後把阿問放下來，一個個抱著她親個嘴，引起一波波的笑聲。

在眾人喧鬧聲中，阿豹發覺有一對眼睛，一直跟著他轉，那是一個幾乎跟厤里諾一樣老的老人家，瘦骨嶙峋的身子，瘸著一雙腿，拄著一支九芎木的枴杖，鬍子很長，跟頭髮一樣的白，說話的時候鼻子跟眼睛皺成一團。

阿豹心裡狐疑——奇怪，這個老人家是誰，怎麼一直盯著我看？

宴席進行到一半的時候，有二三十個人醉倒了，橫七豎八的躺在草地上，廣場中央圍著許多人，一個老婦人唱起古調老歌，歌聲低沉，被兩管笛子跟七八只口琴聲掩蓋過去，先是十幾個年輕人圍個圈圈跳起舞來，越來越多人擠上去，漸漸成為一個大圈圈，歌聲變成兩部和聲，很響亮，還傳來一波波從山壁盪回來的迴聲。

厤阿問走過來拍拍阿豹的肩，她已經喝得滿面通紅，但手上還端個酒杯，抖著抖著一直把小米酒晃出來。

「來，阿豹呀，我們好好的乾一杯！」

阿豹舉起酒杯，喝了一口，還不忘感謝老人家過去對於他的照顧。

「不用謝啦，來來來阿豹，來認識這個老瓦基。」

原來，麻阿問的後面還有一個人，就是瘸著一雙腿那個古怪的老人家。

「他叫籠肴，是從八里坌來的。」

阿豹沒聽清楚，問：「妳說什麼呀？」

「我說八里坌……八里坌呀！」

「不是啦，我是說，這個老瓦基是什麼人？」

老人家舉起酒杯子，一瘸一跛的走到他面前，啜一口小米酒，然後費力的睜開眼睛。

「你叫阿豹是嗎？我跟你……我跟你認識很久了！」

「可是我……？」阿豹一臉驚訝，他應該是從來沒看過這個老人家。

老人家似乎喝得比麻阿問還要醉，他身體一傾倒在阿豹身上，那杯酒淋了他一身。他抱著阿豹，瘋言瘋語的說：「這樣多年不見了，你跑到哪邊去了呀，卡拉豹？」

「卡拉豹？」

阿豹愣在那裡，不久之前好像是誰曾經提起這個名字？他心底納悶，這個人應該沒有見過，可是卡拉豹這個奇特的名字，似乎又有一點點模糊的印象，又好像許多許多年前，曾經在耳邊響起他的聲音——奇怪，那是多少年前的事情呢？

第二章

追尋卡拉豹

四面都是石頭
與灰漿
砌起來的厚實的牆。
阿豹還看到被海水侵蝕
得坑坑洞洞的一面牆上，
歪歪斜斜的畫了一些
像是豆芽菜般的東西。

1.

「天哪——這小子果然是卡拉豹老頭目的孫子！」

阿豹第一次回到淡水河口右岸的部落，經過老瓦基籠肴老人再三的詢問之後，終於證實他就是已逝多年的卡拉豹的孫子，最重要的證據就是頭上那一撮金毛髮。

好像是失去多年的家藏珍寶，如今又突然出現眼前一樣，籠肴老人嚷得好大聲。「你們看看哪——他這撮毛髮，還有那眼睛，像海水一樣顏色的眼睛，喔——天哪，這個年輕人，真的是米奇的兒子，卡拉豹的裔孫呀！」

「你說——什麼卡拉豹？」

那時候阿豹還糊裡糊塗，對於老人說的話一無所知。

然而，大小八里坌社的人從此把他視為怪胎，因為那些二三十歲以內的族人，從來也沒有看過卡拉豹，當然也沒有看過這種金頭髮。他們為了阿豹額頭上那一撮毛髮是黃金的顏色，感到無限駭異又興致沖沖的時候，籠肴老人卻皺起了長著厚繭而垂到雙瞳前方的眉頭，有些憂心忡忡——懷疑他是否真的是那個壞心眼娼婦華麗絲的遺腹子——他擔心的是，阿豹真的是米奇的兒子嗎？怎麼會沒聽過威震北海岸混血巴賽人卡拉豹的名字？怎麼做兒子的連父親叫做什麼名字都不知道？

由於老人實在太喜歡這個年輕人——籠肴想了好多天，終於想到為此事解套的好說詞。他說：「這也沒什麼稀罕了，從前他的瓦基瓦基卡拉豹，從大雞籠社初來淡水的時候，只有十三四歲，還不是不知道生身之父的他瑪是誰——後來，還不是成為我們八里坌最傑出的頭目！」

籠肴老人說的是事實——就在紅毛人統治淡水山丘上的聖多明尼哥城和社寮島上的北荷蘭城堡的時代，十四歲的卡拉豹，就跟著耶士基佛神父從大雞籠社來到淡水，後來和他的大姨子——八里坌社最美麗的女人娃麗牽手成家。後來，還在大小八里坌慘遭斗葛人毀家滅社的襲擊之後，帶領殘存的老弱婦孺重建八里坌部落的大頭目。

談到這裡，老人家豎起大拇指驕傲的說：「他是戰神，也是我們八里坌最偉大的頭目！」

阿豹顯然受到他的鼓舞，漸漸的，他覺得與生俱來有那一撮金頭髮，不是羞恥，而是無上光榮的事情，入秋之後，他把頭髮留長了，學習唐山人在腦後梳成長辮子，就讓那撮金毛梳在額頭最明顯的地方，因為那是卡拉豹的頭髮。

幾天之後籠肴看到他，昏耄的眼睛盯著他的額頭，驚訝的張大嘴巴，老人家說：「嗯，卡拉豹就是這個模樣……可是，我還是覺得怪怪的。」

「什麼怪怪的？」

老籠肴看著他的後腦勺，嘿嘿的笑起來。「卡拉豹沒留辮子。」

隔了幾天之後阿豹搞清楚，直到他的瓦基瓦基過世之前，是國姓爺統治的時代，那時候沒人留辮子，留辮子是滿洲人統治台灣之後的事情。

這些日子籠肴不停的跟他遊說：有一天你要跟你父親一樣，成為新的八里坌的大英雄，就如同當年的卡拉豹一樣。籠肴老人的話讓阿豹困擾不已——他不知道，該怎麼做才會像卡拉豹？

直到有一天，他看到阿問圓滾滾的肚子，阿豹才有些開竅——因為兩個月前，當阿問開始吐得厲害的時候，三番兩次的問他，要怎麼樣才像個真正的女人，她擔心，將來不知道怎麼做才是好媽媽。

阿問已經有六個月的身孕，他喜歡把耳朵貼在她肚皮上，聽他兒子微弱的聲音。

「妳猜他是兒子？還是跟妳一樣？」

阿問被他逗笑了，噘著嘴，「我怎麼知道？」

「如果是兒子，妳希望他像誰？」

阿問反問他：「你呢？你希望他像誰？」

阿豹想了一陣子，最後他說：「像卡拉豹。」

卡拉豹已經離開他們族人三百多個月圓月缺了，依照住在八里坌庄、油車口庄的唐山人的曆法，那已經是近三十年的時光了，可是他一生的英勇事蹟與神奇故事，仍然像淡水河口的潮汐一樣，從來沒有在族人的腦海裡消失。

金毛阿豹在二十歲以前，對於卡拉豹一生的英雄傳奇以及發生於八里坌社的大小故事一無所知——後來陸續知道一些，大都是籠肴老人告訴他的。老人家心目中的英雄一直都是早已過世多年的卡拉豹，他跟金毛阿豹滔滔不絕的講述關於卡拉豹的英雄事蹟，那神龍活現的模樣彷彿卡拉豹還活著一樣。

籠肴是族裡最長命的老人，也是大小八里坌兩社現存者之中唯一看過金毛人的人，可是從三十多年前開始，紅毛人都不見了。活到這把年紀，他能說的故事何止幾籮筐，然而籠肴老人最大的苦惱，是如何跟這些後生晚輩們描述紅毛人的形象——他們出生的時候，紅毛人不知道怎麼回事，已經從對岸山丘上那個方形城堡不見了，此後有許多年的時間，淡水河口兩岸一直到雞籠山後的北海岸的所有番社，都不用繳鹿皮和番銀幣，也不用每隔七天，就要駕艋舺到淡水去跟紅毛人的牧師做禮拜了。這樣又過了許多年，才陸續有國姓爺的水兵，偶爾以幾艘船艦，從南方的海岸線北來，到這裡巡哨，直到大清國的皇帝治理這個島之前的若干年，他們的水兵才在南崁和淡水城堡的港邊，不定期的駐守過幾年的時間㉔。

因為祖父那名揚於北海岸地區的令譽和英雄事蹟，使得金毛阿豹在往後的日子裡，開始

㉔根據歷史文獻記載及地方文史工作者的調查，明鄭與清領初期，桃園的南崁、八里坌兩地最早駐軍。南崁駐地是營盤腳，八里坌則在訊塘埔，其地在今之八里鄉訊塘村。

喜歡這裡，真誠的和部落裡的人往來，並且用心觀察這個位於大河南岸濱海部落的一切——在陽光亮麗的白天，高高矗起的八里坌山閃著綠光，藍色的海洋漂來一波波銀白的浪花，潮來潮往永遠不曾停歇，給他無限的憧憬。到了夜晚，亮麗的綠色、藍色與白色全都為黑暗所吞噬——只有幾顆星星垂吊於海面上不停的閃爍，那是一種神祕的力量，一種孤寂、詭異和神祕氣氛掩藏於肉眼看不到的無限伸展的遠方。每天看著潮起潮退、日出日落，日夜輪迴，八里坌海灘的春天在靜寂中瀰漫著炫人的風采。

這個龍肴老人口中兩度毀於異族戰火的部落，卻又奇蹟的在他祖父手上復活，對阿豹來說像是謎一般的國度——據說是金包里到南崁長長又蜿蜒的海岸線上最美麗的部落。

算起來五十年過去了，淡水城堡的統治者來來去去，已經三易其主了，那些年輕的族人沒有經過那樣的年代，是故，這樣的困擾一直到了阿豹回到八里坌之後，總算勉強解決了。

「我真的像我祖父？我是說……我像你說的紅毛人？」

有一次阿豹又一次因為那一撮毛髮為人奚落之後，一臉困惑的問他。

「不，誰說你像紅毛人？」老人睜開下垂的眼袋，兩顆眼珠認真的瞪著他好一會，又說：「你，還有卡拉豹，都像金毛人！」

「金毛人，還有紅毛人，有什麼不一樣？」

「我也不知道，說實在的——連我也沒有看過金毛人，他們在我十幾歲的時候就離開了淡水城堡——後來我聽說他們沒有真的離開，他們只是到你祖父出生的地方，在金毛人稱為聖薩爾瓦多城堡的社寮島上，跟其他的金毛人會合，又在那裡鬼混了幾年。」

「那——你怎麼知道他們不一樣？」

「因為金毛人……他們的頭髮是黃金的顏色，就跟你祖父一樣。」

「那——族人不會瞧不起他……我是說他的頭髮？」

「怎麼會呢？卡拉豹是受人尊敬的頭目——自遠古以來我們八里坌最偉大的英雄！」籠肴的手在他頭上搓幾下，然後抓著他那撮金毛髮說：「你的頭髮雖然不是巴賽的血統，那可是你們家族祖傳的，所以你別怪這金頭髮了，重要的是，你將來要怎麼做！」

聽籠肴這樣說，阿豹覺得心安一點，可是那一撮金毛髮，並沒有帶給他什麼好運道，反而成為同年齡階層的族人取笑的對象。

因而過去那段年輕的歲月，他無端地憎恨八里坌——這個據說曾經兩度毀於兩場無法逆料的戰火——老人家告訴他，第一次是來自於南方海岸線的斗葛人，第二次至今都還沒有人知道敵人是從哪個方向冒出來的——只知道他們是國姓爺的水兵以及東洋人的倭寇，聯手發動的奇襲行動，把大小八里坌的族人幾乎都殺光了——籠肴說，他的祖父卡拉豹，還有父親米奇，就是死於後面那次戰爭。

「是誰殺了他？」

「殺誰？」

「你不是說——我祖父。」

「他喔——沒有人殺得了他，為了守護八里坌，他是奮戰到死的。」

「哦……那我阿爸呢，他又是誰殺的？」

「你說米奇？」

「……」

「也沒有人殺他……應該這樣說，他是死於女人之手。」

「那女人又是誰？」

老人搖搖頭，然後瞇著眼睛看向海的方向——連綿的沙丘那邊，是幾叢高低起伏的開著金黃色像小鐘一般花朵的黃槿樹，還有近高潮線那邊呈現不規則狀的林投樹，還有海灘上潮起潮落時在春陽下閃著銀白光芒的浪花，再過去就是越遠越深由藍轉黑那一望無際的海洋，更遠方模糊的海平線則糊在一片銀灰色的煙雲裡。

「她是生你的女人。」老人呢喃的聲音，低得被潮聲掩蓋住。

「她是娃麗？」

「不——她叫華麗絲。」

「華麗絲？」

「嗯，華麗絲……她是個雜種！唉，那個女人……」

「她是個怎樣的人？」

「她是個娼妓。」籠肴老人長著厚繭的斑臉上顫了兩下，嘆了口氣，然後抿動沒有牙齒的嘴，「她喔……她是一個，我一生中看過最妖豔最邪惡的女人！」

「那娃麗呢？」

「娃麗？她是生下你父親的女人。」

「她又是個怎樣的人？」

「她是……她是一個，我一生中看過最美麗最善良的女人！」

2.

兒子出生的那天晚間，喜上眉梢的阿豹告訴阿問，決定把他取名為「拉雅兒」。阿問知道，那是他們的母語，意思是掛在船上的「帆」，可是她不懂得阿豹為什麼要取這麼怪的名字。

「我希望他像船帆一樣，能夠借風使力，去很多地方體驗更多的事情。」

兒子出世那天清晨，他在港邊就看到一艘中國戎克船鼓脹著帆，啪啦啪啦的響個不停，像一隻貼在海面上飛的大鳥，拍著翅膀緩緩的飛向遠方。

阿問擔心起來，「如果他像大鳥一樣飛走了，永遠不回來，那我們怎麼辦？」

「那也沒有關係，那表示他離開故鄉在做大事情，就像卡拉豹一樣離開大雞籠社，來到八里坌，卻成了我們的大英雄。」

籠看老人跟他說過，卡拉豹出生於這個島嶼北方那個叫做大雞籠社，那是卡拉豹從嬰兒到少年時代成長的地方，那幾個番社的人，他們把它統稱為巴賽，他們和淡水河兩岸的人，說不一樣的話，做不一樣的事情。

「是怎樣不一樣呢？」

「他們巴賽人不下田也不出獵，他們不是駕船出海捕魚，做生意，就是……就是用那一雙巧手——奇怪，他們的手，也是肉長的呀！可是就是跟我們的手不一樣，那雙手，可以做船、做陶罐，做各種新奇的玩藝，還到處幫人家蓋房子。」說到這裡，老人笑開臉頰上深深的紋路，語氣變得像小孩子般的淘氣，「對了，我們八里坌兩社的房子，還有作為部落青少年、青年人養成訓練的會所，高高架設於部落東方與南方的哨望樓，都是卡拉豹動手督工蓋的，最神奇的還包括他的獨門絕活——煉鐵工坊，那是整個八里坌社唯一生產耕作工具以及番刀、柴刀還有鏢槍與魚鏢的地方……嘻嘻，後來我會跟他的小姨子阿蕾牽手，就是他教我怎樣蓋房子，還有怎麼做口琴呢！」

老人家的記憶已經衰退了，說話有些顛三倒四，可是對於五十年前許多往事——包括一些雞毛蒜皮之類的小事，卻是記得一清二楚。

阿豹嫌老人家有些囉嗦，他只關心一件事，「你是說，他是巴賽？」

「嗯，是巴賽呀，只有巴賽人才有那種本事。」

「巴賽人都這樣嗎？」

「嗯……可是也不全然這樣，卡拉豹特別不一樣！」

「為什麼呢？」

「因為他是混血兒呀——除了巴賽人的血統之外，還有西班牙人，還有南洋番——所以頭腦特別靈光，所以手特別巧，所以……」

阿豹滿意的笑了，籠肴的說法好像一顆定心丸，給他頗大的安慰與鼓勵——原來，雜種兒還有這麼多的好處，那為什麼部落的年輕人還要奚落他呢？

從就任頭目的那一天起，金毛阿豹就戰戰兢兢的不知道怎樣做一個好頭目。也難怪，他沒有扮演過類似的角色，連一個學習的對象也沒有。

剛開始那段時期，他整天無所事事，白天的時候，像遊魂一般到處閒蕩，聽長老們談一些老掉牙的事情，或者是吹噓他們年輕時代一些傲人的英雄事蹟——例如在大狩獵季裡，誰獵獲大野豬，誰獵獲兩頭梅花鹿，誰在八里坌山後方那片獵場裡，如何與他們的世仇龜崙人周旋爭戰，並神勇的砍下他們的腦袋；更有人信誓旦旦的，說他十四歲那年在某一個風高月黑的深夜，曾經和大頭目卡拉豹並肩作戰，割下了從南方海岸線北岸的悍番道卡斯戰士的人頭——當那個不過四十出頭的中年人說得口沫橫飛的時候，籠肴老人在旁邊乾笑著，等他說完，用他的觀音竹製的菸斗敲他的腦袋瓜，笑呵呵的說：「嗯，那的確是件大事情，所以我記得很清楚——你呦——就是喜歡把水潭說成大海——直到事情過去兩年後，你的提娜看到我，還在抱怨那個時候還沒穿褲子的孩子，天天晚上都要尿床呢！」

於是一群人哄堂大笑起來。

比較之下，婦女們的一生，沒有諸如此類的英雄傳奇故事，應該是沒有什麼值得炫耀的，然而當她們三三兩兩的在一起說三道四的時候，碰到阿豹適巧經過，就不約而同的放大音量，潛意識裡也希望他佇足聆聽。阿豹耐著性子聽她們滔滔不絕的談著——讓阿豹不解的是，那些瑣瑣碎碎芝麻綠豆般的小事情，也說得天花亂墜，漸漸的他發現，她們是從別人好奇的眼光以及此起彼落的笑聲裡，得到了補償與滿足。

這樣的故事聽多了，久而久之，阿豹的感覺麻痺了，厭煩了，那是別人的事情，跟自己無關痛癢，除了瓦基——祖父卡拉豹的事蹟之外。

每次籠肴叔公談起卡拉豹，就像其他成年的族人一樣浮現肅然起敬的眼神——他煞有其事的告訴阿豹：那是你的標竿——他的意思是說，希望阿豹有一天能夠不負大家的期望，做個像卡拉豹一樣的好頭目。

「要怎樣做才是好頭目？」

「學呀，跟你瓦基卡拉豹一樣！」

「我要學什麼？」

「煉鐵呀。」

「煉鐵？」

「嗯——煉鐵㉕。」

那個初夏季節，那時候他在舊部落的沙丘裡，找到了那個黑黑的圓盤狀的煉鐵爐——籠肴證實，那個四處散落鐵渣石的地方，就是當年祖父的煉鐵工作坊——那個意外的發現，讓他突然頭腦開竅，於是一頭栽進研究鍊鐵祕方，以及打造各種鐵器工作的狂熱裡。籠肴老人大喜，他看著金毛阿豹開始挖地基、砍伐竹木，搭建工作坊，活像一隻工蟻一樣不停的工作，揮汗於五月天的豔陽下，那情景讓老人家覺得似曾相識——十幾天之後，一幢在沙丘上架起來的大竹屋與涼篷，神奇的在他眼前重現——他看到金毛阿豹忙碌而神情投入工作的身影，還有陽光下汗珠直冒的古銅色皮膚，好像是五十年前的卡拉豹又回來了。

「嗯——對對對，煉鐵工作坊就是長得這個模樣！」籠肴老人東摸摸西瞧瞧，禁不住讚嘆：「阿豹呀，你果真是卡拉豹的孫子，嘿嘿……在大小八里坌，只有卡拉豹才有這樣的本事！」

然而，他們老少兩個顯然高興太早了——等到嶄新的工作坊落成之後，他們面臨的問題是，鐵要怎麼煉？在爐裡要添加什麼東西——還有最重要的，原料從哪裡來？

阿豹完全是始料未及——關於煉鐵的奧祕，這個老人家居然一問三不知。

㉕五〇年代曾經在八里海邊拾獲許多鐵渣石，地質學家台大林朝棨教授證實那是早期人類煉鐵的殘留物，八〇年代十三行搶救考古時，曾經在遺址發現煉鐵工作坊，證實八百到一千五百年前的凱達格蘭族，已經有初級煉鐵工業。

阿豹急了，「你想想看，你不是說，你都知道嗎？」

「我當然知道，當年我可是親眼看見卡拉豹，怎麼把那個東西燒得紅紅的，怎麼在石板上鎚鎚打打，把東西做出來的……可是，我忘了，我怎麼會想不起來呢……」

「叔公，好叔公，你再仔細想想看！」阿豹的語氣近乎哀求。

「哦——這樣多年沒做了，我是……我是當然知道啦，可是我只當他的助手，都是卡拉豹他自己，他呀……他是神，除了他，誰能變出那種神奇的把戲？」

完了，一切全都完了，阿豹又氣又惱，抱個大石頭，把還沒有完工的煉鐵爐砸毀，蹲在旁邊喘大氣。

此後幾天，阿豹陷於絕望的深淵裡——他把自己關在偌大的空曠的工作坊裡，不吃不睡三天，每天瞪著面對海的那一扇窗，無神的看著潮起潮落，苦苦的思索還是想不出來煉鐵要怎麼做？

頭兩日，阿問想讓他靜兩天，牛脾氣鬧完了就沒事，可是阿豹居然把自己連同工作坊拴起來，沒有走出來一步，阿問甚至於擔心，他會不會想不開死在裡面？

第三天夜裡，阿問終於按捺不住怒火，她拎著石板斧頭砍掉木栓子，衝進工作坊，把還在發呆的阿豹，使勁的拖出來，一邊嚷著：「你不能成天躲在屋裡，你總要做一點什麼事情，你呀，你忘了嗎——你是八里坌的頭目！」

「可是我什麼都不會，我不知道，我要做什麼？我能做什麼？」

「你想做什麼都行，就是不能整天都關在屋裡，什麼都不做，這樣，你遲早會枯槁而死！」

儘管阿問好言鼓勵，阿豹仍然垂頭喪氣。阿問把他抱起來，輕輕的撫他的頭，搓著那一撮金頭髮，再把他的臉頰按到胸口，以母性的溫柔聲音，如同哄小孩似的：「嗯，阿豹，你是卡拉豹的孫子，你，是我最棒的男人，我相信，無論什麼事情，你都可以辦好的！」

那天晚上他們同床共枕，阿豹將他貯存多日的精力，激烈的勇猛的衝撞，把所有的不滿忿恨與煩悶，伴著那股激流，宣洩於阿問柔軟的肉體上，三度痙攣之後，把頭埋入阿問汗水淋漓的胸窩裡，沉沉入睡。

3.

第二天陽光還沒來得及鑽出拂曉的濃雲，他就一個人悄悄的駕著艋舺出海了，進行一趟海上冒險旅行——那是一種突然來的衝動——他想親自去看看大雞籠社，祖父童年的故居。

他只有一個念頭——他一定要弄清楚，卡拉豹是生在怎樣的地方？為什麼天生一雙無所不能的手，可以把沙土煉成鐵？他又是如何從一個巴賽的小浪人，變成八里坌社人人尊敬的大頭目？

他一個人駕著獨木舟，順著柔軟的西南季風以及海底下滾滾驅動的北赤道洋流，繞過淡水、魔鬼岬角以及金包里㉖海岸線，抵達他祖父少年時代的故居，那個位於社寮島上的大雞籠社——然而，他在社寮島上的舊部落廢墟，以及位於大沙灣的大雞籠社新部落，並沒有找到他需要的任何線索。

社寮島上的住民不多，大約有七八戶唐山人，都是捕魚為生的討海人，其他還有幾戶是本地土著巴賽人，據他們說，他們是三十幾年前陸續從大雞籠新社遷回來的。在金毛人統治的年代，他們本來就世居於島上，因為島上要蓋城堡，所以強制他們遷移到對岸的雞籠。㉗

阿豹挨家挨戶向他們打聽祖父卡拉豹的訊息，沒有人聽過這一號人物，這樣的結果讓他失望。連續幾天，他徘徊在島上南端的岬角與沙丘上，他感覺少年時代的卡拉豹跟他相距是如此的遙遠。

第五天，阿豹碰到一個和他一樣有一撮金頭髮的老頭兒，他叫做伊諾瓦。

由於兩人都擁有金頭髮，所以兩人很快熟絡起來，沒幾天工夫便成了忘年之交——伊諾瓦足足長他四五十歲。

伊諾瓦簡陋的住家，位於社寮島上後山一處小山坳裡，不過他大部分的時光，都在島嶼東側臨近東洋人商館旁的簡陋房子。不過他說：他在島上某一個地方還有一處祕密基地。

那個在西南風拍擊著北方岬角掀起高高浪花的午後，他跟著伊諾瓦幽魂似的背影，穿越一小片闊葉樹林，然後從怪石嶙峋的岩壁滑落，來到堆著漂流木以及到處是慌亂竄爬海螃蟹的高潮線灘地，當他還在狐疑的時刻，伊諾瓦一句話也沒說，悶著頭忙著移開一堆枯樹枝和馬鞍藤，他才赫然發現那是一條地道。

「這是什麼地方？」

伊諾瓦臉上閃著一絲神祕的笑容，走進地道，從背後傳來他的話：「跟我進來。」

這裡不像是山洞。裡面雖然很暗，但是大致看得出來是一間正方形的建築，四面都是石頭與灰漿砌起來的厚實的牆。阿豹還看到被海水侵蝕得坑坑洞洞的一面牆上，歪歪斜斜的畫了一些像是豆芽菜般的東西。

「這是什麼東西？」

「那是字。」

「字？」

「嗯，那是字，西班牙的字，咦——你不知道西班牙？」

阿豹給弄糊塗了，他不知道伊諾瓦在說什麼。「什麼西班牙？」

㉖在西班牙人的文獻紀錄裡，把野柳命名為魔鬼岬角，因為該地曾經發生西方人的船隻在此擱淺，船被當地土著劫掠，人員也遭殺害。金包里即今之金山，它是北海岸線巴賽人的主社。

㉗一六二六年，西班牙人以保護中國與呂宋間的商業為名，由西班牙駐菲律賓總督施爾瓦派提督卡黎尼奧率大划船二艘，戎克船十二艘，載兵士三百名入侵台灣。自呂宋沿台灣東海岸航行，艦隊經過三貂角（Santiago），進雞籠港。侵略台灣北部十分順利，西班牙人在社寮島舉行占領儀式。為防範荷蘭人入侵，西班牙人隨即開始築城，是為聖救主城（San Salvador），並建砲台四座，一方面在台灣本島建立堡壘加強防禦，並築市街作為漢人居住地。

「西班牙就是金毛人，跟我們一樣，頭髮是金紅色的，鼻子是高高的、鉤鉤的，眼睛是那種……是那種像海一樣的顏色。」

「你說什麼呀?!」

他把一頭霧水的阿豹拉到面海那一堵牆，有一束天光從上方那道裂縫瀉下來的地方，撥了兩下覆額的金髮，然後把他的眼睛睜得大大的。

「你看看，我的眼睛……有沒有看到，就是這個顏色。」

「嗯，果然有些像是海的顏色。」

伊諾瓦樂得呵呵的笑。「我從前看到他們的時候，他們的眼睛，比我更像海的顏色。」

「你也看過金毛人？」

「看過呀！金毛人，還有紅毛人，我都看過。」

「那——金毛人和紅毛人有什麼不同？」

「他們……這很難說，很難說。他們都來自於遙遠大海的彼方，他們都信仰耶穌基督，可是雙方卻合不來，他們在艾爾摩沙[28]島上，為了雞籠與淡水的堡壘，以及和中國、日本的貿易競爭，雙方你爭我奪，在呂宋，還有更遠方的香料群島，曾經打過幾次戰爭……最後結果是，紅毛人打敗金毛人。」[29]

阿豹聽得一頭霧水，不過他實在佩服伊諾瓦怎麼知道這麼多稀奇古怪的事情。「你怎麼知道那麼多？」

原來，伊諾瓦對那些久遠的事情耳熟能詳，那是因為他出生於薩爾瓦多城外，並且親身經歷了西班牙人、荷蘭人以及明鄭王朝——大雞籠三代不同的統治者。

伊諾瓦的身世相當複雜，根據早年他母親的片段敘述，和曾經駐紮於薩爾瓦多城七年之久的安德列夫中尉的說法，以及這麼多年來，他自己拼拼湊湊的結果，大致是這樣：

伊諾瓦說，他的父親是薩爾瓦多城的軍曹，他有一個娘惹的妻子——一個中國來的唐山人與馬來人所生的混血兒，不過那女人不是伊諾瓦的生母，因為父親艾略特准尉為菲律賓總督遣來雞籠的時候，他把家眷留在馬尼拉。依諾瓦的生母則是大雞籠社女人，他們沒有正式的婚姻關係，只是兩人「在一起」而已。

阿豹問他：「她是巴賽？」

「嗯，是巴賽。」

㉘西班牙人占了菲律賓後，進一步想要占領台灣，一方面保護在呂宋的既得利益，另一方面又可擴大利益，因此西班牙國王在一五九六年，訓令呂宋總督占領台灣。當時馬尼拉與北美洲的殖民地墨西哥之間，每年有大帆船往來貿易，從墨西哥運來的白銀換回中國的絲綢、瓷器等。其航路是從馬尼拉出發到呂宋島的北端，經巴士海峽沿台灣東岸，乘黑潮暖流北上駛往日本，再橫渡太平洋回到美洲。西班牙人稱台灣是「Hermosa」（譯為艾爾摩沙）。台灣博物館曾經於二〇〇六年舉辦西班牙在台灣早期史料的「艾爾摩沙大展」。

㉙荷蘭人探悉北部西班牙人對守備鬆懈，經數次偵測後，在一六四二年八月，第六任長官保羅派遣哈勞哲，集結了十一艘軍艦和一千名以上的士兵率艦北進，對駐紮在基隆的西牙人發動總攻擊。當時西班牙城堡中僅有一百八十名的守軍。雖然西班牙人以強硬的態度拒絕荷蘭的招降文告，但五天後，西班牙人便開城投降。從此全台灣南北在荷人占據下歸於一統。結束了西班牙人占領台灣北部共十七年。

阿豹的眼睛亮起來。「你是巴賽人的牽手？」

「怎麼了？」

「我的祖父也是巴賽，不過跟你一樣，聽說，他也是混血兒。」

「哦，這麼巧……」

伊諾瓦不經意的說，嘴角卻浮現淺淺的笑容。那笑容讓阿豹覺得親切，好像眼前這個頭髮也有些金頭毛的人，像是自己的親人。

阿豹說，根據籠肴老人的說法，他的祖父少年時期，是在社寮島和大雞籠長大的，他弄不清楚，為什麼先祖娶的是基瓦諾灣的女人，卻把卡拉豹帶來大雞籠社？

「卡拉豹……等等，你說卡拉豹？」伊諾瓦撥開覆在額頭的白髮，昏耄的眼睛突然亮起來。

「對呀，我的祖父卡拉豹？」

「哦，我知道……我知道，應該就是他。」

阿豹的眼瞳瞪得老大。「你認識我祖父？你真的認識我祖父？」

老人平靜的說。「豈只是認識而已——卡拉豹，他是我兄弟。」

阿豹整個人愣住——他們彼此對望良久。伊諾瓦黝黑的皮膚在六月的夏陽裡閃著光，白色長長的落腮鬍吹著海風，飄著飄著，把他們的思緒飄回許多年前塵封的時光……

4.

阿豹於大雞籠回行那一天，他的小船已經換成四人座的艋舺，船上載了四竹簍粗石炭，伊諾瓦說，那是煉鐵必需的燃料。

那些石炭是烏黑的石礦，紅毛人稱之為「煤礦」。那是伊諾瓦找了兩個大雞籠社的青年，領著他一行四人，在雞籠山後的臨溪山腹裡挖出來的。伊諾瓦三十歲的青壯年紀，曾經為紅毛人僱用到那片山區，挖過這種東西。

此外，伊諾瓦還帶他回到他在大雞籠社的故居——那是他的提娜的家，伊諾瓦說，那座以卵石為基礎，地基以木頭架高起來的舊房子，也是少年卡拉豹的家。

原來，他那個水性楊花的巴賽女人，一生都沒有跟男人牽手，但卻跟十幾個男人做過生孩子的事情，跟她要好的男人包括唐山漁民水手、日本商人與海盜、西班牙與荷蘭的駐軍，還包括社寮島上替紅毛人整建北荷蘭城的黑奴。

依據伊諾瓦的推算，他的生母烏給總共生了十三個兒女，比唐山人的十二生肖還多一個。分別是七到九個男人的種子，其中卡拉豹排行第二，伊諾瓦排行十一，他們的生父跟其他兒女不同，來自於南洋群島，不過不是同一個人——卡拉豹的生父，是西班牙與南洋土著的混血，來自於香料群島。伊諾瓦的父親則來自於印度尼西亞的某個島嶼，是唐山人與當地娘惹所生的混血兒。

伊諾瓦說：「所以算起來，我們是親戚，我是你的叔公呢。」

兩天前，他們四個人背著裝滿石炭的竹簍，在濃綠蔭天的闊葉林裡穿梭，繞過雞籠山的鞍部，來到風口，下方是個畚箕形的山谷，緩坡面那片迎風面成疏林的狀態，不過大片大片叢生的五節芒，正在抽芽滋長，隨著海邊吹來的風翻飛的時候，一大群麻雀嬌小的身軀停在上方隨風起伏舞動，還有幾隻粉紅鸚鵡，啁啾美妙的歌喉，看到他們經過，一溜煙的從菅草叢裡竄逃出來，飛到一棵濃綠的血桐樹裡。

一艘兩百噸級的三桅戎克船，揚著風帆從雞籠嶼旁的水道，緩緩的划進港灣。伊諾瓦指著兩條溪流出口處，告訴阿豹：「那裡是大沙灣，在紅毛人統治的年代，那裡有三條小市街，包括唐山人的、紅毛人的，還有東洋人，都在這裡貿易船貨，那時候卡拉豹的父親可神氣呢，只要大船進港往往都少不了他，他是許多商家共同僱用的通譯，因為他會說各種不一樣的話。」

阿豹好奇的問：「他會說什麼話？」

「很多呀，像巴賽的、紅毛人的、唐山人的話他都懂，還有東洋人的，他都可以說上幾句。」伊諾瓦停下來，看著進港那艘船，又蠕動嘴唇。

「就靠那張嘴巴，他曾經幾度去過東洋的長崎、出島，還帶紅毛人的船隊，到哆囉滿採金，採黃金，你知道嗎，黃金？」

伊諾瓦從懷裡拿出來一件小東西，交給阿豹，是一個黃金薄片製成的雙人玦。伊諾瓦交代他，這是母親給他的——他說，當他童年的時候，每個兄弟姊妹都有一個，他把它珍藏了十幾年。

阿豹仔細端視一陣，覺得不好意思，把它交回伊諾瓦手裡。

「那是你的東西，我怎麼好意思。」

「不，它應該是屬於你的，這件是卡拉豹親手做的，現在物歸原主。」

阿豹一臉訝異：「這是瓦基瓦基做的？」

「嗯，我說真的……你不知道嗎，卡拉豹天生就有一雙精巧的手，十幾歲的時候，就會做一些奇奇怪怪的東西，這個東西就是他做的。」

阿豹勉為其難的接受——其實他心裡喜歡這個小東西，因為它是卡拉豹的。

他們從山坡上走下來，沿著溪谷往海的方向走，來到唐山人的那條街。街道又窄又髒亂，顯得有些破舊不堪，不時有霉腐的酸臭味襲來，還不時擔心會踩到雞豕鴨屎。

伊諾瓦說：「從前他還是小孩子的時候，這條街有二十幾戶的店家和漁民，還有三戶東洋人也住在這條街上，他們都是生理人，熱鬧得很。」

「怎麼會變得這樣？」

「當年國姓爺趕走紅毛人之後，成了台灣王，卻沒有好好經營，把淡水雞籠棄之於不顧，還派軍隊來搗毀雞籠城堡。結果東洋人走了，紅毛人也不敢再來，有一陣子，社寮島幾乎成為無人島，大雞籠只剩下一些當地巴賽人，以及少數的唐山來的漁民。」

伊諾瓦說著，他們已經穿越唐山人的街道，前方拐彎處，海浪拍擊聲已經很大了，一灣湛藍的海灣湧起一波波白色浪花。港內只有三艘掛了烏篷的竹筏，和幾艘巴賽人的小木船在浪裡漂擺。

阿豹看到剛剛進港那艘戎克船，已然停在港邊，兩個水手在甲板上鋪了木梯仔，一個戴著鹿皮帽身披唐山裝的大漢，從那裡走下來。這個男子身材壯碩，他背了個麻線織成的網袋，步伐跨得很大，被落腮鬍遮掩的嘴唇不時抿動著，哈呸一聲把檳榔汁吐在海裡。

他走到他們身邊，停下腳步，眼睛盯著阿豹，一隻手搭在他的背簍上，阿豹不得已停下來。

「是什麼東西？」

那人聲音很沉。阿豹心頭一怔，呆呆的望著他——雖然是文風不動，但銳利的雙眼卻射出令人懾服的眼光。

伊諾瓦代他回答：「是石炭。」

「從哪邊來的？」

阿豹指著身後的雞籠山，還愣得說不出話。

「那你是哪裡來的？」

「我是……我？」

看到阿豹吞吞吐吐，伊諾瓦再度替他回答：「喔，他是淡水。」

「果然是外地來的……你知道的，以後，這裡的東西不能私下交易。」

「這東西不賣的。」

「什麼？」

「是用來煉鐵的。」

阿豹愣了一下，問伊諾瓦：「這番人也知道煉鐵？」

那個大漢打量阿豹好一會兒，又嚼著檳榔，然後咧著嘴，大聲的說：「以後，大雞籠社的貿易都是我管的，沒有我的同意，不能這樣了，懂嗎？」

伊諾瓦說：「知道了。」

呆愣愣地看著那人走遠了，阿豹才問：「那個人是誰？」

「賴科。」

「賴科？」

「嗯，他是個很有名的人。」

很有名的人？阿豹弄不明白，偏著頭，看著賴科走進唐人街，然後消失蹤影。他對那個人產生高度的好奇。

「他是幹什麼的，這樣威風？」

「他是本地新任的社商，那是官方任命的，本地唐山人稱之為番割。」㉚

「番割是什麼？」

「番割、社商，都是跟本地番人做生意的人。」伊諾瓦說著，那神情透露出一種崇拜的感覺。「從金包里到雞籠，沿著海岸線到基瓦諾灣，甚至於產金的哆囉滿，沒有人不知道賴科是誰。」

伊諾瓦說的地方，阿豹一個也沒有去過，這些地方在他心裡起了一些遐想。

他好奇的問：「基瓦諾灣在哪裡？」

「在三貂角那邊，很遠呢，用艋舺要划一整天。」

「那哆囉滿呢？」

「那更遠了——聽說那裡整條溪都是沙金，黃金——你知道嗎？那是東方那片峰巒的極地，在海的盡頭，反正是很遠很遠的地方，除了賴科，幾乎沒有人去過。」

「他怎麼這樣神通廣大？」阿豹問。

「就是因為這樣立了大功，所以官府已經請他擔任我們大雞籠社的通事爺。」

「通事爺是幹什麼的？」

「他可神氣了，番社收丁錢、徵鹿餉，徵勞役，還有土地的租與賣，番社的紛爭，都要他來處理，有時候，他比頭目還要威風呢！」

伊諾瓦還告訴他，去年秋天，一批從台江來的唐山官員，坐著水師的兵船來到大雞籠社，召集附近幾個部落的頭人，說北海岸的幾個番社，以後都要繳丁錢，還規定港口貿易要繳稅，還有番社的貿易都要繳稅，那個叫做「贌稅」，也就是說，整個部落對外的交易，不能私底下想怎樣就怎樣，必須交由一個唐山的商人來負責承包，其他人都不可以。

「那有什麼差別呢？」

「差別可大了，贌稅的制度，其實從前紅毛人統治的時代就這樣了，國姓爺的時代沒有統治這裡，所以在這裡沒這樣做，現在是大清帝國統治又這樣了。你看，贌稅的人，只要每年跟政府繳一點稅，然後整個番社的利益都被他掌握了，而此地根本就沒有官員沒有政府，天高皇帝遠，於是他可以為所欲為。」

「這樣不是不公平嗎？難道我們番人，就不能自己來處理嗎？」

阿豹覺得忿忿不平，然而接下來伊諾瓦的話，教他洩氣不已。

伊諾瓦是這樣說的：「這樣的事，不是我們能夠做得來的，我們的人不識得唐山字，不會打算盤，也不知道怎麼賺錢……更重要的是，我們根本不懂得如何去算計別人。」

㉚大清帝國對於台灣原住民的管理，也用明鄭時期舊例「包社」制。所謂「包社」就是由有錢商家，向官府承包代收原住民部落的稅賦，這些人稱為「社商」。社商先向官府繳稅，然後取得對原住民部落的經濟控制權。社商又委託「通事」等人，住在原住民部落裡，將原住民擁有的貨品，例如鹿皮、鹿肉，一一做記錄，加以收取，以抵稅賦。社商取得番人的鹿皮，可外銷至日本；另外鹿肉、鹿角與鹿鞭，賣給唐山人。

5.

在回程中，紅毛人時代的新鮮事還是讓阿豹碰到了。

那是經過金包里附近海域的時候，他就看到一群番人腰掛番刀，一手提著長標槍呼天搶地的奔逐，沿著海岸線往前跑。起初，阿豹嚇壞了，他想這些番人該不是要搶他的貨物吧？

他想的也沒錯——不過，他們搶的貨物，卻是擱淺的一艘大船。

也不知道怎麼回事，一艘多桅大帆船漂流到魔鬼岬角。一個金包里社的巴賽青年發現它，好奇的走過去，看到船上那些紅頭髮的人，對他高舉雙手大聲呼叫，他嚇壞了拔腿就跑，喘著氣回到部落。他也說不清楚，於是有四個年輕人和一個中年人，跟著他回到原地，那時候船頭有些傾斜了，隨波不斷的撞擊魔鬼岬角的礁岩。他們小心翼翼的走過去，跟那些海上漂流了兩晝夜，已經精疲力盡的紅毛人比手畫腳，他們雙方似乎無法溝通，眼看到船首又將撞礁岩，紅毛人急得叫囂起來。

阿豹遠遠看到那艘船的時候，它是頭重尾輕的傾斜著，三角形尖尖的船首忽高忽低，在岬岸邊漂漂擺擺，還傳來高亢的呼救聲。他雙手加把勁，拚命使力的操槳划過去。幾隻紅尾伯勞拖著長長的紅尾巴，從他頂上低空掠飛過去，飛到那個突出的岬角，繞著幾個燭台岩石追逐嬉戲。十幾隻磯鷸群聚於潮間帶的岩溝間啄著浪花藻，其中一隻母鳥咬著一隻還在掙扎的海蟹，高舉著白色的胸頸吱吱吱的叫起來。方才那幾個巴賽人已經跑過去，在礁岩邊對著那艘加雷翁船，雙方嘰嘰喳喳的不知道說些什麼。

阿豹來的那一天，這個名叫為魔鬼岬角的海岸，就特別吸引他的目光——它是擁有許許多多奇岩怪石的沉積海岸，因為海水年復一年的衝撞與侵蝕，形成蕈狀、蜂窩狀、蠟燭台等等詭異突梯的造型，看起來幾分可愛又教人著迷。

然而這個美麗的海岬正在他眼前上演不美麗的事情。

巴賽人往加雷翁船上丟繩索，可是海風太大了，繩索被風一吹就掉進海上，試了幾次都沒有接住。阿豹看到這樣的情景，他使勁的划槳把船靠過去，跟巴賽人高喊：「把繩子丟過來呀，我來幫忙！」

加雷翁船上的佛朗基人接了阿豹的繩子，把它綁在船首三角旗桅杆上，巴賽人拉住繩的一端吆喝著開始拉，可能是這艘船太重了，加上海浪的波動，船拉近了一些，又被風浪盪回去，這樣來來回回幾趟，巴賽人精疲力盡眼看著幾乎要放棄了，讓佛朗基人急得大嚷大叫。

阿豹急得不知如何是好。突然聽到來自遠方的呼叫聲，以及啷噹啷噹連綿不絕響起的銅鈴聲，他瞟望過去，海岸線那邊不知從什麼地方冒出來的土著，手上人手一把番刀或標槍，他們從不同的方位呼天搶地的狂奔過來。

阿豹還弄不清楚是怎麼回事，跑在前方的一隊人馬，已經越過了黃槿樹林，飛快的從燭台石縫間鑽出來。岬角灣澳的對岸，又是一支近乎全裸——他們只是在胯下包一塊寬鬆的粗麻布，黑亮亮的卵葩跟著腳脛上掛的鈴鐺一路的盪著，在爬著馬鞍藤的沙灘上捲起了一幕幕的灰沙。另還有兩批人馬，分從兩處淺崗像一群野牛的奔下山來。

船上的佛朗基人個個面面相覷，不知道該高興獲救還是即將面對不可測的危機——船長、大副及資深的水手們聽說過，在福爾摩沙北端，這群聽說還在茹毛飲血的生番，都是一群殺人不眨眼的土匪，他們會搶劫、殺人甚至於吃人肉。隨著船身被拉近岬角岸邊，他們的心情越是不安起來。

紅毛人被那群土番喝叱上岸，十幾支標槍對著他們，他們以奇怪的腔調試圖與模樣像頭目的老土番談判，但因為言語不通而沒有結果。有些番人進入船艙裡搶搬東西，紅毛人中的男子幾個上前跟他們理論，雙方又爭執起來；那個搶了一條豔麗的波斯毯的男壯番，跟一個中年的紅毛婦女互相拉扯，那個胖女人倒地，頭部碰到岸上的礁岩而頭破血流；那個頂著黑色大盤帽像是船長的人拔出短銃，可是巴賽人似乎不知道那個東西的威力，幾個人圍了上去。

砰的一聲，那個舉起番刀的巴賽人番刀落地，人也跪下來雙手抱著肚子，紅色的血湧出來流了一地，痛楚的哀號著，接著躺在地上抽搐。巴賽人愣住，只聽見一群人鬼叫一陣，又沉寂下來。

阿豹放下槳，跟岸上揮手大叫：「不要——大家聽我說，他們不是海盜，他們只是紅毛商人！」

沒有人理會他。巴賽人又圍了上去，銃聲又起，又是一個巴賽人倒下去。於是雙方人馬不知怎麼又起衝突，土番這邊為首的人高聲大喊：「宰了這些紅毛番——殺！」

阿豹本來想把艋舺靠岸，勸導或阻止那幫土番的強盜劫掠行為，可是才划了幾丈遠，岸上那邊更慘烈的事情又爆發了

這是一場慘烈的屠殺。可憐的紅毛人男子被屠殺殆盡，只留下兩個婦人和三個稚齡孩子，他們的哭泣和哀號聲，在海邊的風聲和浪花拍岸聲中，顯得如此卑微，連他們信仰的上帝也沒有聽到。拉雅兒只能呆立於艋舺上，看著那群巴賽劫匪，把船上所有能吃能用的東西全部搶劫一空，在拉扯爭執的當兒，他們把紅毛人的成年男子都殺害了。

阿豹眼睜睜看著眼前的悲劇上演，猶豫著，終究沒有將船靠岸——他覺得自己是如此的卑劣，沒有勇氣靠岸，去解救那些可憐無助的生命，只能眼睜睜的看著悲劇發生。

等到那些土番呀嘿呀嘿的飽掠而去之後，阿豹趕緊划槳把小船靠過去，兩手搭著船舷，小心翼翼的爬上大船，甲板上橫七豎八的躺著一些屍身，僵硬的軀體、陰乾的烏紫血跡，讓他不自禁哆嗦起來。海風還是無情的吹著，艙房那片失去主人的木門，似乎抗議方才那天殺的暴行，一直吭啷吭啷的響個不停……

6.

許多年後八里坌社還留傳一則金毛阿豹一夜致富的傳奇，那些傳說有幾種版本，有人說他走運了，在魔鬼岬角挖到數不清的金銀財寶；有人說那是從前紅毛人離開雞籠的時候，暫時沒有帶走的寶物；有人甚至認為，那個金毛阿豹原來就是海盜一夥的，他回到雞籠把海盜頭子宰了，一個人獨得所有的財富。不管傳言如何紛紛，但總是和至今仍然沉在岬角旁的那艘紅毛人的加雷翁船有關。

對於那些傳聞，現在已經成為壯年人的阿豹總是一笑置之，但是也從來沒有否認，只是曾經幾次，他對於一夜致富的說法稍作修正——阿豹說，我沒有拿到什麼金銀財寶，我只拿到幾個麻袋的鐵沙，還有船上拆下來的一些破銅爛鐵。

只有阿問和籠肴老人相信他說的話，因為阿豹從不撒謊。何況他們還參與阿豹利用煤屑做燃料，以鐵沙和廢鐵來冶鐵的部分過程。特別是老籠肴，當他看到丟進大鐵鍋裡的廢鐵變成紅通通的液體時，顧不得滿頭的汗水與滿鬍子的烏灰，敲著鑼在部落中心的廣場大聲咆哮：「你們大家快來看哪，卡拉豹真的把鐵漿燒出來了，紅通通的鐵漿哪——比太陽還要熱的鐵漿！」

愛看熱鬧的族人圍在阿豹的工作坊旁，看著他把鎚成一根長條狀的火紅的東西，淬進水缸裡，滋滋作響的冒起一大陣白煙，眾人驚嚇得目瞪口呆。

「這是什麼怪物？」

「這是鐵，它比黃金、石頭還要硬呢。」老籠肴說得眉飛色舞。

阿豹埋頭揮汗，以一支石鎚反覆敲擊那根現在變成長條狀的東西，發出陣陣鏗鏘的響聲。

「阿豹在做什麼？」

「打製番刀呀——你們不知道，從前我們的大頭目卡拉豹，番刀就是這樣打出來的！」

也許是來自於巴賽族人的天分，以及傳襲了祖父卡拉豹那巧妙的手工藝，阿豹不僅做出番刀，還動腦筋依據農耕的需求，製造鐵鍬、鐮刀、劈刀等農具，讓大家嘖嘖稱奇，對他投以崇敬的眼神。阿問覺得擁有這樣的男人，真是很大的福分，讓她這些日子看到人總是眉開眼笑。

然而這樣幸福快樂的日子沒有維持太久。她先是好奇，然後表示諒解，接著是懷疑，最後是又忿怒又悲哀，忍不住一天夜裡哭哭啼啼的向老籠肴告狀。

「妳怎麼了？」

阿問一臉憂傷的儘管哭，越哭越大聲。

「阿豹欺負妳了？」

她先是點頭，又接著搖頭，還是一直哭。

「那——究竟怎麼回事？」

「瓦基瓦基呀，我的男人瘋了……我只有一個兒子呀，他都不跟我……」阿問哭訴著，又覺得跟老人家這樣說有些不妥，改口說：「現在，他都不理我了！」

阿問拉著老人家，來到工作坊，門關著，裡面還上了鎖，裡面傳出來金屬敲擊連續性的響聲。

「他把自己關在裡面做什麼？」

「你自己問他，那個死瘋子！」

老籠肴敲門，對裡面大叫：「阿豹，開門呀，你在裡面做什麼？」

良久之後，總算聽到腳步聲。柴門推開一絲細縫，只看到阿豹一隻紅腫的眼睛。老人家咕噥念兩句，鏗啷一聲門又關上了。

「阿豹他……這——這是怎麼回事？」

「他每天都把自己關在裡面，沒日沒夜，不吃不喝，只知道拚命工作，拚命工作……」

「等等……我說阿問，我看阿豹不是瘋了，他是……他是那個……」老籠肴瞇起眼睛，嘴裡咕噥咕噥的念著，接著眉開眼笑起來。

「瓦基瓦基，你還在笑，唉呀你……」

老阿豹雙手拊著阿問的頭，笑呵呵的說：「從前呀，從前卡拉豹也是這樣……那不是瘋，是他太著迷自己的工作了，嘿嘿……這叫做工作狂，不是真的瘋了！」

聽老人家這麼說，阿問總算止住眼淚的奔流。她還是不放心，從門縫看進去，黑暗的房子裡，看不到阿豹的身影，只看到閃閃火星爆裂，還有鏗鏘鏗鏘的聲音。過了好一會兒，她趴在門邊，身體軟趴趴的癱下來，又哭了。

「咦，妳怎麼又哭了？」

阿問邊哭邊說：「我說，你也不會懂啦。」

阿問的哭聲引來同村族人，圍在工作坊外頭，聽到裡面不時傳來詭異而嘈雜的聲音，個個面露驚疑之色。他們交頭接耳的談論著，有人說阿豹一定是中邪了，或者是他的魂，被鎖在鬼屋裡——有人認為這間工作坊簡直就是魔鬼屋。更多人擔心這樣的情況繼續下去，全社的人晚上都不要睡覺了，其實連續幾天以來，他們已經受夠了這樣的噪音。

看阿問哭成這樣，他們央求老籠肴要想想辦法，把阿豹從魔鬼屋裡解救出來。

老籠肴耐心的跟大家解釋。「你們窮擔心什麼？……從前哪，卡拉豹就是這個樣子，他只是……我告訴你們，他正在賣力工作，就如同他的瓦基瓦基一樣……」

老人家的說明，眾人都聽不進耳朵裡，他們這些人，從來沒有看過卡拉豹，當然不明白巴賽人加上東洋人還有西洋人混血的組合，對金毛阿豹產生的複雜影響。他們敲打柴門、木窗，大聲叫囂，用盡辦法之後，阿豹還是沒有出來。

阿問靈機一動，突然想到什麼，嚷：「你們提水來，還愣在那裡——快去拿竹筒提水來呀！」

幾個壯丁半信半疑，看阿問叫得煞有其事，於是分頭去了，提來八個水桶。阿問叫年輕人爬上工作坊的屋頂，大家以接力的方式把水桶傳上屋頂，看著阿問要變什麼把戲。

「快呀，把水從煙囪倒下去，對——沖下去！」

屋裡傳來阿豹的慘叫聲，然後聽到屋裡滋滋的響，煙囪冒出來一股濃濃的白煙，連茅草屋頂都冒出煙來，屋頂那年輕人慌了，以為火燒屋了，慌張起來跌跌撞撞的從屋頂滾下來，下面的人趕緊過去搶救，還有人嚷著要去提水，亂成一團，柴門卻砰一聲打開，一個烏漆抹黑的人伏著柴門，痛楚的呆立在那兒。

「阿豹，你怎麼了？」

阿問迎上去，看到自己的男人成了個黑炭人，頭髮和身體是濕的，臉上和手臂上到處紅腫成一塊塊。阿問眼淚又飆出來，著急的問：「你怎麼了？唉呀——怎麼燒成這個樣子。」

阿豹因為燙傷的痛而扭曲的臉，費勁的睜開眼睛，喑啞的說：「你們搞什麼，我……我只是在裡面……」

阿豹話還沒說完，整個人癱在阿問身上，幾個壯漢連忙上前攙扶。老籠肴磨蹭著走進屋裡，在水霧茫茫的工作坊裡摸索，看到工作台上一個黑色的圓滾滾的大傢伙，高興的大叫：「你們進來呀，看看我們阿豹頭目做的東西！」

阿豹眼睛翻白暈了過去。阿問搖著他的肩膀，急得眼淚直流。「你死了嗎，嗚……你別嚇我，你給我醒來呀！」

老籠肴挪身細步從屋裡跑出來，他長長的白鬍子有些染成黑色，臉上卻堆滿笑容，喜孜孜的說：「我說阿問呀，阿豹沒有瘋，他幫妳打造一個，嘿嘿……一個這麼大的……」

阿問急得口不擇言，沒好氣的說：「阿豹是沒瘋，卻被我害死了！」

「誰說我死了。」阿豹張開眼瞼，掙扎著要自己站著，身體卻顛顛晃晃。他的聲音有些沙啞：「那是我做給妳的……以後吃飯，我們一家人……還有老籠肴全家人，都可以用那個大鐵鍋……嘿嘿，瓦基瓦基，你看到了嗎，這麼大的……」

阿豹斷斷續續的，話還沒說完，人又暈了過去。

第三章

白浪來了

大頭目阿豹率領他的艋舺兵團，
為官兵的旗艦和哨船開道，
通過干豆門的激流，
再巧妙躲過八仙大湖沼澤區的沙汕，
最後停在毛少翁主部落下方的灣澳。

1.

那天拂曉是塔班加加最先看到大船隊的，她那高分貝的尖叫聲從沙灘漫過象鼻頭的樹叢，引起八里坌社極大的騷動。

那時候，拉雅兒跟武浪如同平日一樣，一大早就起來幹活，他們正趁著第一次大潮湧起來的時候，兩人合力以長網在岸邊捕黑鯛魚。這種灰黑色有不規則斑紋的淺海魚，最喜歡隨著潮水湧漲之際，成群結隊來到大河出海口的地方嬉游，這一群那一群，一群約有三指幅大小，數不清有多少的黑鯛魚，隨著一波波的浪花浮浮沉沉，這是牠們求偶與戀愛的季節——牠們正以優異的泳技，爭先恐後的衝上浪頭，拚出全力各展神通以爭取異性的青睞。牠們一點也不擔心眼尖的黑燕鷗，搖著翅膀虎視眈眈的在牠們的上方，隨時都有可能俯衝下來，一口就把牠們吞噬。

拉雅兒眼裡並沒有看到黑鯛魚，他的視線一直在海平面上方，隨著黑燕鷗忽高忽低曼妙的姿影移動著。

「拉雅兒——你還杵在那裡做什麼？趕緊捉魚呀！」

儘管武浪這樣喊他，拉雅兒還是像一尊雕像站在海裡，他的魚網早已被浪潮湧到沙灘的低潮線上，他也一無所覺。

武浪走過來推他一把。「你看什麼？」

「武浪你說，如果我是一隻燕鷗，那多好！」

拉雅兒已經滿十八歲了，可是還沒有異性伴侶。雖然大家都知道塔班加加喜歡他，而部落裡不少族人，也把他們視為一對，因為有人看過拉雅兒在塔班加加庭前吹口琴，那是族裡青年男女示愛的方式，但是拉雅兒一點也沒有把它放在心上——他說，那天武浪也在塔班加加面前吹口琴，那是因為塔班加加笑他口琴吹不好，特地請武浪來教的。拉雅兒執拗的認為，他們是三人一起長大的青梅竹馬，可不是什麼情人不情人。

這樣的事情讓阿豹阿問夫婦看糊塗了。有一天，阿問忍不住問她兒子：「怎麼，你不喜歡塔班，讓她成為你的牽手？」

「不，我喜歡她呀！」拉雅兒毫不遲疑的回答。

「那你怎麼不……」

「提娜，我還學不會吹口琴呢！」

「等你學會口琴，塔班早已成為別人的牽手了，你不知道嗎，武浪也喜歡她？」

「那就讓武浪跟她牽手吧！」

當鹹鹹的帶有幾分腥臊味的海水，把水筆仔樹叢淹沒近半的時候，正在低潮線上追趕和尚蟹的塔班加加，突然大聲的喊起來。

「拉雅兒……拉雅兒你看呀！」

拉雅兒沒有理他，因為塔班加加總是大驚小怪，他的眼睛仍然只有鷗鳥，在浪花裡浮浮沉沉。

「拉雅兒，你快看呀，那是什麼?!」

塔班加加的聲音又傳過來。武浪手裡抓著網頭，弓起身，往海平線方向瞄過去，放了魚網，以手掌遮掩五月的陽光，眼前的景象讓他嚇呆了，看得張大了嘴巴，叫起來。

「你看呀，你看那邊——」

拉雅兒才轉過身，就聽到後方傳來砰砰砰——的聲音，塔班加加等不及踏浪而來，跑到他的身邊。「那是什麼?!」

拉雅兒定睛一看，淡淡的說：「浮島，是老人家常說的浮島。」

不過十七歲的塔班加加，已經知道那不是老人家習慣說的浮島了——她看到接近海平線那邊，數十根桅杆尖像針一樣在海天之間起起落落，把厚厚的漫著一層迷霧的濃雲刺穿一個個小窟窿，然後一束光線如同飛瀑灑下來，然後那一塊塊鼓著西北風的大篷布就會浮起來。

「拉雅兒，你看呀——大魚來了！」

拉雅兒知道，塔班口裡的大魚，就是比他的艋舺還要大若干倍的「船」——那些年，甘豆門以內的大港以及前方牽牛花狀的出海口洋面上，一般看到的都是把大木頭刨空成獨木舟的艋舺，看不到那種長桅杆的大洋船。

籠肴老人在世的時候，他會說一些紅毛人大船進港的故事，那些鼓著風帆破浪前進的大船，是遠從南洋爪哇的巴達維亞城㉛，由紅毛人的總督大人派遣來到福爾摩沙島，帶來淡水與雞籠要塞的官兵以及傳教士吃的、穿的、用的以及藥物的補給品。後來一段好多年的時間，聖多明尼哥城堡的紅毛人突然不見了，隔好一段時間之後，聽說淡水城堡成了空城，連人與大砲都拆卸撤退到雞籠的薩爾瓦多城堡，從那時候起，紅毛人以及他們高高聳起桅杆的大船，就在八里坌和淡水的海面上消失了許多年。籠肴老人說，等他再看到大船的時候，已經是他五十歲進入老年階層之後的事情，不過那時候看到的大船，不是紅毛人的，而是國姓爺或者是他的兒子派遣的官船，以及從海峽對岸的月港、海澄、廈門港，以及從南方海岸鹿耳門開來的中國兩桅或三桅帆船，那時候，紅毛人稱那種船叫做「戎克船」。

拉雅兒四歲那一年，那個老得不能再老的籠肴老人死了，此後再也沒有老人家可以講這麼多故事了，而淡水與雞籠兩個港口也出現新的變化——每年五月和十月的時候，從南方的鹿耳門港，開來了幾艘清國人的戎克船——原來，南方海岸線上的最大港市——普羅民西亞城，有了新的統治者，他們是韃靼人——大清帝國皇帝派來的官兵，千里迢迢來到北海岸和東北角地區巡哨，他們只是短暫駐紮幾天之後，便趕在東北季風剛好吹起的時候，迫不及待的離開。他們不習慣於酷寒的東北季風和綿綿冬雨，特別是彌漫於山林之間的瘴癘之氣，以及生番的出草威脅，隨時都有埋骨他鄉的危險。

㉛位於印尼爪哇島上，即今印尼首都雅加達，在十六七世紀的時候，它是荷屬東印度公司在遠東地區的商業總部，設有總督在那裡治理，台灣地區在其管轄之下。

拉雅兒沒有看過紅毛船長什麼樣子，但是他看過唐山人的戎克船——每年總有十幾二十艘，來到八里坌和淡水港靠岸，它們是來捕魚或者是做生意的，也有走私船，跟北投社人或中國的亡命客走私硫磺——那黃澄澄有特殊異味的東西，是清朝官方的管制品，違禁私採私販者處斬，聽說在中國、日本的海關黑市，可以賣到很高的價錢。還有一種以漁船改裝的走私船，專門載運唐山偷渡客——聽說康熙皇帝曾經兩度下禁令「片板不得下海」，意即——不許海峽對岸的漁民下海捕魚，更嚴令不得駕船到台灣——這就是著名的「禁海令」。但是禁歸禁，還是有一批批的唐山客，透過走私客的安排，冒險偷渡黑水溝。

原來他以為只有幾艘船，可是定睛細看，可讓他嚇呆了——拉雅兒從來沒有看過，那麼多的大船同時乘風破浪而來。他們三個人簡直看傻了眼，遠方，接近海平線那端，一根根高高矗起的桅杆，是一面面脹滿風的帆，即使隔著千重雪浪的遠方，仍然可以聽到劈啪劈啪的聲音。

「怎麼來了這麼多條大魚？」塔班加加問。

武浪嚷：「那不是大魚，那是船呀！」

拉雅兒也叫起來：「嗯，是船隊，白浪的船隊！」

三個年輕人喊著，眼睜睜的看著五艘船艦劃浪而來，隨著船篷聲越來越大聲，也步步逼近海灘。後方，斜坡上面部落那邊，望高樓上麻達的木鼓聲早已敲得殼殼作響。拉雅兒回頭一望，他的他瑪——老阿豹領著幾個青壯男丁，腰掛著番刀吆喝著快步奔逐過來。

2.

幾年之後舊地重遊，陳璸大人依然讚嘆眼前那片如詩如畫的山河，真不愧是佛朗基人說的美麗之島。

看到遠方朦朧的綠色海岸線的時候，他還躺在艙房裡暈頭轉向。之前兩日一夜的海上顛簸，因為暈船而吐出的穢物，雖然早已被幕僚清除，但他仍然聞到一股酸臭的腐味，讓他胃腸不時的翻湧，連續打了幾個嗝，眩然欲嘔就是吐不出來。

從昨天午時從廈門啟碇出航，已經過了一日一夜，海上的漫漫航程，讓他這個新任的「台廈兵備道」受盡暈船之苦，還好擔任旗艦火長㉜的江查某，是個台海航線的老手，雖說現在西風疲軟，他卻早已算好干支與洋流，知道運用廈門澎湖之間的紅水溝暗流，很順利的航行到媽宮澳上岸休息補充淡水。然後再趁黑潮的強勁洋流逆風而上，順利跨過波濤洶湧的黑水溝㉝，來到北台灣的海岸線，當然，採取這樣繞遠路的方式，是因為總督大人另有一番特殊任務的關係。

「陳大人，前方已經看到陸地了，我們快到了。」

㉜明清時期中國航海商船上設有火長，「火長」主管更漏以及駛船針路，一般而言火長有正、副兩位，正火長就是船長。「亞班」由兩名船夫擔任，負責船帆風向之事。

「哦？」他應了一聲，張開眼，進來的人是江查某。「現在是什麼時辰了？」

「卯時三刻了。」江是海澄人，說話帶著濃厚的海口腔。「亞班說，現在正吹西南西風，我們船隊正好乘風逆流而上。」

「我們的船要開往何方，我們不是要泊於八里坌港嗎？」

「報告大人，我們方才已經過了八里坌，那片沙灘沒有看到人影，海面平靜無虞，把總大人說，我們要開往大湖巡查。」

「大湖？」

「聽說是干豆門內，有個偌大的湖，我也沒有去過。」

陳瓊大人發現，艙房門外已經天光大亮，正要跨出艙門，外面甲板響起腳步聲，「大人起來了嗎？」

進來的人是林棟把總，這是他出發履新前，在福州省城跟巡撫大人要來的隨扈，他是同安人，是金門鎮正八品的水師把總——照理說，陳大人的新職，吏部按往例有加銜為「兵備道」，得擁有一營的道標軍，福建水師提督大人起碼要派撥一個千總給他，作為親軍的統領，但是金門、海潭兩鎮鎮標軍的中階軍官，聽說要跟著道台大人，渡過凶險的黑水溝到台灣任職，都以各種理由推辭了，巡撫大人不得已，只得商請提督施世驃大人撥出自己擁有的提標軍[34]，給他配屬三艘水師的哨船，加上不到二百名的官兵，其中最高的軍階就是林把總。

他有些納悶與不安，問巡撫張大人，「怎麼只有這些兵？」專程來到港邊，代表將軍送行的金門鎮水師游擊陳留安慰他：「這些人都是提標大人的隨扈，不是道標軍——施將軍能夠撥出這些官兵，已經算是額外施恩了。」

施世驃是靖海侯施琅之後，當年施琅統兵征台灣剿滅明鄭的東寧王朝，以十六歲少年跟隨父親出征台灣，再隨康熙皇帝征噶爾丹，以戰功升任參將、總兵，後來追剿海盜累建奇功，又回到福建省城，擔任父親的舊職——福建水師提督，那可是威鎮一方的兵部大員。施家兩代久任福建水師的疆臣大吏，在海峽兩岸擁有相當大的政治影響力與經濟實力。

八年前，陳璸第一次渡海擔任台灣知縣的時候，發現台灣民丁賦稅沉重，可是縣庫的收入卻不夠文武官員兵丁的開銷，清查之後才發現，原來他管轄的地區，許多田地徵不到賦稅，因為將近三分之一的土地，都是施家以及當年施侯的部屬擁有的官莊，不必向縣衙繳

㉝紅水溝是親潮流經的台灣海峽的海溝，由北而南，因為水色呈紅而得名。黑水溝則是黑潮流經，從南往北，因水色偏黑而得名。黑潮是太平洋北赤道的洋流，受到東北信風影響往西流動後，在菲律賓的東方海域轉向北方，此即是「黑潮」暖流的開始。黑潮主流經台灣以東的洋面北上進入東海，另一部分則沿台灣西岸往北流動，通過台灣海峽後與主流會合。這股來自赤道的洋流水溫高、鹽分濃、密度大，同時受到季風風向與強度的影響。當夏季盛吹西南季風時，由於流向與風向一致，黑潮的流勢相當強大；但到了冬季，強勁逆向的東北季風使黑潮流勢減緩。春秋二季，則是風向轉換期，流速居於夏、冬之間。

㉞道標軍是兵備道大人擁有的親兵；鎮標軍是總兵大人的親兵；提標軍是提督大人擁有的親兵。另，駐防台灣的綠營班兵，一般是從福建省內的幾個鎮，各自抽調若干員額來台灣輪流駐防，其中金門、海潭兩鎮，常是就近移防的水師官兵。

稅。

他聽過出身佳里興的錢糧師爺說過，那時府城市井之間流傳的故事——據說當年施琅平定台灣之後，因為戰功卓著，康熙皇帝特許他跑馬三天，他的戰馬經過的土地，後來都賞給施家，所以當年諸羅縣第一任知縣季麒光，清查台灣的土地，發現施家在台灣、鳳山及諸羅三縣，總共擁有官莊四十五個，他們的土地幾占南台灣所有田園之半。

陳璸知道，所謂「跑馬三日」之說，只是民間酒後茶餘的戲言，當然不可信，但是他在府城的府台衙門存封的檔案裡，確曾親眼看過季先生透過府台給省城布政使司衙門的公文抄本，施侯父子群黨在地方上作威作福，侵吞百姓土地，的確真有其事。他在台灣知縣任內也曾經一本大公，想揭發此事為百姓興利除弊，奈何施家家大業大，施琅的門生故舊遍布於府城及省城，官官相護，沒有人敢向朝廷舉發此事，最後不了了之。

昨晚暈船之際，他又想起巡撫大人的臨別叮嚀，頭暈目眩之餘，仍然思潮翻湧——他為官處事一向是非曲直分明，不會欺善怕惡，怎能因為施家有功於朝廷，就可以法外施仁？

扶著暈眩的頭走出艙房，看到煙波浩渺的遠方，一條依山勢而升的淺山輪廓，心裡仍然掩不住些許激動。

「這是哪裡？」

林把總說：「前方陸地那兩山夾峙的水道，應該就是干豆門了。」

「那山呢？」

林把總對了一下地圖，不是很有把握的說：「哦，也許是紗帽山吧？」

這是陳瓊第二次來到台灣島。與上回來已經相隔了七八年，算是舊地重遊。

他看著遠方的綠色海岸，「近鄉情怯」是一種很特殊的感覺——其實，他的原鄉是廣東海康縣，三十九歲那年中了進士之後，曾經在福建省的古田縣當了三年的知縣，因為政績卓著而名聞於閩、粵兩省，任滿之時剛好碰到海峽對面的台灣縣出缺，就在省城地方大員的薦舉下，來到台南府任職。因為台灣縣城與台南府城同郭㉟，所以他在台灣島上首善之區的台灣縣擔任知縣。當時海疆初定，台灣島新附大清帝國才十幾年，陳瓊在兩年不到的任期內，他的公正廉明，推行文教，得到很高的評價，為台民稱頌。據說，這次他為皇帝欽點，榮陞台灣地區最高政經與軍事首長的道台大人，消息傳來府城，民眾無不熱烈期待。

不過他的心情可沒有這般輕鬆，因為他這個新任「台灣廈門道」㊱，不是來當太平官的，他的官銜加上「兵備」是另外有任務——緝捕從渤海灣竄逃到台灣海域的海盜鄭盡心。

陳瓊不是行伍出身，從四十歲那年開始，都在文官系統中慢慢往上攀升——先是分別擔任閩台兩縣的地方父母官，然後調陞到京師擔任刑部六品主事，再遷兵部五品郎中，接著時

㉟康熙中期以前，台灣的開發仍局限於台灣南部，現今台南縣市及高雄屏東一帶。當時台灣設置了一府三縣，以台灣縣（現今台南市一帶）為中心，縣府與知府衙門都設於今台南市，北部的諸羅和南部的鳳山兩縣政府，仍寄居郡治台邑之地，即台南市內。

㊱清領台灣之初，設台廈道為台灣、澎湖地區最高長官，且兼領廈門、金門政務，加兵備銜，是為了統一兵權。

來運轉，補了四川學道的僉事，仕途上可說是一帆風順。

他只是萬萬沒有想到，回內地繞了一大圈，最後又回到海疆的台灣任職，道台是正四品的地方大員，還肩負追緝海盜的軍事任務。由於他從來沒有行軍作戰的經驗，特別是在海上，如果真的碰到鄭盡心那批海上的亡命之徒，那該如何是好？

林把總這樣安慰他：「這點大人盡可放心，總督徐大人已經檄文於台灣鎮37，要他們從府城遣兵船北上，會同大人捕盜。」

「哦——他們派誰來？有多少兵力？」

「不到一營的水軍，是鹿仔港防汛調派來的。」

「鎮將是誰？」

「聽說是鹿仔港分防千總，叫做黃曾榮。」

「是他，真的是他？」

「怎麼，大人認識他？」

黃曾榮是他任職台灣知縣的時候認識的。那時候，他是府城儒學的生員，飽讀詩書，卻因為老是時運不濟，登不上科舉而鬱鬱寡歡。可是這個人滿腹經綸，有經世致用的抱負。直到他高陞到京師刑部任職前夕，府城的儒學教導和七八個生員，在媽祖巷醉月樓為他設宴餞行，陳瓊還記得，黃曾榮藉著八分酒力，向他表示今生不再寄望於科舉之路，從今之後要棄文從武。他萬萬沒有想到士別八年之後，他真的做到了，幹到綠營防汛的千總，那是六品武官。

回憶故人，讓陳璸大人忘了旅途勞頓，忘了暈船之苦。他佇立於旗艦的甲板上，雙手扶著左舷，眺望著深綠色的紅樹林盡頭那邊，兩座錐形大山伸出雙臂，似乎就把淡水河捧起來。船隊仍然御風而行，因為要從河口逆水而上，水手們莫不使足了勁，六排大槳掀起的水波飛絮，迎面濺起。

陳璸和他的水師，萬萬沒有想到，當他們的船隊從紅樹林划過，驚飛一大群在爛泥沼上覓食的紅冠水雞、環頸鴴之後，從窄窄的干豆門缺口那邊，三四十艘艋舺順流而下，黑鴉鴉一片人舟，對著他們俯衝過來。

陳璸一臉駭異，嚷：「怎麼回事？」

林棟早已敲起戰鼓，下達指示備戰令。官兵手忙腳亂的朝兩個艙門衝出甲板，提著盾牌與大刀在兩舷，他們也嚇呆了——河面上密密麻麻的獨木舟，吆喝聲此起彼落，以迅雷不及掩耳的速度，把四艘兵船團團包裹起來。

---

37 清代地方兵制，以提督為省的最高武職，通常一省設一個，福建情況特殊，有陸路、水路兩個提督，分掌水陸兩軍，其上受閩浙總督與福州將軍監督。福州將軍為一品官，類似現在的軍區司令官。提督之下，有幾個地方分鎮，首長為總兵，從二品，統兵約六七千人，但台灣地位險要，清初台灣鎮的編制，兼統台灣綠營班兵及澎湖水師，總兵力約萬人。

3.

這場可能一觸即發的戰事，並沒有發生。

大頭目阿豹率領他的艋舺兵團，為官兵的旗艦和哨船開道，通過干豆門的激流，再巧妙的躲過八仙大湖沼澤區的沙汕，最後停在毛少翁主部落下方的灣澳。

陳瓆大人下了船艦，登上阿豹的八人竹筏，幾個麻達操著短槳，把他渡上岸邊。大人抬頭看過去——他沒想到這片蠻荒之地，竟有這樣美麗的番社，簡直就像陶淵明筆下的世外桃源。

阿豹問：「大人從什麼地方來，有何公幹？」

「我從廈門港放洋，準備到台南府城，順便到北海水路巡防。」大人看阿豹雖是番人，但是那模樣是厚實的，所以很放心。

他問阿豹：「頭目，不妨跟你直言，此番放洋來台，是因身負皇命，追緝海盜鄭盡心，我們得到訊息，這群海賊從北而南遁到台灣海域來。」

「海盜，我們不知道，沒有看到咧。」

阿豹邀陳大人、林把總一批官員到家裡，並吩咐家人準備午餐，好好招待官兵。但是陳瓆大人不敢過於擾民，下令伙房兵在頭目宅前的庭院，埋鍋造飯。

拉雅兒看到廣場那邊，一支長竿上掛了旗子，隨風飄著。

武浪問他：「那是什麼？」

拉雅兒說：「旗子，是水軍的旗子。」

「你說什麼呀？」

「那是軍旗，上面寫著金門鎮水師左營。」

武浪搖頭晃腦，不知道拉雅兒說什麼。陳瓚大人走過來，拍拍他的臂膀，問他：「年輕人，你叫做什麼名字？」

「拉雅兒。」

「你懂得我們唐山字？」

「嗯，認識一些些。」

陳瓚大人似乎頗為高興，他問頭目：「這裡有社學嗎？」

「什麼學？」

顯然的，老阿豹壓根兒沒聽過什麼「社學」。大人自己啞然失笑——其實他知道，台灣北部開發遲緩，淡北地區至今仍未設官治理，哪來社學？

「那你從哪裡學會中國字？」

老阿豹有些靦腆的說：「是我教他的，其實我也知道不多，可是這孩子還算聰明，就教他認一些字而已。」

正午飯香四溢的時候，部落後方望樓那邊，木鼓聲又殼殼殼的響，整個部落又騷動起來，十幾隻獵犬對著大河狂叫，一群番青拎著獵槍和番刀緊張兮兮的往岸邊跑。

林棟把總喝住一個麻達，問：「怎麼了？」

「大海那邊又來了很多船。」

阿豹帶著陳瓊大人、林把總趕到水岸邊，十幾艘艋舺已經划出湖面，還有幾個麻達正把艋舺抬到湖邊，一群人吆喝著亂成一團。前方沙洲上，一群小燕鷗慌慌張張的鼓翅亂飛，林把總從與人齊高的那叢菖蒲葉間望過去，六七艘哨船鼓著風帆，破浪而來。

陳瓊大人正要下令官兵登船備戰，林把總跑過來向他報告。

「大人，從旗幟看來，這是我們台灣鎮水師營的哨船，我想，應該是黃千總的船隊。」

果不其然，等船隊繞過了沼澤區，他就看到那艘旗艦，黃千總一身戎裝，挺立於船首上跟他揮手。陳瓊大人還看到，黃曾榮身邊還有三個紳士，身著唐山人的湛藍長袍，跟他拱手致意。

危機解除，陳瓊大人露出難得的笑容，不過他還是有點難以置信——眼前那個立於船頭身披盔甲頭頂籐帽的壯漢，雖然船身上下顛簸不停，但身體一直都挺立如同雕像的青年將軍，真是那個曾經苦讀不就的府城書生？

真的是曾榮呀——士別多年，果然教人刮目相看！

4.

這是那年於府城闊別之後，陳璸大人與黃曾榮首次重逢。

一見面，黃曾榮就雙膝跪倒下來。「我來遲了，讓大人擔心受怕。」

陳璸大人趕忙把他拉起來，拍著他結實的臂膀。「不，不——曾榮不遠千里奔波，陳璸感佩，感佩呀！」

「聽說大人高陞了……道台大人，真是可喜可賀！」

「我看看……曾榮呀，你果然夢想成真了，真是有志者事竟成。」

陳璸大人腦海裡，閃過一抹印象——那晚，那是他在台灣縣任滿之後，還在府城等待船期的無聊日子，府城儒學教諭洪先生設宴餞別。那晚曾榮在席上滿臉通紅，雙手托住下巴，認真的告訴他，今生再也無望於科舉之路，從今而後棄文修武，立志做個征戰沙場的將軍。

當時，在座的府城諸生都以為那是醉語空言，沒想到他真的做到了。士別三日，流水十年，一個文弱書生，搖身一變為帶領兩三百人的水師小將領，人世間的變化真是不可逆料。

「都是昔日大人沒嫌棄，一直鼓勵扶持，大恩大德，曾榮沒齒難忘……我出身微寒，卻一直都有貴人扶持，大人，這三位府城來的朋友，也是我的貴人。」曾榮說著，招呼他的三個朋友。

「來來，三位先生，過來見過新任道台陳大人。」

三個士紳都是來自於府城的殷商。身材略微矮胖的陳天章，生得肥頭大耳，一看就知道是歷練商場的老手。他原籍泉州府晉江縣，在府城東門坊經營南北貨，是泉郊的有力人士；中等身材那個人，人中左邊有顆大黑痣特別明顯，戴天樞來自於惠州府的海豐縣，他是客家人，不過卻操海口腔的閩南話，戴是另一種生意人，經營土地買賣與拓墾，他在中台灣的斗六門海線地區，以及半線的大平原，已經擁有一千兩百甲的土地，是個大地主；第三個身材高瘦，是仙風道骨般的讀書人，戴天樞跟陳瓊大人介紹，他姓錢名思財，是浙江師爺出身，現在是他的大管家。

這天晚上，兩隊人馬在毛少翁社安營立寨，準備在此過夜。

老頭目把公廨讓出來，作為陳瓊大人與三位士紳貴客的住所，另外空出兩間倉房，作為黃千總、林把總的房間，其他官兵總計三百七十三人，在廣場上臨時搭建八間長方形的茅屋。

頭目喚阿問取出一罈番仔酒，武浪和亞力基幾個人臨時以桂竹材做了酒杯，菜都還沒上桌，先喝起酒來。那酒才倒出來就香味四溢，酒是乳白色的，甜甜的很好喝。

陳天章是商場老手，為了貿易往來，吃遍了府城、鹿仔港、諸羅山各地，當然嘗過這等美酒，他跟戴天樞都讚不絕口。

陳瓊大人是第一次品嚐，酒一入喉，但覺香醇可口，不禁好奇的問：「這酒如此甘醇，敢問是什麼酒？」

阿豹答：「這是小米酒，是我們自釀的，大人，真的好喝嗎？」

陳瓊大人連聲的說：「好喝，好喝。」

林把總把酒杯一飲而盡，舔舔嘴唇，又把酒杯伸到頭目面前，朗聲的說：「好喝，哈哈——再把它斟滿，真是好酒，好酒呀。」

陳瓊大人問：「究竟是怎麼釀的？一定是此地有什麼特殊甘泉，才能釀出如此美酒吧？」

武浪和亞力基噗哧一聲笑出來，大人覺得詫異。「我說得不對嗎？」

阿豹有些尷尬，他不知道是不是應該據實以告，又擔心會不會唐突。

天章掩嘴而笑說：「大人呀，我說出來，說出來你就莫見怪。」

「此話怎講？」

阿豹說得有些不好意思。「這酒是我牽手親口釀的，才如此甘甜。」

「哦……你的牽手真是技術高超呀。」

陳瓊大人的話又引來一陣笑聲。阿豹擔心對大人不敬，想了又想，究竟沒有說出原委。

天章也不說破，他跟天樞對了眼光，彼此心照不宣，兩人相視而笑。其實他知道，番仔酒的酒媒是口水——是阿問以她的口水釀出來的。

5.

晚餐除了軍糧的米食之外，魚肉蔬菜都是當地的農漁土產，除了山區採來的野菜之外，魚蝦貝類種類繁多，包括鱸鰻、肥鯉、溪哥、溪蝦、魚乾，和文蛤、牡蠣……等等，主桌還有兩隻飛鼠和一大鍋山豬肉。阿豹說，那頭山豬是重達三百斤的老山豬，兩腹的皮厚達一寸多，在大鐵鍋裡熬了兩個鐘頭，陳璸大人還是咬不動。

陳璸大人覺得有些不好意思，直說太感謝太叨擾了，不過兩個商人真是見過世面，他們沒有白吃這一餐，並給陳璸大人做足了面子——陳天章送給頭目赤糖兩大包，和一桶府城特產的烏麻油。戴天樞帶來幾匹來自福州的印花布，那冶豔的色彩讓阿問高興得眉開眼笑。

這一餐酒足飯飽，吃得賓主盡歡。飯後大家談興很濃，陳璸大人跟兩個來自府城的士紳，打聽府城這幾年來的情況。

「現任知府周大人已經任職兩年，不知官聲……我是說，民間風評如何？」

陳天章與戴員外對看一眼，謹慎的回答說：「敢問大人，周府台似乎不是我們漢人？」

「哦，他是滿洲人——怎麼了，難道他……？」

「不是……當然他是個難得的清官，不像前任的魏大人，實際不到兩年半的任期，撈足了油水，任期還沒滿就轉調江蘇糧運道，那是個肥缺呢。」

戴天樞接口說：「我聽說周府台是滿人，對台地的風土民情，並不熟稔，所以他雖然敢於任事，但有時候難免事倍功半。」

「哦，那現在的台灣知縣是誰？」

戴天樞答說：「張大人是貢生出身，文章好，有官聲。」

「那諸羅知縣，劉大人呢？」

戴天樞對管家錢思財閃個眼神，示意要他答話。

錢思財說：「據我所知，劉作楫是也是滿洲人，是正白旗人，他是國子監生出身，曾經擔任工部員外郎。」

錢思財不愧是紹興人，那裡以官場幕僚的紹興師爺聞名於世，他之前在海豐縣城先擔任刑名師爺三年，再轉錢糧師爺七年，再升任縣府主簿兩年有餘，經歷五個知縣都沒有垮台，還把縣府的稅收和財政管理，做得有條不紊，所以戴以每年五百兩銀的高酬，請他渡海來台，協助他管理繁多的產業，尤其是透過他在官場的關係與歷練，協助他事業版圖的拓展。

錢思財繼續說：「劉憲台只任職一年多，便高陞回內地了，這正應了台灣人一句話，三年官兩年滿。」

「那現在呢？」

「是有些奇怪，諸羅鳳山南北相隔兩百多里，卻由鳳山縣令宋永清暫時署理。」

「那宋大人官聲如何呢？」

錢思財說：「據我所知，宋憲台也是滿洲人，出身正紅旗，是舉人出身。」

「官聲如何？」

「他雖然是旗人，是三旗包衣弟子，但沒有世家貴族的習氣，諸羅山地區無人不知，他愛民如子，苦民所苦，真不簡單哪。」

「哦，那是好官囉？」

「當然囉，這是我們諸羅百姓的福氣，他們把陳大人視為再生父母呢。」

戴天樞接口說：「其實，不只是百姓受益，我想大人上任之後，屬下有這樣的清官能吏，將來對您的施政也有莫大的助力，我想不只是諸羅縣，台灣、鳳山兩縣，也是望治心切呀。」天樞說到這裡，舉起酒杯對著天章說：「陳員外，你們府城的百姓，不也是這樣嗎？」

「嗯——正也如此，我們台南府城的殷家大戶，還有市井小民，對於大人即將接椽道台大政，莫不引頸企盼，如大旱之望雲霓也。」

天樞、天章兩人一搭一唱，配合得天衣無縫，讓陳璸大人頻頻點頭。在官場浮沉多年，他當然知道這些話過於恭維了，但是他自信一直都守著「公門好修行」的原則，可以俯仰無愧於天地人間。

陳天章眼看時機應該是成熟了，正準備怎樣把話題切入正題，此時，陳璸大人突然想起什麼，問起來：

「哦，對了——我還不了解，三位先生怎麼千里迢迢，跟著官兵來到淡水？」

「大人，真是失禮，我們早就該跟大人報告的。」天章起身，向陳瓊大人恭謹的施禮，面帶微笑的說：「其實，這次我們隨水師北上，是要來做一筆大買賣，真的，是一筆大買賣。」

「哦？」

戴天樞說：「錢管家，你把墾照拿出來給大人看。」

錢思財從木札中取出一張紙，走到陳瓊大人身旁，把它攤在桌上。由於任官已久，陳瓊大人一眼就看到那方紅色的大印，蓋著「諸羅縣正堂宋」的關防，以端正的楷書字體，寫在紙上：

台灣府鳳山縣正堂記錄八次署諸羅縣事宋

為請墾給單示以便墾荒裕課事，據陳賴章稟稱，竊照：台灣荒地現奉憲行勘墾，章奏上淡水大加臘地方，有荒埔一所，東至雷匣、秀朗，西至八里坌、干豆外，南至興直山腳內，北至大浪溝，四至內併無妨民番地界，現在招佃開墾，合情稟叩。今批給單示，以便報墾陞科等情，業經批准行查票著該社社商、通事、土官，察勘確覆之後，茲據社商楊祚、夥長許匆、林周、土官尾佚斗等覆稱：祚等遵依會同夥長麻八萬，踏查陳賴章所墾四至內高下不等，約開有田園五十幾甲，並無妨礙，合就據實具覆各等情到縣，據此，合給單示付墾。為此示給墾戶陳賴章，即便朝佃前往上淡水大加臘地方，照四至內開荒墾耕，報課陞科，不許社棍閒雜人等騷擾混爭。如有此等故違，請該墾戶指名具稟赴縣，以憑拿就。該墾戶務須力行募佃開墾，勿得開多報少，致干未便，各宜凜尊勿忽，特示

康熙四十八年七月　日　給　發淡水社大加臘地方張掛㊳

陳璸大人看完這份開墾告示，問：「哦，照這份告示板看來，業主不只是兩位，你們還有其他合夥人吧？」

戴天樞答道：「除了本人與天章兄外，還有兩三人，我們都是台南府城以及副郭台灣縣下商民，大家有志一同，共同集資合夥，遠來淡水開荒立業。」

「怎麼會來這樣偏遠之地呢？」

錢管事說：「大人有所不知，自從諸羅山設縣之後，虎尾溪以北的海岸平原，甚至於半線地區，和大甲溪兩岸荒野，盡為漳泉以及潮州、惠州四籍移民所闢，大甲以北，後壠、中港、竹塹㊴之野，也逐漸開發，現今只有淡水平野，至今還是地廣人稀，正待我等大展鴻圖。」

「嗯，我看過漳浦郁先生那本書，提到他當年來淡北採硫，他說淡水奇母卒、武溜灣、大加臘之地，沃野千里，可供萬夫之耕，是真的嗎？」㊵

錢思財回答說：「郁永河絕非虛言，兩年前戴先生命我，率家僕兩人專程北上，我曾經

循大河逆流而上，經過毛少翁、奇母卒、武溜灣等番社，發現到處都是未墾荒野。此地番人不事耕作，千頃沃壤任其荒蕪，真是可惜。」

陳天章接口說：「所以我們斥資千兩，透過當地的社商與頭人，跟他們訂立草約，大人你看，我們這份番仔契。」

陳璸大人拿過來另一份合約，看下去：

同立合約戴岐伯、陳逢春、賴永和、陳天章、因請墾上淡水大加臘地方荒埔一所。東至雷匣、秀朗，西至八里坌、干豆外，南至興直山腳內，北至大浪溝，立陳賴章名字。又承墾淡水港荒埔一所：東至干豆口、西至長頸溪南、南至山、北至滬尾，立陳國起名字。又請墾北路毛少翁社東勢荒埔一所：東至大山、西至港、南至大浪溝、北至毛少翁溪，立戴天樞名字……

❸❽目前大台北地區發現的最早拓墾史料，是清朝康熙四十八年（1709）之「大加臘墾荒告示」，墾區包括整個台北盆地的南半部，包括台北市萬華、北投、士林，台北縣海山、興直、八里等地。此後漢人也陸續到北台平原來開墾。

❸❾此三地當年都是道卡斯族的番社，後壠為今後龍鎮，中港為今竹南鎮，竹塹為今新竹市。

❹⓿康熙三十六年，郁永河從台南府城北上，到北投山區採硫磺。當時台北平野舉目荒涼。後來於其著作《裨海紀遊》記載「武溜灣、大浪泵等處，地廣土沃，可容萬夫之耕」。

天章向陳璸大人解釋，前面那紙告示，是官方發下來的，而這紙則是他們相關合夥人，共同集資成立「陳賴章墾號」之後，訂立的合同，準備來淡水地區，僱請越來越多的唐山移民開發荒野。他不忘特別強調：等到墾成熟田之後，再請官方來丈量報請升科，將來按甲課稅，一方面造福農佃，一方面也為官方增加稅收充裕府庫，豈不是兩全其美。

陳璸大人還是不放心，追問他：「這些荒埔在哪裡？有沒有侵占番人的土地？」

天章回答：「不會，我們是善良百姓，怎會侵占番地，大人您看——」他指著告示文的文字，故作輕鬆的說：「大台北平原現還是榛莽未啟之地，或則為無人曠野，或則為熟番棄耕之地，何況……我們還是透過通事帶領，還有當地番社的頭目、甲頭陪同，到現場實地踏勘，還經過憲台大人的核准，沒有問題的。」

儘管天章的說詞冠冕堂皇，陳璸大人心裡還是有多少疑慮。他擔任台灣知縣期間，就聽說鳳山、諸羅兩縣，不時傳出民番紛爭之事，因而地方大員一度考量要設立理番的專責機構，只是朝廷的戶部、吏部的堂官，總是考量官吏員額與經費困難，遲遲沒有首肯。不過康熙皇帝兩度發下聖諭，責成福建督撫務必嚴格督導台灣的地方官員，一定要保護番民，嚴禁漢人移民侵墾番地，禁止漢人娶番婦為妻，可是這樣的事情還是層出不窮。

那天晚間，陳璸大人還在苦苦思索，他正式接掌全台大政之後，應該怎麼來處理北台灣事務——繼續讓大片荒野棄耕，讓番人土著不受漢人侵擾，還是分官治理添設綠營官兵，大量引進唐山移民，以加速台北平原的開發？

6.

那天晚間，老阿豹同時也在苦惱，是否應該同意兩個包特蘇的要求，協助他們溯河而上到武溜灣？稍晚之後等到陳璸大人就寢，他繼續跟三個唐山客人交換意見，單純又憨厚的阿豹，還是讓他們說得動了心。

這是晚餐之後，三位客人與陳璸大人會談結束，他們繼續跟阿豹小酌聊天的時候，陳天章當面向他提出的要求。

「什麼——你們要去武溜灣？」

錢思財向他坦承，一年多前他到大河的上源，勘查武溜灣與大加臘的草野，是走陸路去的，結果差一點送了命，這一次，他希望走水路——從淡水河溯河而上。

阿豹面有難色。「可是，水路一樣是困難重重。」

阿豹表示，淡水河水量豐足，順流而下當不成問題，可是河道彎曲迂迴，有些河段水流激湍，溯流而上相當費勁，如果不是借助西風順風逆航，會很吃力，不然就要算好流水，趁大潮時分潮汐湧漲的推波助瀾，也許還可行。

戴天樞說：「哦，這樣說來，頭目對這條水路很了解囉？你曾經到過武溜灣嗎？」

「不，不是，我沒有去過。我只是有一些粗淺的了解而已。」阿豹連番否認——他是真的沒有逆流而上的經驗，何況他聽老人家說過，河上游幾個番社都很兇悍，還獵過毛少翁社和漢人的人頭。他問錢思財：「上回，你們走哪一條路？」

錢思財說：「是龜崙嶺那一條。我們先坐船到南崁，聘請三個南崁社番的獵人，帶我們翻山越嶺，背了十幾匹布送給龜崙社㊶的頭目，請他親自為我們領路。」

阿豹張大了嘴，很訝異的說：「你去了龜崙社？」

「是龜崙呀，怎麼樣？」

「他們是兇番，很兇的，他們會這樣……」阿豹把右掌放頸項，做一個割頭的手勢。

「我也聽說了，心裡也七上八下，所以我要請三個南崁社番的獵人，帶我們翻山越嶺，背了十幾匹布送給龜崙社的頭目。」

天樞說：「有了這層關係，情況應該會好很多，應該是有驚無險吧？」

「嗯，那個龜崙社的頭目，親自為我們領路，帶了六個番青，兩管火龍槍，還有四條狗，帶我們走過楓樹坑、塔寮坑、迴龍嶺，頭目顯得相當自豪，他說，剛才我們走過的地方，都是他們龜崙社的土地，而前方那片雜有樹林的草原，以及河灘地，也是他們祖遺的獵場。」

阿豹不以為然的說：「那是他——其實在許多年以前毛少翁社還在舊社的時候，整個大草原的西北部，毛少翁人的獵場。只是現在——他們已經轉到大屯山區狩獵了。」

「我認為，其實那一大片草原應該是無主荒地。」錢管事說。

「我們可不這樣想，只是因為荒野叢林到處都是，我們不會特別說，這塊地誰的，那塊地又是誰的。」

天章猛打哈欠，聽得有些不耐煩了。「錢管事，請繼續說吧。」

「山腳下是一片樹林子，好大一片比人還粗大，甚至是兩三個人合抱才圍得起來的大樹，我們從樹林周圍繞過去，然後是一大片草原為主，還有一些灌木叢混生其中，最後走過一片卵石灘，前面一條寬達數十丈的大溪，頭目說，那是大嵙崁。」

「大嵙崁？」

「嗯，大嵙崁，我也不知道，他是這樣說的。」

天樞問：「你沒有碰到什麼人？」

「沒有，整條路社沒有一座屋，沒有一個人。」

天章滿意的笑了，看來睡意打消了大半。「這樣看來，當年來北投採製硫磺的郁大人，他說的，自竹塹以北沒有一人一屋，可不是亂說的。」

「陳頭家，話是這麼說沒錯，不過，到了大溪邊，頭目就不肯再走了。」

「為什麼？」

㊶該社位於今龜山鄉楓樹坑一帶。中央研究院院士，專研南島語言的李壬癸先生，把龜崙社定為獨立一支稱「龜崙人」，一般北部地區平埔族的研究學者，比較傾向把他們列為廣義「凱達格蘭族」的南支，通稱為「南崁四社」，包括南崁、坑仔、龜崙和位於八德大溪一帶的霄裡社。

「溪對岸有兩個番社，都是他們的敵對番，一個是擺接，擺接社，然後沿著河岸順流而下，可以抵達武溜灣社，據說，它是那條河域丁口最大的番社。」

「你都沒有過溪？」

「沒有，聽說那兩個番社番丁多，勢力強大，所以他只肯帶我到溪邊，就回頭了，當然，我也不敢一個人過溪闖蕩，就跟著他們回來了。」

錢思財說完他的故事，已經夜深了，黑暗的夜空疏疏落落的點了幾顆寒星，後方的山野是無際延伸的黑暗，遠方傳來啄木鳥勤奮的叫聲。

還是天章先開口。「阿豹頭目，這回非你幫忙不可，我們的管事錢先生，明天要先跟陳大人回去了，府城那邊還有許多事情要處理。」

「我要幫什麼？」

「帶我們去大加臘草原，特別是武溜灣和擺接社。」

錢管事表情有些尷尬，不過只是短暫的工夫，臉頰又堆滿笑意，他說：「唔……不瞞你們說，可是那兩個部落，我也沒有去過。」

戴天樞滿臉懷疑不解。「方才，你不是跟陳大人說，曾經溯流而上，去過奇母卒、武溜灣幾個番社？」

「那是哄大人的，當時我不這樣說，大人怎麼會相信那張墾照是真的？」

「難道墾照是假的？」天樞臉上有些不悅。

「也不是——璺照還蓋了諸羅縣正堂的關防，怎麼會是假的！」錢管事的笑容有些詭異，還故作神祕的說：「不過，有些難免是紙上文章，這也是不得已的——這是大加臘，誰真正去過那不見人蹤的蠻荒之地？宋大人，以及他手下的官差，又不是吃飽沒事幹，來到這鬼地區。」

「你的意思是……」阿豹頭目迷惑了，怎麼唐山人說話，就是這樣不清不楚。「你沒有去過武溜灣？那上面那些人，頭目、社商還是社差，他們通通都……都是騙人的？」

天章臉色一變，趕緊打斷他的話題。「他們都真有其人……只是阿豹頭目，就是因為這樣，所以我們才要舊地重遊。」

阿豹還是執拗的說：「可是錢先生說他沒有去過——沒有去過，那怎麼能……」

「就是因為這樣，所以非有個在地人帶路不可。」

天章看到頭目仍然在猶疑，他給天樞眨眼睛，意思要他幫忙遊說。天樞靈機一動，改以口氣說：「其實，阿豹頭目也不必勉強，人老了，做事的顧慮就多了……只是頭目呀，剛好有這樣的機緣，大家可以壯膽同行，解開大加臘那片草原的神祕面容……」

天樞故意不把話全部說完，他在等待阿豹的反應。

阿豹有些為難，拗不過眾人連番勸說，他只好這樣說：「嗯，好吧，今晚我會好好考量，明天再給你們答話。」

第四章

溯河而上

沼澤及灘地上
近乎半裸體的婦女，
有的在溪邊水田忙著種水芋，
有的在沼澤裡捕魚抓蝦，
好奇的張望他們
這一批外來客。

1.

遠方奇里岸庄傳來幾聲雄雞啼聲的時候，大屯山諸峰還沉睡於幽黯的曙色裡，此刻天才矇矓光，夜間凝結的露水都還沒乾呢，可是刺桐樹及大麻竹遮掩下的部落早已經甦醒了，八里坌女人此起彼落的拉比拉比歌，劃開新的一天。

你看哪
星星躲進雲端了
這美麗的拉比拉比是一天的開始
女人呀　莫貪睡
快快生起火來
昨日舂好的米　把飯燒

陳瓊大人是被最後一波歌聲吵醒的。由於昨晚喝多了一些，宿醉還沒全消，還有些昏昏欲睡，他翻身起來半躺著，發現那清麗的歌聲是從窗外襲來，他推開竹窗一條縫，依稀可以看到天光未露，想再多睡一下，才闔上眼皮忽而歌聲又起：

你看哪
日頭從海面上浮起
美麗的拉比拉比是一天的開始
男人呀　莫貪睡
快快吃過了飯……

這一波是男聲，雖然聽不懂他們唱些什麼，但是那嘹亮而渾厚的歌聲，滾動著朝氣，讓陳大人覺得繼續躺在床上怎麼也不對勁。翻身起來走到窗邊，撐開那一根頂著竹窗的木棍，往外頭張望。

幾幢竹屋茅廬之前，番婦番女蹲伏著，揚著某種厚大的樹葉做成的扇子，燒旺的火塘上一只寬口、大肚形的陶器冒起煙，雖然下方的火星微弱，但卻嗶嗶剝剝的響個不停——剛才，歌聲是這些早炊的婦女唱的？

陳大人把拉雅兒喚過來，問他：「他們唱些什麼？」

「哦，這是拉比拉比。」

「拉比拉比？」

「嗯，拉比拉比之歌！」

看到陳瓊大人還是一臉不解，拉雅兒笑著跟他解釋：「拉比拉比就是早晨，天剛剛亮的時候，這是一天的開始，所以我們唱這首歌，激勵我們的女人、男人，要認真的工作，不要讓馬他那笑我們懶惰。」

「馬他那是誰？」

「馬他那就是日頭，我們番語的意思是，白天的眼睛。」

「白天的眼睛？」

陳大人翻轉眼珠，想了又想，然後抬頭看天——原來那顆大日頭已露出大半張臉，渾圓渾圓，紅豔豔嬌滴滴的並不刺眼，只是把周圍的雲氣渲染成白裡透紅。東方的天空，濃灰色的浮雲越來越稀薄了，當金黃色的曙光穿透雲層溫馨的灑下來的時候，遠方的海面、八里坌的山巒，以及眼前的沼澤地、水筆仔樹林都著上昨天白晝的顏色，放眼望去油綠油綠的一片，整個大地山川都復活了。

眼前美麗的湖光山色，讓陳瓊大人眼睛亮了起來，他步出屋外。微風還有稀薄的水氣，從湖岸吹來，那是帶著淡淡的霉腐味還有青草香的濕潤氣流，讓他幾天來海上的暈眩，以及昨晚的酒意一掃而空，他神情愉悅的說：「嗯，拉雅兒，你說得沒錯，那日頭，真是白天的眼睛呢！它讓我們可以清楚的看到這片山川大地之美。」

陳瓊擔任公門的第一個職務是古田知縣。那是一個山區的窮鄉僻壤，居民生活窮困，可是民風淳樸，他在那裡五年任內興利除弊，深得當地人民的愛戴。現在看到眼前的山村，北方那綿亙的青山，可防寒冬時東北季風的侵襲，肥美的灘地與河谷平原，將是米穀生產的良田，從這條大河溯源而上，還有郁永河說「可供萬夫之耕」的大草原。

他問拉雅兒：「這裡除了你們番民之外，有沒有其他的人？」

「其他的人？大人的意思是……？」

「漢人……例如說泉州人、漳州人？」

「大人是說包特蘇？我見過一些唐山人，他們就住在山後，奇里岸那邊，我還聽說北投仔、油車口那邊也有幾戶……可是我不知道……」

拉雅兒聽父母親那一輩的人，談過包特蘇，可是卻不懂得那些唐山人的來龍去脈——從他懂事以來，只接觸過奇里岸的鄭家人，以及後來陸陸續續搬進來的王姓、謝姓人家，他們似乎說一樣的話，可是腔調卻不盡相同，搞不清楚他們是泉州人還是漳州人；此外，聽說在大河南岸的長豆溪口，還有北方小雞籠那邊，還有幾戶「說捱話」的人[42]。部落裡的老人家，稱這些外來的族群都是包特蘇，也就是他們現在通稱的唐山人。

「陳大人早，不知大人昨夜睡得好嗎？」

前方傳來陳員外的問候。老阿豹陪著戴、陳兩位先生走過來，拉雅兒想問阿爸，還沒開口，老阿豹先責備他：「你跟大人胡說什麼？」

「我沒有胡說，大人問我，知道的我說知道，不知道的——我還沒說呢！」

---

[42] 客家人自稱為「捱」，當時還沒有「客家人」的說法，故其他族群稱客家人為「說捱話的人」。

老阿豹指著個子已經比他大的兒子：「看你——又胡說了。」

「不不！」陳璸大人連忙說：「你這孩子又聰明又老實，對了，阿豹頭目，我是想知道，這一帶住了哪些唐山人？」

天章接著說：「對，昨晚我忘了問這件事，我們做土地開發拓墾，也要多了解地方民情。」

「大人，其實我們也很少跟他們接觸，不是那麼了解……」老阿豹說得語重心長：「其實他們唐山人，也不喜歡跟我們往來。」

「哦？」

「唐山人自認為高人一等，看不起我們，說我們是憨番……他們強占我們的耕地與獵場，誘拐我們的婦女，這樣的事情已經在油車口、八里坌發生很多次了。」

陳璸大人鬍子一吹，厲聲說：「怎麼會這樣？普天之下的萬民，都是我們大清皇帝的子民，無論漢人與番民，大家都是一樣的。」

「對對對——陳大人說得對，可是……這種事情其實頗難論斷，常常是公說公有理婆說婆有理。」看到大人有些生氣了，見多識廣的天樞，趕緊出言緩頰：「其實，大多數唐山來的漢人，都是跟番人和睦相處的，究竟我們的土地田園，原來都是番人的，我們一直都把他們看作是一家人……不過你們看看，這大片的原野任其荒廢，不是很可惜嗎？所以我們唐山人才冒著千辛萬苦渡過黑水溝，協助此地番人把千里沃壤化為良田呀！」

老阿豹不以為然，正色的說：「可是你們包特蘇沒來之前，我們巴賽，不管是八里坌、淡水，還是沙巴里、金包里的人，原來都活得好好的，不愁吃不愁穿。水裡游的魚，天上飛的鳥，原野上的野菜，山坡上的樹林，以及那成群結隊的花鹿與山羌，都提供我們一年四季的生活所需，從來都不擔心填不飽肚子……現在你們的人來了，說是幫我們耕種，讓土地充分利用以長出更多的糧食，可是草原上的花草和野菜變少了，樹林和山坡上的花鹿像吹過去的風一樣消失了，都是因為你們唐山人。」

「那跟我們什麼關係？」

「我也不明白，可是這樣的事情一直都在發生，現在或者是明天以後，都持續的進行著，我們的老人家開始擔心，哪一天太陽下山之後，你們會使出什麼巫術，把我們曾經擁有的東西，一夜之間都變不見了！」

老阿豹說的時候憂慮都在臉上，就像陰雨天又罩上一層厚厚的烏雲一樣。一向愛民恤番的陳璸大人看在眼裡，心為之一動。他即將上任的台灣知府，管理三個縣，其中最北邊的諸羅縣轄區遼闊，從將軍溪以北一直到淡水、雞籠，特別是竹塹以北地廣人稀，平地上都是熟番散居，唐山移民極少，可是將來難免會越來越多，阿豹頭目擔心的問題，將來勢必會發生，那——他這個新任的台灣知府，有責任要防微杜漸。

他問天章：「聽說你們的墾業，已經往北拓展到竹塹平原，你老實說，剛才阿豹頭目說的事，難道都沒有發生？」

天章與天樞心頭一怔，彼此互望一眼。天章說：「大人說的是花鹿嗎？其實我們的佃農在那裡開始拓荒的時候，早就不見花鹿的蹤跡了，只是留下鹿園的地名，現在看到的那些鹿，不是野生的，是農民豢養的……至於土地，也是經過官方給照，民番訂約，還有官方的丈量、升科等繁複的過程，從來也沒出過什麼差錯呀！」

「那就好，希望這次你們到大加臘平原拓墾，也一樣要遵照官方的相關規定，不可藉機侵占番地，仗勢欺壓番民。阿豹頭目，你也聽著，將來如果發生這樣的事情，你們就具狀稟報官府，我們一定會秉公處理，絕不教不法之徒逍遙法外。」

話題越來越嚴肅了，天章敏銳的商人神經，嗅出這樣的話題再繼續下去，恐怕有礙於他們未來的拓墾計畫，趕緊轉移話題。「大人，用膳時間到了，這樣的事情我們慢慢再談吧。」

阿豹說：「好吧，我們都準備好了，請大人吃飽了好啟程，過了卯時潮水退了，大船就無法出海了。」

2.

潮水湧漲之際，潮間帶以及水筆仔樹林下的軟泥灘，一步步吃進苦鹹味的海水裡，道標營的官兵划著八艘小船，加上徵調來的番青，駕著四艘竹筏來當公差，趁著潮汐滿水位之際，把官兵從小船送上大船。

從陳瑨大人的座艦升起三面帆之後，拉雅兒滑動著槳，眼睛卻不時投向主帆那邊——那個在纜架上攀緣的唐山水手，真是好身手，只見他爬上爬下如獮猴一般的矯捷，這樣的情景讓他欣羨不已。

老阿豹在岸邊高喊：「拉雅兒，你還愣在那邊幹什麼，快呀！快把他們——等流水一退就來不及了！」

「嗯，我知道，阿爸，你放心啦。」

拉雅兒喊著，其實他划槳的手一直沒有停過——老阿豹其實也知道，包括拉雅兒那種期盼羨慕的眼神，他都看在眼裡，不過他心裡還在掙扎著，這孩子可能是留不住了——昨天晚上躺在竹床上，他的心就是這樣掙扎著——因為戴先生跟他提出要求，指名要拉雅兒跟武浪，協助他們駕著艋舺溯河而上，到武溜灣辦事情，這事情在他心裡七上八下。

阿問聽了一點也不擔心，她篤定的說：「孩子大了，總是要磨練磨練，有機會就讓他到外面闖蕩闖蕩，你年輕時候不是這樣嗎？」

此時天色已經大亮，亮麗陽光照在觀音山頭，照在金光瀲灩的河面上，照在有水鳥掠飛而過的紅樹林上方。四艘大型船艦都鼓滿了帆，船首的三角旗迎風飄揚，尾舷下方劃出四道長長的白浪，緩緩的駛向河口那邊。

拉雅兒與武浪划著艋舺回到岸邊的時候，塔班加加飛也似的跑呀跑，風一陣似的從高灘地那邊的蘆葦叢探出頭，猛地朝他揮手大叫：「拉雅兒，你快過來呀，快回來！」

拉雅兒似乎沒有聽到，他的心思仍然像出海的船，漂在茫茫大海。武浪直起腰身，看到她那少女迷人的身影，跟她揮揮手。他跟拉雅兒說：「是塔班加加耶，你看——她在那兒。」

等到拉雅兒回過神來，他們的艋舺已經划到岸邊，而塔班加加已經站在水岸上，塔班加加高興的說：「拉雅兒，聽說你要去大加臘，是嗎？」

武浪搶著回答：「嗯——妳怎麼知道？」

「武浪，你也要去嗎？」

「對呀，我跟拉雅兒一塊去呢！」

拉雅兒上了岸，塔班加加一點也不避諱的拉他的手，臉上還是天真的笑容。「我也要跟你們去，我想，那裡一定很好玩！」

武浪說：「好呀，那太好了！」

「這怎麼可能——塔班，妳去做什麼？妳不能去！」拉雅兒眉頭一皺，搖頭不甩她，轉頭就走。

「為什麼——為什麼不讓我去？」塔班哭喪著一張臉，兩條腿跺地，追上去著急的說：「不管啦，我就是要去！你說好不好？好不好嘛？」

拉雅兒看到她急得快要哭了，只好跟塔班加加實話實說。「不是我不讓妳去，我連——我都還不知道，阿爸會不會答應呢？」

三個年輕人一路鬥嘴的回到部落，拉雅兒擔心的事情謎底揭曉了——在天章盛情邀請下，阿豹和阿問夫婦無法拒絕，最後還是決定讓拉雅兒與武浪，帶著兩個來自南方的唐山大爺，四個人同乘一艘竹筏，進入蠻荒的河域探險。至於塔班加加的事情，完全沒有進入他們討論的話題，這樣的結果，讓那晚的塔班加加哭紅了眼睛。

不過，這還不是最後的結果——那天深夜，阿豹與阿問坐在床上的一長串對話，又讓事情起了變化。睡在隔壁床的拉雅兒，聽到他們的談話。

「不是說好的嗎，我都答應人家了，現在又要反悔……我要怎麼說？」

「不是反悔，兒子還是要接受磨練，可是我們就這麼一個兒子……我的意思是，你帶著他去。」

「我也去？」

「嗯，明天你也去，先把他們帶到毛少翁，請我瓦基幫幫忙，你知道的，麻里諾活了這麼一大把年紀，什麼事情也難不倒他，至少——他會把大加臘那邊的情形弄清楚。」

「麻里諾，那老人家幾歲啦，他已經糊塗啦，說話都顛三倒四了，上回我去，他連我都不認識了，問我是誰……妳說，那老人家能幫什麼忙？」

「我是聽提娜說的，從前我們毛少翁人還住在舊社的時候，他就曾經跟奇母卒社接觸過，也許，他知道一些門路。」

「哦？好吧，我想睡了，明天我跟林先生說。」

談話聲到這裡就沒有動靜了，然後拉雅兒聽到打呼聲，拉得長長的，越來越響亮——從小到大，他知道那是他瑪的習慣。

夜更深沉了，水蛙的對鳴聲早已停了，但是遍野裡地蟲細細碎碎的唧唧聲，仍然在暗夜裡吵個不停。

3.

阿豹的長竹竿頂著河床，隨著他手勁一使腰身一扭，竹筏在逆流的水中緩緩推進。拉雅兒和武浪分立於左右兩邊，雙手操著槳，陳天章、戴天樞兩人半蹲著，一筏五人逆水而上划向干豆門。

這條夾處於一大片水筆仔林的狹長水道，在潮水全退的時候，它在寬廣的河域裡只是一條小河溝，完全為比成年人還高出兩尺的這片翠綠的水筆仔所覆蓋，陽光甚至於照不到它底下那片為招潮蟹築滿的軟泥堡壘，毫不起眼的在寧靜裡潛伏著，然而它在幾百年來的潮起潮退中，日復一日的在爛泥濘裡鑽進鑽出，時而孤獨時而喧譁，在海之濱河之口繁衍無限的生命，展現無限的生機。

昨天下午天章與天樞來到河濱散步的時候，就看到爛泥灘上那數不清的各種螃蟹，有單螯的、雙螯的、綠色的、紅色的雜居其中，吸引許多不知名的水鳥在那裡覓食。小船於樹蔭下無聲息的緩緩推進，他們還發現綠樹叢中人影攢動，幾個土番隱身其中，不知道在做什麼？

雖然是逆水而上，由於阿豹父子和武浪都是操舟好手，所以竹筏的挺進並沒有受到水流的影響，平順的沿著彎道迂迴向前。此處是綠叢的前段，前方已逐漸接近干豆門缺口，因為水流較急，所以水筆仔林相較疏。天樞與天章終於看清楚了——昨天看到綠叢裡的番青，一個個深陷水深及腰的爛泥中，賣力的工作，原來——他們是以番刀砍下一掛掛的水筆仔。

阿豹為他們解釋心裡的疑惑——原來水筆仔，番人族語叫做「紅樹」。

「紅樹？可是這樹都是綠的？」

「可是樹的汁液是紅色的，可以把布染成紅色。」

阿豹告訴他們，淡水河口的幾個部落，近百年來都有一種行業，就是靠這些水筆仔。土番砍下水筆仔，以手工刀取下樹皮與樹枝，它的樹皮有一種汁，是染紅布的原料，樹枝的纖維則用來做成繩索，或是綁縛竹編的器物。八里坌跟淡水兩個港口，都有唐山的商販做這種生意，把它轉賣給唐山來的戎克船。

天章在府城與笨港兩個大港市，主要是經營米糧與南北貨的生意，他以船運轉售過台灣的烏魚子、魚乾、吻仔魚、花生、麻油，還有山藤、藥草、獸皮等特產，卻沒有做過這種天然的染料生意。

「我們有好幾種染料，紅樹只是其中一種，其他還有好幾種樹葉、樹皮，都可以用來染衣服，例如說薯榔，在北投社、林仔社那邊，山裡到處都是呢！在紅毛人統治的年代開始，林仔社的人就幾乎不必種粟，不用狩獵，他們的男人靠著到雲霧之山，背負硫磺到港邊販賣，女人們到山區撿薯榔，就可以過日子了。」

「那東西，是你們番人種的？」

「不，不必種——薯榔呀——那是天生的，滿山遍野都是！」

阿豹的說法引起天章極高的興趣，他還想繼續追問下去，心裡盤算著：等大加臘拓墾之後，他要引進更多的原鄉移民，除了做墾殖與米糧生意之外，還要做染料的買賣，他算準這必然是賺錢的生意。突然，船身劇烈的晃動，彷彿來自地心的吸引力，連筏帶人捲入前方不斷迴旋的激流裡。

「不好了——是漩渦！」

拉雅兒驚呼當兒，阿豹即時把長竿往左前方水裡一蹬，傾斜著身體用力握住竿，使勁一推，總算把竹筏穩住，大聲嚷：「武浪，快划呀，拉雅兒——」

天章與天樞大驚失色，一時慌了手腳，不知道要如何幫忙。看到武浪、拉雅兒把槳直直的插入左側邊，挺胸扭腰使勁划了幾下，船身迅速往外邊翻轉，阿豹的長竹竿又是一蹬，整艘竹筏就脫離了漩渦邊緣，朝干豆門那邊挺進。

天樞抹一下額頭上的冷汗，頻呼：「好險！好險！」

「真是不好意思，讓兩位先生受驚了！」

阿豹滿懷歉意的說。不過他很清楚，對於這趟行程來說，剛剛那段只是一個小插曲，未來幾天，還不知道會碰到多少教人驚心動魄的事情。他揚頭指向前方象鼻嘴那邊竄流下來的大水，說：「兩位，我暫時無法多說了，拉雅兒、武浪，用勁呀——我們上干豆門了！」

水流湍急之中，白花花的溪水亂濺，三人奮力操槳以進。天章與天樞不敢再多言了。他們蹲下來，盡量把重心放低，因為竹筏於激流中左擺右盪，一不小心可能就會落水隨波逐流而去。

好不容易泛划上干豆門之後，河域豁然開朗起來，廣袤無垠的河面在燦爛陽光下，宛如一片大湖，左側的主河道閃耀著無數片黑亮的金光，右側廣袤得無限伸展如同大湖一般，平直、單調而肅默地延展到遠方沼澤地那邊。

竹筏在靜寂的湖面中駛向可以看到山巒起伏的沼澤地。

天樞背手拱立，遠瞟西方那片波光瀲灩的美景——萬里無雲天空藍得沒有一些雜質，清澈無波的水，可以看到因為竹筏穿越而受到驚嚇的溪魚，一群群、一團團的搖著美麗的胸鰭與尾鰭，歪歪扭扭梭游而去，扯歪了水面下蒼翠起伏有致的山影。接近沼澤那邊，微風吹擺不知名的大片水草，好一大群白鷺鷥悠閒的飛過來，如大片雪花一般緩緩飄落於淺水灘上。

天樞不禁讚嘆說：「阿豹，這真是一個美麗的大湖！」

「戴先生，三十幾年前，這裡還是一大片草原呢，那時候這裡是毛少翁、北投幾個番社共同的獵場，麋鹿成群，也是許多野生動物的天堂。」

「哦?那——怎麼變成大湖了?」

「現在已經沒有這樣大了，這麼多年來，大湖的水慢慢的流出海去，已經縮小很多了……聽我的牽手阿問說，是她七八歲那年，發生地牛大翻身，整片草原一夜之間都被吃進了水裡。」

說著說著，阿豹的心思回到二十一年前那一段驚惶的逃難歲月——窮追不捨的明鄭官兵，驚飛的水鳥雁鴨群，穿梭於水草間的艋舺，阿問教他如何操槳的姿態——一晃眼都過去了。

突然之間，遠方水波掀動，傳來低沉的殼殼的聲音，沼澤地那邊嘩然一聲，一大群白鷺鷥騰空而起，接著是一群水鴨從水草飄擺的灘地竄出來，揚起好幾道飛濺的水波。

天章驚叫:「怎麼了?!」

阿豹把長竿一插，愣住。有人喊:「我們被包圍了!」

船身慢下來，一行人驚懼的望著前方，看呆了——是十幾艘艋舺劃出來四五條白花花的水紋，又是一群白鷺鷥騰空而起。那些陽光下烏亮亮的裸身，吆喝著，嘹亮的聲音從遠而近，那聲波掀動湖面，彷彿地牛翻身一般，洶湧的水波往他們直搗過來……

4.

直到踏上岸邊之後，天章、天樞不安的心情稍微安定下來——方才只是一場虛驚與誤會，原來那漫圍過來的艋舺，只是以盛大的陣勢出來引導歡迎他們。

那一大片長滿水草又飄擺著蘆花的沼澤地，讓拉雅兒潛藏多年的記憶，一下子全湧回腦海，這是他第五次回到母親生長的部落。第一次是跟著父母一起來的，那時候才兩三歲，沒有絲毫印象。第二次、第三次都是跟著母親翻山越嶺來的，應該是五六歲和八歲的時候，印象不深，只記得要走好長一段顛簸的山路，不過對這個美麗的大湖泊倒是印象深刻。

沼澤及灘地上近乎半裸的婦女，有的在溪邊水田裡忙著種水芋，有的在沼澤裡捕魚抓蝦，好奇的張望他們這一批外來客。靠近高潮線那邊的沙地，隨意橫著幾艘破舊的艋舺，林投樹與黃槿樹叢之間的沙地晾曬著魚網，三隻毛色全黑的獵犬趴在沙地上，慵懶的享受疲軟卻還有一些溫暖的陽光，好一幅寧靜安詳的水岸漁村景象。

不知從哪裡冒出來那麼多的小孩，全裸的烏亮亮的身體，從草叢及樹蔭下跑出來，挺著圓滾滾如瓠瓜的小肚子，呼呼喳喳的衝到他們身邊，以好奇的眼光打量天章與天樞，他們難得看到穿長衫、禿著頭結髮辮子的唐山人，感到好奇的笑成一團，然後彼此互相推擠著，笑鬧著，一溜煙又呼呼喳喳的跑到河岸邊。阿豹領著一行人走過岸邊台地之後，他們跟著阿豹的後面，爬上一段為闊葉樹遮蔭的山徑，拐兩個彎，看到斜坡上的綠樹和竹林搖曳中，幾幢茅草覆蓋的竹屋，自然雅致的錯落於山坡上，喔——這個世外桃源的毛少翁新社。

遠遠看到那幢如船形特別長的木屋時，拉雅兒童年的記憶又回來了——那時候喜歡講故事的老瓦基麻里諾告訴他，如果再來一次發大水，他們可以駕駛這艘特大號的船，帶著全家十幾口人，順著硫磺之溪的溪谷浮上山頂，回到他年輕時建造的基地，渡過大水災的劫難。

一口氣跑上斜坡，拉雅兒在大船屋前停下來，一顆激動的心躍動的隨腳步登上木梯，突然從迴廊那邊傳來低沉的聲音：「阿豹，你終於回來了！」

拉雅兒停下腳步，左手扶著木門框，那聲音很熟悉——喔，是那個鬚髮白得似銀絲的老人躺在籐椅上，長長的掛著珠貝的耳朵直垂到胸前，微風掀動就不停的發出啷噹啷噹的聲音。

拉雅兒興奮的走過去，大喊：「麻里諾——麻里諾，啊，瓦基瓦基，我來了！」

「阿豹，你怎麼這麼久沒有回來？」

他愣了一下。「您忘了嗎，我是拉雅兒，不是阿豹！」

「對呀，阿豹……咦，阿問呢，阿問怎麼沒回來？」

祖孫兩人還在扯不清，阿豹帶著天章、天樞走過來，聽到老人家喊阿豹和阿問的名字，覺得好笑——這老人家跟唐山人說的一樣，是有些老番癲了。

他走過去，握著麻里諾那皺得長著厚繭的手掌，說：「瓦基，我才是阿豹呀，我知道，您早已經算準了我要來，所以派出這麼多孫兒輩的人，到下八仙來接送，是不是？」

「嗯，是呀，我知道你們要來，要去很遠的地方……嗯，去很遠的地方。」

跟在後面的天章與天樞嚇了一跳——這老人家怎麼會知道？

天章小聲問阿豹：「你先派人來知會他了？」

拉雅兒搶著說：「沒有呀，你不知道麻里諾——我們的老瓦基比巫師還要厲害，什麼都知道，什麼也瞞不了他！」

天樞半蹲下來，暗示天章也蹲下來，以敬畏的語氣跟麻里諾說：「老先生，您真是神通廣大呀，我們是阿豹的朋友，請您多照顧，多照顧。」

老人仍然閉著眼睛，連眼皮都沒有動一下，天章想要再說什麼，阿豹示意他不要說了，轉頭跟老人家輕聲的說：「您累了吧，先休息一下，我會招呼客人。」

阿豹攤攤手，揮手示意大家全部離開。幾個人站起來準備進屋，老人卻突然撐開眼皮，叫：「阿豹呀，回來！」阿豹慌忙回頭，麻里諾卻揮手，「不是你呀。」要他們趕緊離開，並示意要拉雅兒留下來。

老人家要拉雅兒坐在他身旁，小聲的告訴他：「那兩個包特蘇，一個是條大鱸鰻，一個是條大頭鰱魚，他們會把一個大湖的水都搞渾了。」

拉雅兒不解其意，搞得一頭霧水。

老人繼續說：「不過，這也是無法避免的事，我們的祖靈，以及海上的沙那塞，都無法阻擋，無論如何，海上的大船會載來更多這樣的東西。」

麻里諾說著，看著海的方向，久久不語。拉雅兒看著沼澤地，還有前方象鼻嘴之外的大洋，那邊除了水、天、雲、風，還有兩隻嘎嘎叫的蒼鷹盤旋於天空之外，什麼也沒有。

「你要跟他們去大加臘？」

「嗯。」

「今天一早，我做過水占了，草根撞在一起，倒下了，不吉。」

「那是怎樣？」

「水難，還有一連串的血光之災。」

老人家的預警，讓拉雅兒愣住。「哦……那我們應該怎麼辦？」

「還好啦，沒有什麼大不了的……我們慈祥偉大的祖靈總是無所不在，無所不能……但是，你必須去找一個人。」

麻里諾有些憂心，眉頭跟眼睛以及特別突出的眼袋絞成一團。老人低沉的聲音又響起來，「拉雅兒，當你上溯到大河的上游，河的兩岸有很多番社，你會看到很多雷朗人，但你不一定能夠看到他……那個人不好找。」

麻里諾停頓片刻，繼續說：「可是你一定要找到他！」

拉雅兒滿臉疑惑，問：「要找到誰？」

他看著前方水面上的馬那特山──那圓圓山頂泛著溫和的春日陽光，還有島山周圍漶著朦朦朧朧的水氣，好像那個神祕就隱藏在島山的背後。

「賴科。」

「賴科是誰？」

麻里諾的眉毛與嘴唇抖了兩下，然後張著眼睛看著拉雅兒，正色的說：「他是個很有名的通事。」

「通事——？為什麼非找到他……」

拉雅兒還沒說完，麻里諾就打斷他的話，認真的說：「只有他——因為他有如祖靈一樣，他無所不能！」

無所不能？……拉雅兒心底盤算著——難道賴科是神，只有神才無所不能。拉雅兒看到麻里諾老人的白色長髮在風裡翻飛，從高大的麻竹林洩下來的陽光，把他光禿禿的額頭照得油亮油亮。

拉雅兒問：「他是包特蘇？還是神？」

「不——他出身不凡……關於他的身世，其實沒有人知道，那時候……」

「……」

拉雅兒不敢出聲，兩眼瞠視老人家，他看到麻里諾一直閉著眼睛，只有鼻翼掀動著。可是他那低沉的聲音仍然湧進拉雅兒的耳裡。「那是很久之前的事了……那時候，紅毛人統治淡水城砦，有一年，海上沙那塞一直作怪，連續來了三次颶風，那些紅毛人沒有東西吃，又碰到林仔社人的襲擊，地窖所藏的食物也燒掉，他們沒有辦法，就派遣一支五十人的軍隊，兩艘船艦，沿著大河往上游航行……」

麻里諾停下來，他握緊手杖的手微微顫慄，終於睜開厚眼皮，垂望下方那片煙波浩瀚的大湖，繼續說：「那時候，我們的舊社還在對岸的沙汕那邊，我看到他們的船從干豆門缺那邊開過來，停在沙汕岸邊。他們像海盜一樣，搶走了六個倉庫的黍米，還把我架上船，繼續往河的上游前進……我們過了里族河口，朝通往艋舺河的方向前進。我們經過一座小山，山頂是圓圓的小山，過往的二十年以來，住在海岸線的沙巴里人，還有我們毛少翁人，都習慣性的把它稱為『馬那特山』，那是當時住在淡水小山丘上城堡裡的金毛人，他們的說法——你知道那些金毛人……唉呀，我說到哪裡去了……對了，過了馬那特山之後，河的兩岸都是軟泥灘，我看到軟泥灘的梭魚草、水蠟燭還有一些不知名的長著羊齒狀植物的灌木叢，它的背後，是一片為高大的綠色植物覆蓋的叢林，那一望無際的森林一直往東方往南方伸展，一直到很遠很遠的我們毛少翁人從來沒有去過的山巒……我一直都沒有看到房屋，也沒有看到人。突然，船艦下層的黑人苦力騷動起來，我覺得有一種詭譎的氣氛隱藏於那片山林之中，可是皮亞森中尉——那個目空一切的指揮官，握著短柄手銃，命令水手們繼續前進。我看到了一大片竹林，還有幾棵高大的樹開著豔麗紅色的刺桐花，就跟我們小八里坌一樣的番社，那個河畔，有竹林圍裏和刺桐樹下的番社，嗯……是奇母卒。」

陽光越來越熾烈了，麻里諾綿長的囈語教人眩暈欲睡，拉雅兒已經點了好幾下頭，倏地又被麻里諾老人的聲音所驚醒。

「果然，咻——咻——聲來了，左舷傳來幾聲唉叫聲，我中箭了！是毒箭呀——砰砰砰的槍聲響了，皮亞森又叫又罵，無數的箭從那些詭異的樹林裡，如同暴雨般射出來，我們且戰且走，突然間不知從哪裡，竄出來二十幾艘、還是三十艘的艋舺，追逐我們的船隊。皮亞森下令全速航行，我們終於擺脫了那群土番，然而，更不幸的遭遇還在後頭……你知道，那個叫做武溜灣的番社……」

說到這裡，拉雅兒的精神為之一振。「你說武溜灣……我們要去的那個武溜灣？」

「嗯，武溜灣，兩河流域最大的番社，他們在大加臘平原的中央，在大嵙崁溪與秀朗河的交會口那裡……那是個很大的番社。」㊸

「他們真的很兇悍嗎？」

麻里諾沒有搭理他，繼續說：「這次紅毛人學乖了，看到竹叢中那片竹木茅屋時，船艦放慢下來，不敢靠岸。我告訴皮亞森，叫他們把印花布搬出來，把瑪瑙、金屬製品、玻璃管珠掛在火繩槍的槍桿上，跟他們展示炫耀……透過我的翻譯，結果我們順利上岸，並且大受歡迎，他們把金毛人奉為天上下來的使者，你知道為什麼？因為那些花布，以及稀奇古怪的東西……那天晚間，在部落的廣場上，所有的官兵都下了船，接受他們盛大的歡宴，大家喝

㊸大嵙崁溪即今大漢溪，「大嵙崁」是原住民語，意思是溪水很深很大；秀朗河是今新店溪，因為河域上有秀朗社，日治時期曾一度稱為秀朗川。

酒，唱歌跳舞，皆大歡喜……除了我，沒有人想到居然會發生那種事——第二天下午，我們兩艘船裝滿穀物的時候，金毛人大喊出事了，兩邊打起來。」

拉雅兒問：「他們搶了武溜灣人的食物？」

「不——食物是換來的，他們以布匹、瑪瑙、玻璃管珠，和武溜灣人交換食物與花鹿皮。」

「那為什麼打起來？」

「為了一個女人，還有每年三張鹿皮……紅毛人要他們歸順，並且每一戶人家，一年要繳三張鹿皮給淡水城砦的長官，武溜灣人不肯接受……雙方就僵持在那裡。後來有一個男性出來指控，他年輕的牽手失蹤了，他說昨天晚間紅毛人喝酒作樂的時候，皮亞森不時地調戲馬旦，結果那天深夜酒醒之後，那個發脾氣的男人才發現，馬旦再也沒有回家跟他睡覺。」

「……」

麻里諾停頓下來的時候，拉雅兒碰到這種話題，不知道該如何表達，只好跟老人家一樣的沉默。下方高灘地上的草叢，兩隻高蹺鴴的叫聲吸引他的目光——那兩隻身體瘦小的鳥，為了保護牠們的雛鳥，正在跟一隻鴿鷹對峙著，絲毫不肯退讓。

老人家繼續說：「對男人來說這是奇恥大辱，那個叫做武狸的男子，嗯——他叫做武狸，是武狸……他進入船艙搜索，把他的女人帶出來之後，戰爭就爆發了……紅毛人只發了兩次火繩槍，還來不及點火，就被到處飛來的標槍射殺七個，射傷三個……皮亞森情急之下押著馬旦，和其他人趕忙登上那艘大船，落荒逃走，留下了一船穀物。」

「後來那女人呢？」

「你說馬旦？紅毛人把她留在淡水城砦，後來生了一個兒子……此後，馬旦就成為公妓，你知道，淡水城砦那邊有五六百個紅毛人，都是沒有女人的男人……那個馬旦，後來又生了個女兒，以後就沒有聽到消息了……不過，有一次聽說是這樣，武溜灣被迫歸順之後，有一次聯合林仔社、大屯社一起造反，他們攻進淡水城砦，放火燒掉木造的柴城，並且殺了皮亞森，那個孩子從此失蹤了……」老瓦基停頓下來，眼神呆滯的望著被風吹皺的湖面，一波又一波的小小水浪，打在泥岸上。

拉雅兒眼珠一溜轉，想了想，問：「您告訴我這一大串的故事，是要告訴我……關於那個孩子？」

「嗯，你很聰明，你猜猜看？」

「我猜那個孩子，應該就是賴科？」

「嗯，你真是聰明的孩子！」老人樂得摸著拉雅兒的頭，笑呵呵的說：「拉雅兒，你只是一尾小香魚，而賴科，卻是一條大鱸鰻，所以，當你溯源而上的時候，你就應該先找到他，有了他，事情就好辦多了。」

老人家瞇著長繭的眼皮，撫摸那根他已經無法使用的手杖，繼續說：「因為他是大河之王，他可以幫你料理一切……我是說，在這整個河域，還有遠方的海岸——從基瓦諾灣，到大雞籠、金包里，從里族、答答悠、奇母卒到武溜灣㊹，整個大河所流經的大加臘草原，他都可以來去自如……我說真的，他是無所不能……嗯，無所不能。」

麻里諾也許真的累了，他的聲音越來越低越小聲，最後簡直是病人微弱的呢喃，整個人癱在椅子上不動。拉雅兒擔心老人家是不是……以手指試探他的鼻息，啊——糟糕！不過還好，老人家的胸膛還是緩緩起伏著。拉雅兒又憂又喜之際，手掌傳來一陣涼意，是老人家握住他的手。他說：「拉雅兒，這個拿去吧。」

是那根手杖。拉雅兒不解其意，問：「這是？」

「這是紅毛人的權杖，它有很高的法力，拿著它，帶著它去見賴科。」

「做什麼呢？」

「這樣，賴科就會幫你處理一切。」

那天吃過午飯之後，拉雅兒把上午麻里諾老人說的事情，偷偷的告訴父親阿豹。阿豹一聽非同小可，他的眼睛睜得老大，「你說賴科?!」

二十年前的事情，在他腦海裡盤旋翻湧，原來當年在大雞籠社巧遇的印象，還深深的印在腦海裡。

阿豹若有所悟的喃喃自語，「難怪——他長得那個樣子……」

「阿爸，你知道這個人？你認識他？」

「我不認識他。但是，我知道這個人，我知道……」老阿豹喃喃地說著，眼睛裡泛著一種奇異的特殊的光彩，他說：「很多年前我就知道，他是個很有名的通事。」

「他真的那麼厲害，無所不能？」

「嗯，我不知道他是否無所不能——不過，他教人敬畏。」

午後，從出海口方向飄來一朵朵濃厚的烏雲，籠罩住豔紅的太陽。阿問的大哥巴里那，現在是這個造船家族的族長，除了安排阿豹幾個人的午餐之外，還替他們張羅了未來五天的糧食，並接受老人家鳥占的吉利結果，選擇於午後三時出發。

5.

在大河北岸，奇母卒只是一個二十幾戶人家的小番社，卻是基馬遜河流域的里族集團的敵對番——武溜灣社的河流隘口上。奇母卒以下的大河，他們稱之為武溜灣溪，就在武溜灣社附近，這條大加臘草原上的泱泱大河分成兩條溪——一條是繼續往東方伸展，經過龜崙蘭、秀朗社，一直到馬來八社生番地的秀朗河；另一條則是在武溜灣社前方南折，穿越擺接

44 里族社和答答攸社在基隆河流域，今台北市松山區。武溜灣社的原址，有史家解讀說是在大漢溪北岸的新莊。翁佳音認為：一六五〇年代的武溜灣社，是在大漢溪與新店溪的交叉會合處，也就是在今天板橋港仔嘴（江子翠）一帶。到了清代，有關的方志地圖，都把「武溜灣」的番社或民庄標在與本圖相同位置的地方，亦即標在位於兩溪會流處港仔嘴。至於港仔嘴範圍內有相距不到半公里的「新社」與「舊社」老地名。

與海山大平原，經過擺接社、瓦列社，伸入大豹社生番地界的大嵙崁溪。

阿絳那威喜歡在豔陽天的午後，坐在屋前的涼篷下乘涼、午睡，或者看下方那川流不息的溪水，對於一個十九歲的少女來說，煙波浩渺的大河總是帶給她無限的遐想——希望有一天她情有所鍾的男人，會乘著風帆來到這裡跟她相會。

由於是頭目家族，阿絳那威的家屋，位於奇母卒社最尾端的一個小駁坎上，但是距離河面高差不到三公尺，那條大河流過部落前方有一個幅度不小的轉折，形成一個天然的灣澳，整個部落就沿著這個港岸的彎弧築茅廬而居，而她家的門口正對著這個灣澳，所以當阿絳坐在前廊的時候，整個部落的動靜都看得一清二楚。

然而究竟是年齡與人生閱歷尚淺的關係，她對部落裡五個家族二十幾戶人家之間的利害關係，甚至於自己家族內部盤根錯節的糾葛，卻一無所知。

在阿絳的父親——頭目老那威的記憶之中，千百年來他們的部落、他們的族人就一直依戀著這條大河——河流提供他們所有的生活用水，他們在河裡游泳、浴洗身體、抓魚，還有划行船筏，他們在河川高灘地的沙地上，種植紅毛人時代從巴達維亞傳過來的地瓜，現在唐山人稱它為番薯。以及其他例如野莧、甘籃、水應菜以及嫩葉蕨，也是在河邊洗滌。對奇母卒的族人來說，這條日夜奔流不息的大河，就是他們的衣食父母。

年輕時候風流成性的老那威，對於這條大河滿懷著感恩與崇敬之心，但是這條大河也帶給部落不少災難與痛苦，因而難免有些牢騷，特別跟他牽手快要三十年的馬妹，更是對它有一肚子的委屈與怨懟。從她七歲那年，因為那場大水而漂流到奇母卒之後，便開始了與這條河流理不清的恩怨情仇。

馬妹原來是武溜灣社的人，武溜灣是兩河域最大的番社，她的父親加禮蠅，是頭目的舅舅，也是社中五大長老之一，又身兼部落的史官，算是社中有相當地位的人家。在她童年時代，武溜灣與奇母卒兩社和好，兩河流域的人都說他們是「親番」，意思是兩社之間彼此互相婚嫁——那條武溜灣溪就是他們的婚路。

可是等到她與那威牽手之後幾年，兩社又鬧得水火不容，在紅毛人記錄下來的報告資料裡成為「敵對番」。

馬妹與她的長子阿陶那威之間的糾結，就跟那件事有關。

馬妹有四個兒女，老二因為大河氾濫成災被水流去，老三出生時候就夭折了，而長子阿陶那威卻不是她的親生兒子。他們夫婦為老三辦完喪葬之後的第四十九天，有一個又矮又胖的打燕生番婦，牽著一個小黑鬼走進頭目家族的大門，此後這個家庭就永無寧日。

馬妹嫌那番婦又黑又醜又老，可是偏偏在她不知不覺之間，讓那威多了個又黑又壯的兒子。她們之間彼此都看不順眼，家裡潛藏著詭譎而仇恨的氣氛，好像隨時都要爆發一場戰鬥。如果按照他們族裡的傳統，女人才是真正的一家之主，豈容一屋之內有兩個女主人。那場家庭糾紛鬧了七八天，最後以驅逐那個生番女人，而收留那個來路不明的十二歲的黑鬼收場，然而事情並沒有就此了結——老那威要收那個孩子為養子，可是馬妹無論如何也不答應。每次談到是項話題，馬妹就聲嘶力竭的嚷：「我不要這個黑鬼，我要兒子，我就只要自己親生的兒子！」

老那威火了，他堅定的向那頭盛怒的母獅子表白：「那也可以，不過等妳生了兒子再說。」

此後這對夫婦，就在這種恐怖平衡中共同生活了十幾年。當然，稍後出生的女兒阿絳，扮演了兩人之間的潤滑劑。

阿絳的名字，和一般族人的命名習慣不同，卻和哥哥阿陶一樣，都在名字的後面加上「那威」兩個音節。等到七歲那年，阿絳那威跟著父親與哥哥跋山涉水，回到秀朗河最上源，那個叫做吶哮的番社，才知道原來她跟大哥一樣冠上父親的名字，原本是打燕生番的命名模式。

那一年，阿陶那威十九歲了，由於兄妹倆年齡相差十二歲，所以阿陶對這個妹妹很照顧，兄妹倆關係融洽。然而自從在吶哮住了三天回來之後，阿絳發現哥哥很少跟她說話，每天坐在涼篷那裡憂愁結面，凝滯的眼神望著大河發呆，或者是唉聲嘆氣。

「哥哥，你怎麼了？」

有幾次，還不懂得人事的阿絳天真稚氣的問，阿陶那威還是靜靜的坐在那裡不發一語。

「你不高興……好幾天，你都沒有帶我去玩了！」

哥哥仍然沒有說話，眼睛惡狠狠的瞪著大河上流的遠方。阿絳好奇的看著那個方向，奇怪咧——那兒除了層層疊疊的蒼翠山巒之外，什麼也沒有，哪有什麼好看？阿陶那威突然握緊拳頭狠狠揮下，涼篷那有小腿粗的橫桿應聲斷裂，那突來的巨響讓阿絳嚇哭了！

她一直都不知道，自己做錯什麼事情，讓哥哥這麼生氣，因而傷心生悶氣好幾天。馬妹安慰她：「跟妳沒有關係啦，就跟妳的他瑪一樣——阿陶的心被一個生番女人偷走了！」

提娜的話阿絳當然無法體會。可是她發覺，此後好長一段日子，提娜一直生活於恐怖不安之中。她的眉毛總是停棲烏雲，眼神像無端受責的獵犬，笑容從她臉上失去，有如被厚雲遮住的天空，白天經常神經質的突然暴躁，晚上則常在惡夢中驚醒過來，狂喊——妳這女妖，滾出去，別想進入我家的門。

然而提娜害怕的打燕女人始終沒有進入他們的家門。

一直到又過了四年，她十二歲初經來的那年，阿陶哥哥同樣的老毛病又犯了——這一回她多少懂了，可是哥哥的狀況又不太一樣，有時候呆愣愣的，愁眉苦臉，有時候又開朗得像夏日的天空，臉頰常掛著笑容。

哥哥這樣的症狀是從學吹口琴開始的。

在奇母卒社，男子學吹口琴是從十六歲的成年禮之後開始的，結婚生子之後的男人，都會吹得一口好口琴。那口琴是竹片削成，以繩索把兩端連綁起來，形如弓狀，吹的時候一手拉竹弓，以口咬絃，讓繩索振動竹片，就能發出低沉卻悅耳的聲音。先前阿陶一直都不想學，這次興之所至連續學了三天，到了那天黃昏時分，就迫不及待的駕著艋舺走了，那天月亮都快要不見了，才摸黑回來。

此後連續幾天，阿絳看到他同樣都是黃昏時駕船出去，然後很晚才回到家。有一天他摸黑回來的時候，阿絳被爭吵的聲音所驚醒，她繼續裝睡，暗地裡觀察到底發生什麼事？

「你要怎樣的女人都可以，唯獨武溜灣的女人不行，你不知道嗎──那是敵對番，這十幾年來，我們還跟他們互相獵人頭！」

「怎麼不行！馬妹不是武溜灣人嗎？你可以，我就不可以，他瑪──你告訴我，為什麼？」

「那是因為──這個你不懂啦，我們跟武溜灣之間的關係，就如同這條河，有時候平靜無波，有時候卻會氾濫成災……何況，她是茅完的妹妹，你這樣做，就是會氾濫成災！」

這場父子之間的爭論沒有結果。不過老那威警告式的預言，幾天之後就發生了。

原來那幾天阿陶晚出早歸，是因為他有一次划著艋舺在兩河交會的地方，邂逅武溜灣社一個叫做西奴的女孩，此後就像天雷勾動地火，很快的陷入熱戀中，而哥哥突然喜歡吹口琴，就是為了討好這個女人。這件事東窗事發，茅完那邊的反應還沒傳來，馬妹先跳起來，堅決的表示她不能同意這門親事。

這回，阿陶那威再也不肯退讓了，他堅決的表示：「我喜歡西奴，我發誓，在藍天所覆蓋的綠色大地之上，我只要西奴跟我牽手！」

這段不為親人與族人祝福的愛戀，讓阿陶那威吃盡了苦頭，也掀起了奇母卒與武溜灣兩社之間漫天的風暴。

那年，武溜灣社頭目茅完已經四十歲了，卻一直沒有生兒子，他非常鍾愛妹妹西奴。從阿陶那威第一個晚上為西奴吹口琴開始，他就猶豫不決不知如何處理這件事——在情感上，他似乎應該尊重妹妹能夠愛她所喜歡的人，然而在理智上，他更應該阻止這項違背祖先傳統與族群利益的事情，不讓它像野火般的繼續燃燒下去。

從前老那威跟他的表妹馬妹牽手的時候，他們部落就跟奇母卒社引發軒然大波，那年冬天武溜灣社熱病流行，死了十七人，老頭目把所有病亡的屍體放在港邊的乾柴上，上面鋪上榕枝、蘆竹和苦艾草，在巫師念咒作法之後放火焚燒，突然颳起一陣詭異的北風，風助火勢燒得劈劈啪啪大響，部落的人驚訝的發現，火舌竄出一大股灰黑的濃煙，全都飄向奇母卒社的方向，那個女巫師斷言，惡靈是來自於奇母卒社，而那件不當的婚事就是主因。

於是當年二十歲的老那威成為眾矢之的——除了加禮蝈一家人之外，武溜灣全部的族人都認為，是馬妹違反禁忌與敵對番荷合。在奇母卒方面，大家也認為老那威是災難的源頭，部落裡的人醞釀著要把他趕出部落。

於是兩社的長老會議達成協議，要求那威必須於五天之內獵到兩個人頭，提供給兩社消災祓除，並且規定不以同族的人為對象。如果那威完成任務，就讓他們兩人結婚牽手，如不，則將他們視同惡靈，置於乾柴上焚燒。前兩天，那威都空手而回，家人替他擔心，假如獵不到人頭，他就要被火燒了。第三天，他告訴馬妹，他決定遠行，划艋舺沿著大嵙崁溪上溯，到山區的蠻荒之地去碰碰運氣。結果又兩天過去了，那威都沒有消息，到了第五天黃昏，眼看著馬妹就要被架上柴堆，一艘艋舺如箭般的順划下來，在武溜灣靠岸，那威拎著兩顆人頭疲憊的走過來，然後倒在加禮蟈與馬妹跟前。武溜灣人發現，他獵回來的兩顆人頭，不是河域兩岸的雷朗人，也不是包特蘇，而是生番——如果不是大豹、詩朗㊺方面的打燕，就是龜崙嶺上的世仇龜崙人。

老那威這一段堅持到底卒能突破僵局的經驗，提供阿陶那威在絕望之際的些許信心，讓他看到眼前為提娜與部分族人詛咒的愛情，又像即將黎明的天空一般的露出曙光。

他把自己的決定告訴妹妹阿絳：「我無法忍受失去西奴的孤獨與痛苦，她是我唯一的至愛，就像當年他瑪無法失去馬妹一樣。」

「哥哥，你打算怎麼樣？」

「我決定面對他，我要找他談判——不管茅完怎麼說，不管他要我做什麼，例如像他瑪一樣去獵兩個人頭，甚至於是入贅於武溜灣社，我都願意！」

「可是哥——可是他瑪只有你一個兒子……」

「他還有一個女兒呀……阿絳，如果這樣的話，妳就找一個自己喜歡的年輕人，作為牽手，將來繼承那威家族的家業。」

阿絳知道，阿陶哥哥這回是說真的，她是無法勸阻的——那是一種比岩石還要堅硬的意志，誰也無法將它搬動、裂解。因而她只能眼睜睜的看著阿陶那威，划著艋舺，在黃昏的初暮裡，微風吹皺了渲染了暮色的溪水，當夜鷺飛過草原落於溪邊灘地的時候，那孤獨的船影逐漸的走遠。

阿絳揮動的手停下來，但是心裡仍在吶喊：哥哥，你還是要回來呀，這是你的家。

6.

在下午憂鬱的陽光下，竹筏逆流而上，寧靜而莊嚴的草原在這片寬敞的水域裡布展開來。

除了偶爾從頂上飛過的水鳥，水流舒緩的淺灘那邊，可以看到三五成群的水鴨悠閒的戲水，以及在閃爍陽光的急湍地方，隨時都可能竄出水面以展示漂亮白腹的烏魚之外，看不到其他生物在這條水域活動的跡象──寧靜、安詳，彷彿是一幅山水畫的世界。

遠遠看到前方的島嶼逐漸浮現的時候，陳天樞一直注意那個島──隨著距離縮短，看到略呈圓形的島上那鬱鬱蒼蒼的大樹，從高灘地一直蔓延伸展到山頂上。他覺得那樹姿有些熟悉，他有一片十幾甲的墾地在半線地區，其東方淺山的八卦山區，就有滿山類似的大樹。

這樣的景象天章也注意到了，「是榕樹吧？」

㊺這兩個社位於今大漢溪上游三峽鎮的五寮溪山區，是大嵙崁群的泰雅族人，相當剽悍的兩個部落。

天樞說：「不是，應該是茄苳？」

由於還有五六十丈的距離，他們還不能做出清楚的判斷，卻發現他們的竹筏離開島嶼越來越遠了。

天樞問阿豹：「怎麼了——我們不去島上看看？」

阿豹答：「那是紅毛人說的馬那特山，我們都叫它為圓山島，那島的邊緣水流湍急，還可能有石頭暗礁很危險。」

拉雅兒想到之前麻里諾老人的談話。「哦，是馬那特山，麻里諾老瓦基就是這麼說的。」

阿豹說：「麻里諾怎麼說？」

「他說山上有許多鳥，各種各樣的鳥，所以奇母卒社，還有龍甲社的人，也把它稱為鳥之島……麻里諾說，島上會有那麼多鳥，是因為島上到處都是茄苳樹，還有芭樂樹，它們的果實鳥喜歡吃的緣故。」

正談話之間，武浪指著右方溪岸，小聲的說：「噓，你們看那邊，很多鹿！」

其他人都望向那邊，五六隻、七八隻，喔——大概有十幾隻大型的哺乳動物，在溪岸邊喝水、吃草，其中兩隻小的正在河灘上追逐嬉戲。牠們應該是一個或兩個家族的成員，集體活動。

一向居住於府城的天章，從來沒有看過蠻荒草原上野生動物活蹦亂跳的情景，讓他大開眼界。天章問：「這是水鹿吧，奇怪的是，怎麼都沒有長角？」

「那是梅花鹿。」在老阿豹眼裡，那是一幅生動的大草原圖畫，「你沒看到嗎，牠美麗的皮毛上有花班，這是梅花鹿的特徵。牠們是這片草原上最美麗的動物，那毛色會隨著季節而變化，夏季為栗紅色，背部有白斑，冬季則變為茶褐色。」

天樞說：「不是公鹿才會長角嗎？」

「嗯，沒錯，是公鹿才有角，如果是成熟的公鹿，角是這樣長的，如果是三個叉五個尖，表示牠已經四歲了，可以交配生殖的公鹿。」老阿豹這樣比畫著，邊比邊說：「不過這群可不是水鹿，也不是梅花鹿，牠們是麞鹿。」

「麞鹿？」

「嗯，是麞鹿，麞鹿又叫做山羌。」

天樞問：「怎麼沒有看到梅花鹿，三十年前郁先生的書上不是說，草原上花鹿成群，比人還要多。」

老阿豹說：「我聽麻里諾說，在金毛人統治的年代的確如此，可是我十八歲那年來到這片大湖四周的時候，我還常會看到梅花鹿和水鹿，現在已經沒有那麼多了。」

天樞說：「都被獵殺了？」

「對——紅毛人統治淡水、雞籠城砦的時候，規定我們番社要繳人頭稅，用銀子計算，我們沒有銀子，就用鹿皮來代替，聽說紅毛人到處買很多鹿皮，賣到東洋去，跟日本人換白銀，而唐山人沒有白銀，卻有許多黃金，所以唐山人就用黃金跟紅毛人交換，紅毛人用一種有人頭的墨西哥銀幣，來收購花鹿皮及麞鹿皮，我們的鹿就越來越少了。」

拉雅兒在大屯山區從來沒有看到成群結隊的山羌，跟著部落的獵團出獵的時候，偶爾看到都是公山羌單獨現身，資深的老獵人告訴他，公山羌其實很膽小，個性孤僻，所以很少以群體出現。今天很幸運，看到草原上這樣動人的畫面，拉雅兒還想靜下來多看一下，可是那群山羌卻發覺了，由成年羌護著兩隻小山羌，以飛快的速度躲進樹林裡。

老阿豹穩穩的操著尾舵，讓竹筏沿著淺水區慢慢上溯。他們划過的淺潭，三四十年前是大湖的一部分，後來湖水逐漸消退之後，四周的低地慢慢成為沼澤地，留下中央這個美麗的小潭，後來的唐山人把它稱為「劍潭」。

關於劍潭的說法，本地的土著和後來唐山人的認知，有很大的差距。

老阿豹聽到毛少翁社老人家的說法是這樣：那把劍不是國姓爺的劍，而是裴德中尉的——那一年西班牙人占領淡水城砦之後，長官曾經命令裴德中尉，帶著一批軍隊坐船到基馬遜流域探險，最遠就是抵達里族和武溜灣。他們的船隊經過馬那特山的時候，出現大水怪，把他手下的幾艘船弄翻了，情急之下，裴德中尉拔出佩劍插中水怪，只見浪花捲了又捲，然後水怪與劍都不見了。

划過劍潭之後，竹筏的船頭朝馬那特前進，因為他們遠遠聽到女人的聲音，從那片蓊鬱的樹林裡傳出來。阿豹決定把船渡過去，跟他們打聽消息。

從近處來看，其實馬那特山不是圓形的，它是不規則的橢圓形，只是森林高處呈現一個圓形的山頭。等到竹筏繞過大半個島，又看到它的東北方坡度較緩，水湄是一彎新月形的淺灘，五個番婦正在淺水灘上，頭上包著黑布，敞身露乳，腰間吊著一只竹簍，彎腰又起身的把撿拾的東西丟到竹簍裡。

原來，方才聽到女人的聲音就是她們。

竹筏開進淺灘之後，武浪跟拉雅兒下來把船筏推到沙岸。戴天樞走近其中一個蹲著身體的番婦旁邊，看著她一隻手正在沙裡挖什麼，然後撿了一個扁形的小石頭就往竹簍丟。那個年齡約四十幾歲的番婦，似乎沒有看過唐山人，她停下手中的工作，好奇的打量這個穿長袍，禿著前額的男人。其他幾個番婦也走過來，圍著天樞、天章兩個人，好奇的打量他們身上的裝飾衣服，吱吱喳喳的評頭論足起來。

阿豹走過來，說：「她們撿的是蛤蜊，這是他們，還有我們湖岸邊許多番民的重要食物。」

天樞問：「哦，那她們說些什麼？」

阿豹說：「她們只是對你們兩人好奇，怎麼穿這樣的衣服，還有，她們猜，你們是從哪裡來的？」

天章說：「我聽錢管事說，擺接那裡的人也差不多是這個樣子，對我們的衣服、小首飾都很好奇，像手鐲呀、耳環呀特別喜歡。」

五個番婦中有一個特別年輕，約莫只有十七八歲的模樣，也只有她不是穿著露出胸部的麻布背心——她的上身是藍色長袖的棉衣，外面再披一襲兩塊米色素麻布對縫起來長及腰下的背心，直筒式的腰身地方，繡了一些紅色、黃色的圖案，而胸前還掛著兩串貝殼串成的珠鍊，一看就知道是比較尊貴人家的女兒。她一直靜靜的站在旁邊聽，微笑的時候露出比珠貝還要白的牙齒，那可人的模樣，讓拉雅兒忍不住想要親近她。

「妳叫做什麼名字？」

「阿絳。」

「阿絳？我叫做拉雅兒，我是八里坌來的，妳呢？」

「奇母卒。」

「妳是奇母卒?!」拉雅兒又驚又喜的輕叫，瞪著她眉毛上揚時顯得特別明亮的眼瞳。

「那威——你說大的還是小的？」

「什麼大的小的，我是說人……」

「我也是說人呀！」

「那妳知道那威嗎？」

阿絳笑著，拉雅兒發現她的兩顆大牙還留著，那表示，她還是乾淨的身子，還沒有跟男人牽手。

阿絳笑完了問他：「那——你說是老的還是年輕的？是男生還是女生？」

最年長的老婦人提醒他：「在我們奇母卒，那威有好幾個，阿絳也是其中的一個，她叫做阿絳那威。」

拉雅兒傻眼了，窘在那兒不知該說什麼好，讓阿絳癡癡的笑個不停。

老阿豹也走過來，問那個差不多同自己年齡的老婦人：「跟妳打聽一個人，賴科。」老婦人愣住，阿豹再說一次：「妳沒聽過嗎？我說賴科……」

老婦人似乎聽懂了，她說：「賴科，我知道……他是個很有名的人。」

「他住在哪裡？」拉雅兒問。

「我不知道。」

「那麼——哪裡可以找到他？」

「你們找不到他的。」

「為什麼？」

「因為賴科是個很神祕的人。」

阿豹父子費了許多唇舌，還是問不到關於賴科的訊息，一臉失望的表情。阿絳拉了拉雅兒一把，小聲跟他說：「我知道賴科，不過你要告訴我，你們找他做什麼？」

拉雅兒喜出望外，只是眼神有幾絲懷疑。「妳認識賴科？」

「嗯，你們找他……」

「我們找他是因為……因為我們要去武溜灣。」

拉雅兒還沒說完，老阿豹接話說：「我們帶許多禮物，要去武溜灣談事情，如果找到賴科先生，也許他可以幫忙我們。」

天樞解下背帶，把背上的背包取下來，然後解開背包，取出兩串玻璃管珠於手上揚一揚。

老阿豹繼續說：「阿絳，如果妳肯協助我們，這兩位唐山人帶來的東西，也可以送妳一些，不過我想知道，妳是？」

阿絳還沒開口，老婦人就說：「嗯，真漂亮的東西，我也要——好，我告訴你們，剛才，你不是問那威嗎，她就是那威家族的人，我們頭目老那威的女兒，阿絳那威。」

拉雅兒和武浪，把竹筏推下水，等阿豹、天章、天樞上船之後，兩個年輕人把竹筏推到有半個人水深的地方，等待阿絳——阿絳答應他們，要帶他們回到番社，請那威頭目協助他們。

拉雅兒才準備上船，回頭看到阿絳還呆立在潮間帶那邊，一手按著那艘艋舺。拉雅兒喊：「阿絳，快點過來呀！」

阿絳吃力的把艋舺推下水，在淺水灣那邊卡住什麼，她跟拉雅兒揮手。拉雅兒過去。阿絳嘟起嘴唇，怪他：「你真是木頭，不會過來幫忙喔！」

拉雅兒被他罵得有些靦腆。使勁的推了一把艋舺，等到阿絳跨上去之後，把它推到水深的地方。阿絳低頭玩著胸前的玻璃管珠，一副高興又天真的模樣，看到拉雅兒還愣在那裡，笑著說：「好了啦，趕快上船呀。」

「我？」

「對呀，上來幫我划槳呀！」

三艘艋舺在前方領路，老阿豹的竹筏在兩三丈的後方跟著，馬那特山逐漸的拉遠了。不知道什麼時候，另外兩艘艋舺上的番婦唱起歌來，清亮的歌聲飄在吹起晚風的河面上，兩隻鵖鷹從他們頭頂上飛過去，展開王者的巨翅在圓滾滾的山頭盤旋。一群烏鴉在岸邊的枯枝上嘎嘎的叫個不停。西天那邊因為小山頭的屏障，看不到已經落在八里坌山後方的落日，可是灰黑色的雲彩卻逐漸染黑了那個低垂的小山崗。

阿綠開始打量眼前這個全身充滿活力，還帶有幾分天真、靦腆的大男孩——他說，他叫做「拉雅兒」——依照他們母語，那是一種魚，武溜灣溪，特別是秀朗溪那邊很多的拉雅兒。只是阿綠還不知道，後來移居到那裡的漢民，喜歡捕捉這種魚肉細嫩又芳香可口的淡水魚，把牠取名為「香魚」。

想到這裡，阿綠的眼睛瞇成一條線，越想越是有趣——族裡的老人家常說，拉雅兒跟白鰻魚一樣，老的時候會順流而下，到干豆門外的河口一帶產卵，那些小小的拉雅兒，吃鹹水稍微長大之後，會成群結伴的溯源而上，回到牠們父母生長的地方，尋找牠們的牽手，然後又遵循祖先的傳統，又往下游到干豆門外……

那——拉雅兒會不會是自己將來的牽手？阿陶哥哥離家出走那天，說要她找到自己喜歡的牽手。此刻，晚風吹襲著那顆開始有些動情的心，隨著艋舺划動的江波擺動而春情盪漾起來……

第五章

探險武溜灣

他們兩人躡手躡腳輕聲移步過去，
驚見花鹿的脖頸升起來的時候，
兩人慌忙低身想要掩藏，
機警的花鹿發現了，
豎起耳朵看過來，
高高頂起的一對角，
幾乎要觸著天上遄飛的流雲。

1.

從初暮的第一抹雲霞飄在大屯山巔開始，西奴就開始春情盪漾起來。

即使刺桐花早已經掉光了，心形的厚葉片早已經掛滿了枝頭，而春天就像離家出走的負心郎，在天氣漸暖之際仍然不肯眷念舊情，可是西奴正在氾濫成災的熱情，仍然一點也沒有降溫的跡象——她就一直看著海的方向，那抹薄薄的灰雲，輕輕的飄著飄著，一峰飄過一峰，逐漸的越來越厚越來越黑，等到它緩緩渡過干豆門缺的時候，那個大火球的下巴已經頂到蒼茫如鏡的海平面，眼巴巴的看著它燒著燒著，那一大片分不清是海是天的彤紅泛紫燒起來，她無法嚇阻的春情慾火也熊熊的燃燒著。

在廣瀚無涯的武溜灣大平原上，溫熱的陽光曬深了綠意，濕潤的薰風帶著青草的芳香。武溜灣得天獨厚，它位於大嵙崁溪與秀朗河的交會口，大河漲潮的時候，從干豆門湧上來的鹹水可以湧到這裡，帶來豐盛的各種魚蝦貝類漁產，兼有淡水及鹹水的海河之利。從山上沖下來的泥漿，在兩河會流之處經過年深日久的堆積，形成一大片尖尖的如同鳥嘴形的沃壤，第一次發現它的唐山移民，把那塊地稱之為「港仔嘴」[46]。

在唐山人還沒到此地之前，沒有人知道這一大片野草與灌木叢生的草原，是福爾摩沙島上北部地區最適合農耕的沃壤。

夏天多暴雨的季節，從大雪山區暴發的山洪，把大嵙崁河北岸台地下方的草原，堆積了一層大小不一的鵝卵石，上面還有厚達尺餘的黑壤，颱風回南之後，腐蝕的味道越過刺竹林吹到部落裡。

沒有人知道，武溜灣的祖先是從什麼時候開始生活於這片擁有充沛水源的豐饒大地。五大家族的長老，即使能夠將往前四五代的祖先繁衍過程背誦如流，並且透過部落或家族每年都會舉辦的幾個祭典，不厭其煩的在年輕世代面前講述如儀，但仍然無法追溯祖靈最為遠古的源頭。

阿陶那威打從初識西奴那一天，就深陷情天慾海的漩渦中，明知道大家都說那個風情萬種的女人，花名早已經傳遍了兩河流域，他那自以為是的愛情仍然沉溺於泥漿之中，認定西奴是他終身的牽手。儘管父親老那威已經多次告誡他，西奴是一隻這裡沾一下那裡惹一回的花蝴蝶，阿陶那威還是喜歡那個水性楊花的女人。

西奴自己可不這樣認為。她那美麗婀娜的身體從來都不屬於任何一個男人。她的靈魂可以自己決定要把身體給哪個男人，共同享受緊緊結合在一起的快樂。

那天晚間西奴一直看著晚春之月在濃雲裡出沒了八次之後，還沒有等到情郎到來。於是

㊻今板橋區華江橋下新店溪沿岸，因為該溪與大漢溪會流，沖積成尖嘴狀的地帶，故以閩南語取名港仔嘴，現在以華語稱為江子翠。該地的港仔嘴承德宮土地公廟裡，發現平埔族後人祭祀祖先的神主牌位，承德宮原來曾供奉過平埔族信仰的石頭公，光復初年此地還有多戶平埔族後裔居住，大多為林姓家族。

她的心情就像沒有月光的晚間一樣的沉悶——沒有琴聲，沒有耳邊的濃情蜜語，也沒有銷魂蝕骨的肉體歡愉。

十幾天之前，她是滿月的第二天聽到阿陶那威的口琴聲，於是就在那個美麗春天的夜晚春情盪漾起來——兩年多了，從她深愛的牽手走了之後，有將近二十個這樣有滿月的晚間她是一個人寂寞度過的。當然也有幾次，部落裡的其他男子曾經試圖勾搭她，在她的房門前吹口琴，或者嘹起歌喉，卻從來沒有真正打動她的心。

即使她曾經愛得死去活來的打媽隆，是她的第六個男人，在那次情山慾海的肉搏戰之後喘吁吁的告訴她：「妳是我的阿麗娜，在我眼中，妳永遠是天空中最閃亮的一顆星！」

「不，那太遙遠了——打媽隆，用力插我，我只要現在做你的女人。」

「妳當然是我的女人，每個晚上都讓我銷魂，躺在我臂彎裡任憑我狂風暴雨摧殘的女人！」

西奴並沒有相信他的話，但她終其一生都會記得打媽隆下體那一根讓她銷魂蝕骨的大屌，以及那一段與她之間的親密對話。

打媽隆死後，西奴那春水般女人的心也死了，就像頭目家屋西面那扇窗，在炎炎夏日不會開啟一樣，雖然有時候真的忍不住寂寞難耐——通常那是月事來的前幾天，她的生理需求特別強烈的時候，她會打開那扇窗，讓沉迷她的成熟風韻的男人進來衝撞一番，讓她填滿短暫的快樂。然後幾天又跟下弦月一樣一日日的萎縮起來，如果有這樣感覺，她就不會再一次忍受那個男人的激情——西奴早已經是個成熟的女人，她的每一寸肌膚，特別是嘴唇、頸項、胸部、鼠蹊內側以及那個排泄和生兒育女的地方，都能感應出那些喜歡跟她肉體交纏的男人，只是把蓄積多日的精力透過激烈的活動過程短暫的跟她互相占有，而西奴從來都不想永遠占有對方的身體。

除了打媽隆之外，只有阿陶那威第一次進入她的身體之後，她才有那種飽滿、踏實又生生世世的感覺。

阿陶那威已經三天沒有來了。三天前那個晚上，阿陶那威並不是來跟她燕好的——她忍著身體內強烈的需求躲在房內聽著兩個男人的爭吵聲。阿陶那威開門見山的表示，他要西奴做他的牽手，他只要西奴，其他的茅完要怎麼處理都可以。茅完大聲的咆哮——他說，他可以讓西奴跟任何男人再牽手一次，但是不可能是那威家族的人，他不會答應，也斷言武溜灣所有的長老都不會答應，因為這樣的婚姻會給武溜灣帶來可怕的災難，以及祖靈的譴責。

西奴知道，茅完年輕時候也曾經遭遇這樣的屈辱。當年十九歲的茅完，想要入贅武溜灣的時候，西奴的父親也是這樣對待他。那一年，長西奴七歲的姊姊正是雙十年華，豐滿的乳房和圓滾滾的臀部，證明她可以跟成熟的母鹿一樣生出一堆兒女，來補足頭目家族人丁零落的缺憾。結果茅完在幾天之後拎回一個大豹生番的人頭之後，順利的入贅到頭目家族，成為姊姊的牽手，又繼承父親成為武溜灣的頭目。牽手之後的茅完想以行動證實他的能耐——足足有好幾個月的時間，每天晚上西奴都聽到他們房間裡傳出來竹床激烈晃動夾雜著姊姊如豬嚎的呻吟，但是那些無以計數的激烈運動並沒有讓他們得到一男半女。

即使如此，茅完在武溜灣的地位依然沒有動搖。在老頭目過世之後，茅完不僅扛起一家人的生計，還多次帶領族人躲過四五次亡族滅社的危機，包括七年前那一次天花的流行病，以及十年內四次重大的風災水患——作為兩河流域最大的部落，武溜灣擁有絕佳的自然環境，可以養家活口繁衍子孫。幾千幾百年來，兩條大河無捨晝夜的帶來源源不絕的活水，滋養了草原大地上無數的生命，提供武溜灣人生活所需的野生動物與魚蝦。在紅毛人統治的年代，大約有十幾年的漫長時光，部落裡兩百個番丁每年提供一千五百張鹿皮給予淡水城砦的長官，以換得在紅毛人保護下，淡水省區十七個番社中屬於武溜灣溪一帶首要的領導權。

武溜灣之所以成為人丁最多勢力最強的族群，除了番丁旺盛的生殖能力之外，還有那片黑土壤滋生出來的強韌生命力。每次大水來襲，兩條大河從上游沖下來的滾滾洪流，總是把沿著兩條河邊而建的整個部落淹沒，每次總是難免死掉幾個人，然而這樣的浩劫並沒有摧毀武溜灣——茅完帶領他們暫時遷移到埔頂，或者是大溪對岸的頭重埔、二重埔的埔地上，搭建簡易的茅屋空撐幾個月的時間，等到來年新春之後又遷回舊部落，重新在大水退去之後堆積厚層的膏壤上，植芋種黍馬上又有更好的收成，以養活越來越多的人口。

茅完在許多年之前就跟牽手商量，如何處理西奴越來越迫切的婚姻問題。哈姝是一個生性多疑又善妒的女人，她總是懷疑茅完跟她那個來路不明的妹妹之間有什麼曖昧的事情。她跟茅完足足有五個月沒有做過那件事情，每逢她有相當的肉慾需求的時候，茅完總是推三阻四。起先，她懷疑自己的臉和身體是否因為年齡增長的關係，讓最親近的男人不再親近她，於是她嘗試著打扮自己，戴上跟毛少翁社換來的的珠貝項飾，並穿上不是祭典時節的華麗衣服，可是茅完仍然無動於衷，無視於她的存在。還三不五時的跟他的小姨子打情罵俏——有一次兩夫婦為了這樣的事情吵起來，茅完漲紅著臉翻身就走。西奴看到哈姝那雙妒嫉的眼睛冒著火星，她也不多說什麼，跑到後院拎著一團髒衣服回來，把它扔向哈姝，帶著揶揄的語氣說：「妳自己看看吧，妳聞聞看，茅完在上面留下的東西——妳要弄清楚，如果不是我幫忙，妳那個精力旺盛的老公，不知道還要讓多少女人挺著大肚子！」

西奴的說法並不誇張。武溜灣許多成年人都知道，村社裡好幾個小孩外貌跟茅完有幾分神似，怎麼看都像是茅完的孩子。如果是在從前，這樣的淫亂事情，族人認為會給部落帶來災難，當事人會被逐出部落。可是武溜灣卻沒有人質疑、責難過茅完，不只是因為他是頭目才享有特權，更重要的是他那堅強的鬥志與旺盛的生命力——在寡婦特別多的武溜灣社，茅完充分突顯他這方面的能耐。

至於西奴是否跟她的姊夫有染，一直都沒有得到男女雙方的證實，不過西奴一點也不在乎，也沒有倫理道德上的負疚，她從來沒有想過要跟姊姊搶男人，或者跟姊姊兩人共事一夫。在武溜灣附近幾個部落，雖然男人多半在青壯的年代，就死於與其他部落或者是生番的戰爭，但是西奴仍可以隨時找到可以跟她上床尋歡的男人。

阿陶那威來到部落的時候已經入夜時分，顧不得飢腸轆轆，就急著進入西奴房裡。很快的，他們像一對正在發情的公鹿和母鹿，迅速扒光了彼此身上衣服，猴急的準備跟對方親密的時候，門被推開了。

一群人走進來，由茅完頭目領在前頭，後面跟著三個年紀在五六十歲以上的老者，以及四個年輕力壯的麻達。阿陶那威正在興頭上，他的陽具高高挺起似乎表示它不能成其好事的忿怒。四個年輕的麻達都把目光焦點，放在西奴裸露的圓滾滾的乳房，以及跟擺接草原一樣茂盛的三角洲上。茅完卻目不轉睛的瞪著阿陶那東西，對它又恨又羨——他終於了解為什麼跟他一樣閱歷許多異性的西奴竟然對阿陶投懷送抱——原來那個雜種真的擁有這樣具大雄偉的利器。茅完提著番刀上前，他恨不得一刀把那根吸引西奴的東西割下來。

西奴早已看透茅完的意圖，擋在他的身前，怒喝：「茅完，你想幹什麼？」

阿陶抱住她的腰，把她旋到身後，對她說：「妳別管，這是我們男人的事情。」

茅完說：「阿陶，我就知道你像一隻飢餓的公鹿，到處尋求食物卻跑錯了獵場，告訴你——我們如同狩獵山豬一樣守候你很久了！」

阿陶那威匆匆穿上披衣，想要奪門而出，四個麻達一擁而上將他制伏，如同壓在溪底的鵝卵石，動彈不得。

「放開我，我可不是你們的獵物！」阿陶那威掙扎起來，摔倒其中一個麻達，跟另外兩個年輕人扭打起來。茅完衝上前，從腰際抽出番刀，惡狠狠的指著阿陶那威，怒聲大吼：

「你給我住手，你這打燕的雜種兒！」

阿陶那威被兩個年輕人左右脅持，仍然怒不可遏的說：「茅完，別以為你們人多就想把我像狗一般的馴服，我們那威家族的人可是山林裡的野豬，把你們一個個戳個大窟窿！」

伊豹家族的長老說：「阿陶——你現在就像掉進陷阱裡的野豬，再掙扎也逃不出去，必須接受我們武溜灣祖靈的懲罰……你們說，這該怎麼辦？」

另一個長老說：「既然觸犯了禁忌，就按照往例來處理，把他逐出部落，可是又不是我們武溜灣的人。」

伊豹長老說：「那——我們砍下他的頭，並把他的身體丟棄到馬儕地，讓他的血和身體留在我們祖先的土地上，永遠接受我們祖靈的譴責與唾棄！」

三四個年輕的麻達高嚷呼應，贊成是項判決。西奴挺起裸露的胸脯，一點也不害羞，也不示弱的說：「你們憑什麼？憑什麼懲罰他，憑什麼奪去他的生命？我的身體、眼睛、嘴巴、胸部還有胯下那地方，都是父母生下來給我的，我把它給誰，要跟誰一起享受，那都是我的事情，跟你，還有你，還有你們所有的人都無關！」

西奴這一連串的話，跟著她胸脯晃動時那些激烈碰撞的珠貝一樣鏗鏘有聲。她指著茅完，把渾圓飽滿的乳房挺到他的鼻頭，戲謔的說：「至於你，茅完，我親愛的姊夫——你不是一直都想要我的身體嗎？那來呀，當著眾人面前，不要像田鼠溜進穀倉一樣偷偷摸摸，就如同前幾天夜裡，摸我的胸脯一樣，你來呀！」

茅完無言以對——西奴的話像一支迎面戳過來的長槍，無情的戳穿他這個外襲頭目的尊嚴。羞愧加上難以掩蓋的氣憤，讓他的褐臉漲得通紅，可是這樣的家務事，此時此刻卻無法辯白。茅完看看阿陶那威那副無所謂的模樣，又看看西奴那冷漠又倨傲的眼神，心裡似乎有些顧忌，一直猶豫著如何處理眼前的難題。

「頭目呀，您說呀，我們要如何處理這兩個像野獸一樣胡亂纏綿的男女，他們的行為觸犯了祖靈，違背我族的禁忌，讓我們武溜灣美好的傳統有了汙濁，就如同我們的屋頂蒙上一層灰塵一樣。」

「對呀，我們偉大正直的祖靈，將因為這樣齷齪的行為而蒙羞，他現在正為西奴的淫穢而感到羞辱，又因為阿陶那威的無禮侵犯而盛怒咆哮，如果我們沒有懲罰他們，整個部落和所有的族人，將遭受祖靈的詛咒！」

茅完有些心虛的問兩位身分最高的部落長老：「你們說，該如何懲罰他們？」兩個長老在旁交頭接耳好一會兒，又把茅完拉過去，三個人又交頭接耳好一陣子，茅完好像有些為難，終究還是點點頭。

最後伊豹瓦基代替頭目宣布他們的裁定：阿陶那威與西奴的不潔行為，確實違犯了祖靈的禁忌，為了讓祖靈息怒，判處阿陶那威必須上山出草，限五天的時間，至少要獵取一個人頭，或者一頭大型哺乳動物，作為武溜灣的戰利品以祭祖靈。此外，關於阿陶那威如果要跟西奴牽手，必須在頭目家族服勞役兩年，才准他們獨立成家。

2.

和毛少翁比起來，奇母卒只是一個毫不起眼的小番社，二十幾戶人家的茅廬，不規則的散布於水岸沙丘的後方，部落後方是一大片漫無邊際的草原與樹林。

部落有一個明顯的標誌，每年春天二三月的時候，整個部落紅如火海，因為他們族人喜歡在宅地田園的外圍種上刺桐作為記號，把它當作神樹。

每年的二月，火紅的刺桐花從菲律賓燒到蘭嶼及東部沿海之後，飛魚的汛期也跟著來臨，除了噶瑪蘭人之外，居住在蘭嶼島上的雅美族人，或是再往南的巴丹群島的住民，同樣都在刺桐花開的同時，進行招魚祭的儀式，期待著當年的豐收。飛魚與刺桐花，成了調節季節的信物。除了四季分明的特性作為季節指標之外，粗大的樹幹排灣族取來做穀倉的隔板，以防止鼠輩肆虐；在玻里尼西亞一帶，其鬆軟的幹材主要用來製作獨木舟的船外浮桿，以提供平衡和穩定的功能；阿美族人則取來作為捕魚的漁網浮苓和蒸煮米飯的蒸斗；卑南族人則用來做蒸斗、板凳或引火柴。

這是一支跟毛少翁人一樣親水的族群。阿絳說她小時候，他們的部落家家戶戶就在河岸邊，每一個家族都有好幾艘艋舺，在大河上捕魚為生，或者划著艋舺遠到秀朗、龜崙蘭㊼，以及里族河的里族、答答悠㊽做買賣，他們是大河流域十幾個部落活動力最強的一個部落。

阿絳的父親老那威是個溫和又好客的長者，他把四個素不相識的客人，安排住在頭目家旁邊的一幢老房子裡。這幢覆上白茅的舊房子，那威家族已經住了二十年，老那威說如果換上茅草稍微整修門面，它仍然是一幢好房子，那是用老圭柔樹㊾蓋起來的。

天章與天樞都不解其意。「圭柔樹？」

「圭柔，就是老雞油樹，你們唐山人都這樣稱呼。」老那威神氣的說：「那一年我要牽手之前蓋的，我們去到圭柔山那邊，那時候滿山遍谷都是高大如巨傘般的圭柔樹，我們砍了幾棵大樹，以竹筏拖著回來，這幢房子的門牆和地板，就是那幾棵大樹，你們看——堅固又耐用，而且河邊潮濕的水氣，也不能傷害它。」

七八年前天章在府城營造鋪號的時候，曾經從福州購入福杉作為棟梁大木，而雞油木是高級木，由於樹材昂貴，是製作茶桌、坐椅及樓梯扶手的上材，至於隔間牆及閣樓的地板，連府城與鹿仔港的大戶人家都捨不得用，沒想到在這荒郊野外的番地，整幢房子都是雞油樹蓋成的。

這幢頭目家族的舊房子，跟八里坌、毛少翁社大部分的木竹構造房子一樣，有六根到十二根木柱，從地面架高起來，一般只高出地面兩尺，但這幢卻架高三尺多，老那威說，因為靠近大河邊，夏天和秋天的季節常常河水氾濫，所以必須把房屋提高，免得大水一來就泡在水裡。即使如此，奇母卒社還是因為水患的關係，被大水沖走許多房子，死了不少族人。五年前那次大水，有五戶人家失去家園之後，就移居到八芝蘭，在里族河的直河段那塊低灘地，建立新部落。

拉雅兒在前陽台上看著那根插入沙裡的大木柱，那根跟他身體幾乎一樣粗壯的大樹有一股濃郁的香氣，他把鼻頭湊近深深的吸口氣，讚嘆的說：「好香喔——怎麼這麼香?!」

「那是嚇蚊子樹。」老那威說。

「嚇蚊子？」

「對呀，嚇蚊子樹。」他轉頭對兩個外地來的唐山人說：「你們唐山人，把它叫做臭樟，其實它很香呢，蚊子就怕這種香氣，所以我們老人家把它叫做嚇蚊子樹。」

天樞知道這種樹，三年前他受施員外委託，到半線庄背後的八卦山下，準備跟當地的土著訂約，買下那片廣達三十幾甲近山腳的旱園時，就發現那塊地長了許多這種臭樟樹。據說早年到處都有這種巨大的樟樹，只是唐山人來此開墾之前，就被先來一步的客家流民砍光了——客家人砍伐樟樹並不是拿來蓋房子做家具，而是用來製作樟腦油。身為永定客家人的天

---

❹❼秀朗社，今台北縣永和市店街、秀朗、永貞、福和等里。以及中和市秀山、秀峰等里。龜崙蘭社，似與在西方的龜崙社社人之遷居有關，今台北縣永和市竹林、中興、網溪、復興、頂溪等里。

❹❽里族社，原社址在基隆河西岸，現松山區新聚、舊宗二里，後遷至內湖區石潭、湖興、洲美、五分、碧山等里。答答悠社，在今台北市松山區永泰里，舊小字為塔塔悠；金鳳里、玉鳳里舊小字為下塔悠。其原社址位置在基隆河南岸之下塔悠。漢人入墾後，遷移至基隆河北岸內湖區的北勢湖地方。

❹❾即台灣櫸木，為台灣原生落葉大喬木，分布於低海拔闊葉林中，為台灣闊葉樹五大木之一。它的木材刨光後有油蠟的感覺，如同塗過雞油般，所以又稱為「雞油樹」。至於「圭柔」是雞油的台語讀音字，早年大屯山區有許多雞油樹，荷蘭時期記載其地為圭柔山。

樞知道，焗樟腦油是相當吃重費力的工作，通常是吃苦耐勞的客家人才會從事這種行業。

老那威繼續說：「這種樹不僅可以驅逐蚊蚋，樹幹裡還有很多香油，樹蟲、白蟻最怕這種香油了，所以樹幹不會腐蝕，適合拿來做房屋的大柱。」

天樞打斷他的話，問：「這裡附近有很多這種嚇蚊子樹嗎？」

「這一帶是不多啦，不過在大河南方的草野，大加臘、秀朗南方的平野，就有不少這種樹，疏疏落落的到處野生。」

「那——什麼地方最多？」

「山區，淺山地區比較多，特別是東方那邊——在秀朗河上源那片山區，以及大嵙崁溪上源的山區，滿山滿谷密密麻麻的到處都是。」

老那威的說法讓天樞眼睛一亮，微仰起頭遠眺東方那片層層疊疊的山巒，秋日陽光下那墨綠色的輪廓泛著一抹青光，更遠的地方顏色淡得接近天色，被早降的暮色吃進朦朧的神祕的山嵐裡——天知道，那深沉的綠蔭裡埋藏了多少有待挖掘的財富。

不過眼前，天樞還是不動聲色，他知道，那是將來的事情。就目前來說，先協助陳員外為首的這些福佬人大墾戶，設法開闢這片可供萬夫之耕的田野，等待唐山人越來越多，這片草原遍布農墾庄之後，再來設法招佃雇工，沿著大河上溯進入那片墨色山林，到那時候就是我們客家人的天下了。

這樣的話題拉雅兒一點也不感興趣，他和武浪兩個年輕人，趁機跟著阿絳溜到她的新屋。這幢房子比一般人家大一倍，卻空無一人，大廳顯得很寬敞，牆上掛著幾把番刀、網袋、籐簍、麻布、青衣和鑲上鷹羽與山豬牙的帽子……等等。

最吸引拉雅兒目光的是大廳左側那個角落，架高起來的床上鋪著一層藺草編的涼蓆，枕頭那端是一條摺疊起來花色豔麗有異國風味的波斯毯子。

「你們家怎麼有這種東西？」

阿絳神氣的說：「這是瓦基的，只有他老人家有這個寶貝。」

「我們沒有這種布，好像唐山人也沒有，奇怪——老那威怎麼有？」

「唉呀——你別這樣大驚小怪，這是賴科給我們的，賴科呀，他簡直神通廣大，即使是要他爬上天把星星摘下來，他都辦得到。」

終於又聽到阿絳提起賴科，武浪眼睛一亮，好奇的問：「妳說的賴科，就是那個……那個很有名的通事？」

「嗯，我不知道他有不有名，我只看過他兩次，他是個……是個不太說話，眼睛像刀一樣鋒利，可以一眼看穿你心事的那種人。」

拉雅兒有些疑惑，那——賴科的眼睛不是比看星星的長筒鏡還要厲害嗎？童年時候，阿豹曾經跟拉雅兒講過麻阿問用望遠鏡看天空找星星的事情。

拉雅兒問：「那——他有望遠鏡嗎？」

「你說什麼鏡？」

阿絳不了解拉雅兒講的事情。拉雅兒也沒有繼續追問下去，他相信，關於賴科的事情，只有問老那威頭目最清楚了。

那天夜裡，關於賴科的種種，便成為老那威與陳員外與天樞之間最主要的話題。戴天樞才提起賴科的名字，老那威的眉頭就皺起來，眼睛瞇成一條細縫，臉色凝重得像顆石頭——好像那兩個字，是神聖不可侵犯的神祇。

「你們找他？」好不容易他才吐出一句話。

「你認識他嗎？怎樣可以找到他？」

「你們找他做什麼？」

「請他幫忙呀，我知道他是個很有名的通事。」天章看到老頭目那奇怪的眼神，心裡不免揣測，一面說：「我們想到武溜灣開墾土地，可是人生地不熟，所以想要請他幫忙。」

「哦……你們要到武溜灣獵鹿？那裡的花鹿已經不見了，全不見了，現在只剩下一些沒有叉角的鹿，那種鹿我們不要，沒人要……」

老那威牛頭不對馬嘴的話，讓天章感到莫名其妙。「頭目說的是山羌，那種鹿只能吃肉，皮賣不了好價錢的。」

天樞見狀趕緊插話，對老那威說：「可是我們不是要來獵鹿的，我們唐山人不會來跟你們搶飯吃，我們是來買土地，協助你們把草原變成種稻子的農田。」

「你說要種什麼？」

「種稻子呀，水稻。」

老那威知道稻子這種農作物，有些番社也會在旱田裡種稻子，那是占婆米，是荷蘭時代紅毛人從東南半島引進的，那是旱稻。他在青壯的年紀也聽說過毛少翁、八里坌的人，從淡水河口那邊的唐山人學習，把稻子種在水裡，可是直到現在還沒有看過水稻長什麼樣子。

天章與天樞花了許多時間，跟老人家說明，他們在這個島的中南部原野上，如何把雜草與雜木林的原野，招來許多佃人，讓他們開荒闢野，挖埤築圳，讓水田生長出人吃的稻米。

老那威好像聽懂了，可是眉頭皺得更深了——那模樣好像什麼災難又要降臨部落似的。

老人家問：「那以後，武溜灣的土地，就變成你們的了？」

「這樣說也沒錯啦——不過，我們與番社之間會訂下契約，我們唐山人通稱為番仔契，這樣對你們就有保障；此外，我們還會出一筆田底銀，作為土地讓我們耕作的補償。」

老那威的模樣更迷糊了。天章說的一些名詞，他聽也沒聽過，也不解其中意思是什麼，不過從他深鎖的眉頭裡，似乎已經預知了此後他們族人的宿命。讓老人家稍微安心的是，還好——唐山人要的是武溜灣的土地，如果發生什麼問題，也跟奇母卒無關。

這晚的談話最後焦點還是落在賴科身上。老頭目首肯，過幾天介紹賴科讓他們認識。

「賴科人在哪裡？」

老頭目說：「兩天前他才來過，駕了一艘竹筏往秀朗那邊去了，沒有關係，過兩天他就回來了！」

阿陶那威決定以獵人頭來換取武溜灣人的信賴與接受，讓西奴躊躇半天，她知道阿陶要到哪裡獵殺人頭。

大嵙崁溪上游一些的擺接社，和附近的加納仔社，是武溜灣的友好部落，他們不可能同意阿陶去獵自己人的頭，奇母卒是阿陶的本社，秀朗與龜崙蘭則是奇母卒的友好部落，那裡的人有許多戶是那威家族的親屬，而八芝蘭人則是本社分出去的族人。他們兩個算計半天，只能往大桶山方向去尋找泰雅生番，或者是到淡水河口附近，去獵唐山人的人頭了。

不管如何，這樣的任務都是危險的，教西奴擔心不已。

3.

西奴從小時候就知道，在紅毛人統治淡水城堡之初的年代，武溜灣就是大河流域最強大的部落。在此之前的不知道多少年以來，這條河域所有的部落都會彼此獵人頭，十幾個分居各地的部落，就是十幾個獨立的小王國，彼此之間沒有聯盟與隸屬關係，為了獵場和獵物打來打去，去年你砍了我們兩個，今年我殺了他們三個，卻從來不會把別的部落毀家滅社。如果加上風災、水患與瘟疫，每年自然的死了一些人，於是人與其他生物之間，一直維持著優勝劣敗自然淘汰的定則，讓草原大地所有的生物能夠生生不息的繁衍世代。

然而四五十年前，紅毛人來到北台灣之後情況改變了——先是海岸線的淡水、小雞籠、大雞籠社，大河下游的八里坌、毛少翁等社群一一向紅毛人臣服，成為東印度公司統治下的福爾摩沙島上一個省區。幾年之後，紅毛人把目標伸向大河中游的大加臘平原，準備把那些野蠻人居住的部落也納進旗下，其中武溜灣首當其衝。

那一年秋冬之際，因為南中國海連續兩三個月風急浪高，巴達維亞城的補給船遲遲沒有開到，在淡水、雞籠城砦駐守的紅毛官兵眼看就要斷糧了，長官急了，派軍隊到附近幾個部落搜刮，結果只得到兩個禮拜的糧食，聽淡水社的長老說，只要沿著大河上溯，在大加臘平原附近幾個社，可以找到許多食物。於是派遣裴德中尉，分乘兩艘船鑑率領五十多名官兵與水手，沿著基馬遜河上溯，沿途察探兩岸的番社，並尋找城裡缺乏的糧食。

他們從干豆門缺溯流而上，穿越浩瀚的干豆大湖，再從基馬遜河右方的主支游繼續往東方航行，終於在兩條大河的匯流處，發現了在河岸上遍布著椿上建築的大型部落，他們以竹木為架，以茅草為廬，五六十戶人家緊緊挨著河岸，這真是一個美麗的水岸部落，每個家屋外獨立的倉儲堆積著已經乾燥的糧食，包括陸稻、小米和芋頭……等等，那正是裴德中尉此行的主要目的。

接下來的故事就眾說紛紜了。有人說，因為言語不通而引起雙方誤會，引發一場土洋大戰，紅毛人搶了一船糧食之後倉皇的逃走；有人說，紅毛人以許多稀奇古怪的東西，跟武溜灣人示好，雙方歡天喜地的把酒言歡，最後他們誠意的送紅毛人一整船的糧食，卻在回程的時候，在奇母卒附近遭遇番人的伏擊；另外一種說法，是接近第二種說法，但是後面多些尾巴——雙方把酒言歡之後，卻因為女人而引起的糾紛與殺戮。

武溜灣許多成年人都有共同的經驗，他們看著村社裡一個個冒出來的孩子，不管是男的女的，外貌都有些接近，分不出來誰是誰的孩子。這事情顯然有些奇怪，但一時之間不曉得怪在哪裡，直到有一天，部落裡舉行祭典的當兒，茅完與所有的孩子站在廣場的時候，他們才赫然發現，他們一個個跟茅完有幾分神似，好像都是同一個模子印出來的，怎麼看都像是茅完的孩子。

現在，阿陶那威可不管這些，即使是即將跟西奴告別，他心裡只有一個想法，趕快去獵一個人頭。西奴幫他準備了四天份的乾糧，包括曬乾的芋頭、魚乾、兩大塊醃漬的山豬肉，和一小包鹽巴，把它裝在網袋裡。西奴這樣忙著，卻沒有看到阿陶那威的人影。他似乎一點也不在意，只是一個人坐在後院專注的磨他的番刀，好像出草獵人頭是家常便飯。

族裡從很久之前就流傳下來許許多多的禁忌，特別是對於孩童和女人。西奴從小就被父母教導，不能在長輩面前放屁，那臭味會讓大人的鼻子感到不舒服。吃飯的時候要輕聲細語，不能打噴嚏，也不能將米飯掉落地上，即使是微細的小米粒也不可以，那樣將使糧食埋怨沒有得到胃腸溫暖的眷顧，而它在乾冷的地上再也發不出嫩芽來，大人將會責罵孩子，讓以後種植的米糧不能開花結穗，也對不起家人曾經為它流下的汗水。不能以盛飯的木匙碰撞到陶鍋，讓它發出聲音，老人家認為那似乎在嘲笑米食被火的燒烤之後，讓小米精靈覺得遭受嘲諷而不快，讓他驅使草原上的惡靈作怪搗亂，讓我們的耕地遭到厄運，再也長不出金黃色的小米穗。

在部落裡，男女分工是天經地義的事情，哪些工作是男人的事情，哪些是女人的專責，總是劃分得一清二楚，不得混淆。例如紡織、洗衫、舂米、釀酒是女人的事情，而狩獵、作戰則是男人專責之事，女人不能參與過問。現在阿陶那威要出草馘首，西奴知道她是不能靠近他的身邊，也不能觸摸屬於男人的刀槍，否則就是違犯禁忌，會帶來男人的危機以及部落的災難。

西天那邊，太陽拖著疲倦的腳步累倒在八里坌山坳處，一群水鳥貼著河面飛行，然後逐漸竄高於氤氳暮氣中，飛向樹叢那邊。等阿陶磨完刀之後，西奴還是忍不住關心的問：「準備好了嗎，什麼時候出發？」

阿陶那威看著外面漸深的暮色，吐著煙說：「也許是明朝，不過，那要看今晚的夢是不是吉利，如果是個吉利的好夢，明天我要起得比雄雞還早……」

「怎麼那麼早，你不吃早餐嗎？」

「不行，等到太陽出來之後再出門，萬一路上碰到花蛇就麻煩了。」

西奴知道，阿陶說的花蛇就是龜殼花，那是武溜灣附近幾個部族的保護神，也是族人共同的朋友。據說，從前他們常到族人的家裡作客，人蛇之間和諧相處。龜殼花的家在原野的樹林與石縫間，老人家常會告誡子孫，不能夠打擾牠們，特別是晚上牠們休息睡覺的時間，否則就是對蛇靈不敬。

那天晚上西奴睡得很不安穩，等到夜深之後，迷迷糊糊的彷彿睡著了，卻被隔壁間阿陶爆笑的聲音所驚醒。她不放心的起來輕步走到門邊，看阿陶躺坐著背倚在牆上，微弱的星光下，看到那張臉。

「你怎麼了？」

「沒什麼，我做了一個好夢，我想，那真是個好夢，妳去睡吧，稍後，我會在黑暗中踏上征途，妳放心的睡吧！」

4.

阿絳比太陽還早醒來的時候，她躡著腳步摸黑來到拉雅兒的床邊，由於拉雅兒黝黑的皮膚隱身於黑暗中，阿絳只能伸出雙掌摸索，摸著摸著摸到了拉雅兒每天早上都會挺得高高的那根東西，她又驚又喜地嚇得臉紅的時候，拉雅兒也醒過來。

「你起來呀，拉雅兒。」

拉雅兒睜開眼睛，看到阿絳，卻沒有發現她那又驚又喜的羞澀模樣。「怎麼了，天亮了嗎？」

「天就要亮了，你快起來吧！」

「這麼早？」

阿絳把手心貼近他的臉頰，忍不住捏了一下，帶點撒嬌的說：「你還睡呀——你看濃雲開了，山嵐像霧海一樣的籠罩著大地，等陽光一出來，你就會知道今天是個好日子……你起來嘛，我們出去走走，我帶你去一個最美麗的地方。」

兩個年輕人還沒吃早飯就出發了。

他們從部落的後方，穿越小米和粘稻園，沿著一條小路從密林下穿梭而過。由於天候尚早，闊葉樹下高過膝頭的雜草，還淌著昨晚因為黑夜憂傷而結成的淚水，把他們的麻布褲管弄濕了，讓他們的腳底和腳脛涼得有些發麻，兩條腿也因為越來越重而有點氣喘起來。這片密林顯然是完全沒有人為開發的原始林，高大的喬木頂著綠叢幾乎遮掩了全部的天空，拉雅兒想，現在太陽應該已經鑽出濃厚的雲層，也許此刻頭目家的涼台上，獵犬正躺在那兒享受溫暖的陽光。可是這片濃綠幽深樹林下仍然為黑夜王國所統治，而走在前頭的自己時刻都要擔心被雜草、葛藤絆倒，他只好抽出腰際的番刀，一邊揮砍著前方而行。

「我們到底要去哪兒？」拉雅兒問。

「你別急嘛，到了你就知道了。」

到了林木較為稀疏的地方，有幾束天光從樹縫枝葉中灑落下來，忽左忽右忽直忽斜，白色的細長精靈不安分的跳閃在阿絳的額頭與臉頰，他看到了阿絳臉上神祕的笑容。

「妳笑什麼？」

「哪有。」阿絳說著，卻忍不住噗哧一聲笑出來。

「怎麼沒有，我看到了，妳的微笑就像這座叢林一樣詭異。」

「噓，不許你胡說，小心給精靈聽到……」阿絳嘟起嘴唇，小聲的認真的說：「我們部落裡的老人家常常告誡我們，叢林是精靈住的地方，他們隱身在綠色的山林裡，我們眼睛看不到他，可是他們卻無所不在。老人家說，他們耳聰目明，連細微的聲音都聽得到。」

拉雅兒趕緊閉起嘴巴，動作也輕巧起來。阿絳提醒的話，拉雅兒自小就聽過無數次了——老人家總喜歡告誡晚輩，森林裡潛藏著無數的未知的生命能量，所有走入森林的人都要抱以虔誠敬畏之心。

穿過密林之後，前方有幾棵灌木叢的一大片草原，草原南側有一口水潭，此時秋陽已經露出大半個紅臉龐，紅澄澄的一大團，它的光芒像千萬支小羽箭，正在追趕東方山巒上還流連不去的灰雲。他們走到東南方，面對著小姑獨處般的水潭，在向陽處停下來休息。

拉雅兒問：「妳說的美麗地方，就是這個小水潭？」

「嗯，這是此地最大的一個水潭。」阿絳得意的說：「他瑪說這是生命之潭，各種各色的水鳥，還有許多動物，都要來這裡獵食喝水呢！」

拉雅兒心裡嘀咕著——這有什麼了不起，這個小水潭一眼就可以望穿，和干豆門大湖比起來，就好像是小兔子比大黑熊，真是差很多。

拉雅兒心裡這麼想，嘴巴卻不忍心說，在阿絳示意下，他跟她坐下來，靜靜的端視湖邊風景。

「我八歲那年就看到這個地方了，是他瑪先發現的。」阿絳說：「現在它是我們奇母卒的獵場，不過他瑪說，若干年後，當我們奇母卒的人丁增加到糧食不夠吃的時候，或者是碰到不可測知的災難時，這裡是理想的新家園。」

拉雅兒沒有說話，他靜靜的聽著，眼睛卻為湖畔那邊緩緩移動的東西所吸引。阿絳繼續說：「我們族人在奇母卒已經傳了三四代人，那片地原來是爛泥灘，是他瑪的瓦基，在二十一歲那年發現的，後來就帶著族人從大屯山上遷移過來，就因為奇母卒有一條大河……久而久之以後，老人家們才發現，這條大河貌似溫順，可是生氣的時候卻像一頭落入陷阱的野豬，把我們的家園還有耕地弄得泥濘不堪——每次做大水的時候，族裡難免失去幾個人，連房子都被吃進遠方的大海裡。」

「你們一直都住在奇母卒？」

「不，有些家族已經陸續遷移到里族河流域，建立了八芝蘭部落，不過還是住在大河旁邊。是賴科說的，從大雞籠社過來的時候，他看到那個河段非常平直，有一大片肥沃的草原……」

拉雅兒突然比個手勢，阻止阿絳繼續說話。拉雅兒細聲的問：「妳看，那是什麼？」

「是花鹿，好大一隻花鹿……嗯，你看牠的頭角，好長好漂亮。」

他們兩人輕聲的伏在茅草叢後方，屏息下來專注眼前難得的絢麗。那隻大花鹿似乎沒有發現有人正在偷窺，不過牠依然沒有放鬆與生俱來的特質，隨時隨地都維持高度警戒——牠喝水的時候不時的抬起頭來，左右張望，又低下頭來喝水。

拉雅兒自出生以來，他們部落後方那片女巫之山的山區，從來沒有看到花鹿，只看過成年男子所穿戴的皮衣皮帽，現在花鹿活生生的就在眼前，那近冬時節正在變化的美麗斑點，真是教人憐惜的多看幾眼。

「阿絳，我們偷偷的走近一點看。」

他們兩人躡手躡腳輕聲移步過去，驚見花鹿的脖頸仰起來的時候，兩人慌忙低身想要掩藏，機警的花鹿發現了，豎起耳朵看過來，高高頂起的一對角，以優美的造型弧度，幾乎就要觸著天上湍飛的流雲。拉雅兒看呆了，心裡驚嘆：好美的花鹿呀！阿絳也盯著牠的長角下兩隻鼓起的耳朵，覺得有些奇異——那兩耳怎麼是不對稱的？她還在狐疑之間，花鹿突然揚起腳蹄拔腿就跑。

疲軟的陽光下，隨著蹄聲和花鹿捲起水花與草屑，一陣風飛也似的，越過草原往東方淺山奔去。

拉雅兒不假思索，拔腿跟著跑。阿絳愣了一下，嚷：「拉雅兒，你等我呀！」

「快呀，我們追花鹿去！」他頭也不回，加足腿勁往花鹿奔逐過去。

沒多久工夫，阿絳遠遠的被甩在後頭，即使她嚷得大聲，拉雅兒也沒有停下來，像中了邪似的拚命往山那邊衝，進入一片鹿仔樹灌木叢之後，人與花鹿都失去了蹤影。

5.

阿陶那威已經在山區裡走了一天一夜，除了在山腳下碰到三個龍匣社的獵人之外，他沒有碰到其他人，也沒有發現一隻大型的野生動物。

這一帶山區叫做拳頭山，因為像一條長龍蜿蜒的伏在秀朗河北岸平原的盡頭，雖然山勢不高，但是從平原拔地而起，從南而北形成四五個比較高聳的山頭，恰如一隻握緊的拳頭，所以把它稱為拳頭山。

這段是秀朗河域最窄的地方，這個獨立山頭不僅伸出來占去一半的河面，還有附近連綿成一片起伏有致的小山丘，是一大片低處為灌木叢盤踞的密林，間有幾棵不知名的高大喬木，以鶴立雞群的英姿驕傲的挺舉著長長的軀幹，搶占秋陽的溫暖熱氣。阿陶那威極目瞭望，卻沒有看到家屋，甚至於連個人影也沒有——這樣一座獨立於水湄的小山頭，應該是個理想的家園。這要等到三十年後，才有一個名為廖簡岳的墾首，從淡水帶著一批廣東人到這裡拓荒，砍樹木闢草來準備在這裡落地生根，因為這片山區荒野樹林密布，所以這個第一批的唐山移民把它命名為「大樹林」。

廖簡岳所率領的客家集團拓墾大樹林的計畫並沒有成功。後來的中國人所寫的台北開發史，記錄他們「雍正七年，粵籍墾首廖簡岳，企圖進墾新店，與秀朗番發生衝突，百餘人遭到殺害而退去」。

昨天清晨阿陶離開武溜灣之後，沒有回到奇母卒社，一個人駕著艋舺沿著秀朗河上溯，拐過幾個河灣之後，看到河的北岸有一座獨立而起的小山頭，就決定在那裡棄舟上岸，開始進行出草行動。

其實阿陶那威心裡還一直猶豫著，還沒有決定這次在這樣的情況下出草，究竟要獵人頭，還是要捕捉大型的哺乳動物。前幾年跋涉到泰雅之山的時候，他就聽說拳頭山後的山谷叢林中，有一支神祕的霧裡薛人散居其間，這支野番身長只有四五尺，膚色黝黑，行動迅速，在山林中穿梭如飛，可是至今還沒有真的出現過，所以阿陶決定來碰一碰運氣。

登上拳頭山之後，他順著瘦瘦的山稜線往北走，然後越過啞口滑落山谷的時候，前方樹林裡一陣騷動，枝葉搖擺發出沙沙的聲音，原來是一群獼猴攀著喬木的樹枝，在他頭頂數尺高的地方前仆後繼的呼嘯而過。

過去的山林生活經驗告訴他，如果猴群不是集體下山覓食，就是碰到了難纏的敵人落荒而逃。

阿陶那威循著猴群來的方向而走，心裡盤算如果幸運的話，也許可以獵捉山羌、水鹿或者野豬，於是就往前方更深的密林而行。

那天上午阿陶那威並沒有如所願的看到大型動物，只看到幾堆黑色豆狀的糞便，那應該是山羊或山羌留下來的，他還發現一大叢野生薑，被刀子砍過和連根拔起來，疑似野豬用尖長的獠牙賁過的痕跡，這表示叢林裡確實有些大型哺乳動物存活其間。所以他一點也不著急，還有三天的期限，對一個有足夠經驗的獵人來說，那已經足夠了。

正午的時候，他選擇在背風處一座有岩石的平台上休息。一邊吃著西奴給他準備的乾糧，嚼著嚼著一邊想，前天晚上做的好夢並沒有給他帶來好運道，他不知道是什麼原因，也許出獵之前不小心做了什麼不應該違犯的禁忌，招惹山裡的精靈而降下來的責罰。

阿陶那威想著想著，眼皮有些痠澀而闔起來，穿過密林的山風吹來，迷迷糊糊的睡著了。不知經過多久，有一股氣流在流動，還有鬼鬼祟祟的聲音在耳邊響起，那情景如在夢裡，卻分明是從耳際響起的，猛然睜開眼簾——好傢伙，那隻頭角崢嶸的大花鹿，白色的花斑美妙的灑落在紅褐色皮毛上，陽光下閃閃發亮，就在眼前兩丈餘的地方。

那花鹿似乎因為這突然的邂逅嚇著了，豎起耳朵，頭一偏，拔腿就跑。一陣風掠過去，阿陶那威回過神，趕緊背了網袋，不假思索的追上去。

沿著嶙峋的斜坡往下衝，阿陶摔了一下連滾帶爬的下到溪谷，他聽到鄰近不遠的水流聲，卻不見了花鹿的蹤影，但機警的獵人卻看到牠留在落葉腐泥上的蹄印——牠是沿著溪流下切的方向而走。

這段追蹤的路程花了吃兩頓飯的時間。在灌木叢及茅草混生的河床上一路急奔，阿陶那威精力還沒有枯竭，太陽已經疲累得躺在前方突起的錐狀山肩上。阿陶那威吁口氣，準備再繼續追蹤，左前方叢生的水柳叢那邊傳來腳步聲，阿陶想：好傢伙，原來你躲在那邊喝水。

他放輕腳步躡足過去，手握刀柄輕輕抽出來，一小步一小步移過去，突然縱身一跳，高舉的番刀對著樹叢後的身影，以雷霆萬鈞之勢劈下去。

那個模糊的身影卻機伶跳開，阿陶頭還沒抬起，側身又補上一刀，那個人急忙抽出番刀架住，鏗鏘一聲震得兩人的手發麻，相互出手要奪對方的番刀，兩人抱著在地上翻滾。

阿陶那威魁梧的身體顯然占上風，他翻身起來半跪著以膝蓋抵住對方的胸口，舉起番刀對著那人的頸項，想狠狠的割下他的人頭。

就在此刻，後面揚起尖聲大叫：「哥哥——你住手呀！那是拉雅兒。」

6.

秋陽緩緩在稀薄的雲片上以相反的方向移動了。從河口那邊吹進來的風，吹乾了灘岸邊的泥地，吹黃了對岸原野上不停飄搖的雜草，也把那威家北側那扇沒有拴緊的窗吹得嘎嘎作響。那聲音把兩個一起床就開始擔心的客人吵得心神不定。

等了大半天仍然沒有看到阿絳和拉雅兒，馬妹擔心自己親生的女兒，急得整天心神不寧，老那威儘管沉得住氣，但憂愁還是一直都停留在他那寫滿歲月風霜刻痕的臉上。天樞陪他在部落附近繞了兩圈，都沒有看到兩個年輕人的蹤影。

最心急的人莫如陳員外了。他關心拉雅兒的安危，他更擔心來淡水第四天了，到現在還沒看到他未來的王國——那一大片他朝思暮想、豐饒的可以拓墾水田千甲的大加臘平原。

賴科還不知道身在何方，現在拉雅兒又不見了，那件事恐怕還要繼續拖下去。

早起的玉米田家族的婦人，向老那威說，清晨天還沒亮的時候，就看到兩個人的背影，往部落後方的樹林走。他揣測兩個年輕人一定是去湖那邊，因為阿絳最喜歡到潭邊遊玩。老那威帶著天樞、天章兩人穿過樹林，來到潭邊尋找，沒有發現任何線索，拖著疲累的身體回到部落，焦急的等待兩個人的下落。

「這樣下去也不是辦法。」天章急得像熱鍋上的螞蟻，室內室外跺著方步，把天樞拉到一旁說：「我看，我們吃過午飯之後，先跟武浪一起出發。」

天樞沉默的想了一下，皺著眉頭。「這樣不妥吧？你沒有去過那地方，我們沒有萬全之策就貿然出發，誰知道會發生什麼事？」

天章搓著雙手步出門外，朝大河方向看了看，又搓著手走回來。

「員外，你急也沒用，還是靜下心來等待，他們總該回來的。」

午後，跟著幾個麻達四出尋覓的武浪，分成兩批先後回來了，依然沒有帶回來阿絳和拉雅兒的消息。頭目老那威臉上宛如結一層霜，無奈的去叩了巫師的門，巫師幫他做了米占，笑逐顏開的跟他說：「放心吧，那威，你的女兒還活得好好的，因為那威家族美好的聲名，以及你們那些偉大而驕傲的祖靈，沒有人敢把她怎麼樣。」

「喔……還有那個男孩呢，他是八里坌的拉雅兒，他是否也平安呢？」

「嗯——平安，他不會有事的，他們都是好運道的人，山林裡的壞東西都會避得遠遠的，好的精靈會保護他們。」

巫師的話讓老那威心裡寬慰許多，但陳員外仍然牽腸掛肚，他一直看著秋陽下碧澄澄的天，直到日頭偏西，烏雲彌漫滿天之後，一顆心還掛在那兒東盪西盪。

天色全黑之後，夜風蕭颯，部落前方高高矗起的瞭望台晃得咿咿呀呀的響著，守夜的麻達雖然披了鹿皮衣，仍然覺得有些早來的寒氣。星光閃爍的天空下，羽毛狀的灰雲不安的移動著，他看到兩個黑影子穿過蘆葦岸邊，那個女的扶著男的，一拐一拐的走進了部落。

麻達想要敲木殼示警，拿著短截木棍晃了晃，再定睛一看，那不是——阿絳回來了！

馬妹第一個衝出屋外，看到自己的女兒安然歸來，眼睛一紅哭出來。老那威看到阿絳那一刻，把驚喜從顫動的臉皮上抹去，故意綳著一張老臉，罵道：「你們這兩個年輕人，還半夜摸黑回來做什麼？你們應該躲在叢林裡，讓冷風凍僵你們的身體，讓飢餓的野豬把你們……」

拉雅兒聽出來，老頭目是生氣了，這是自己惹出來的麻煩，讓大家擔心，他跪下來，以歉疚的語氣說：「都是我的錯，我不應該為了追那隻大花鹿，就忘了……頭目，阿絳是擔心我一個人跑進深山裡才跟來的，幸虧是她，不然我就死在阿陶那威的刀下……」

「你說什麼？你說阿陶……」老那威瞪大眼睛，看著低頭懺悔的拉雅兒——他看到拉雅兒手臂上還在流血的傷口。「你受傷了，阿絳，這是怎麼回事？」

阿絳說：「我們在東方那邊的山區，碰到了哥哥，我看到的時候，他們兩個打起來，哥哥差一點把拉雅兒的頭給砍下來。」

「阿陶怎麼會跑到那山區，他已經兩三天沒看到人影了……他去那裡做什麼？」

阿絳看了他瑪一眼，知道事情無法隱瞞了，只好實話實說。「哥哥闖禍了，為了武溜灣的那個女人，不得已承諾要到山區出草的，他說，這幾天之內他一定要……」

馬妹不禁嘀咕起來：「你看，我不是說不能要那個女人嗎？我們那威家族的人怎麼能夠……這是懲罰，祖靈是絕不容許這樣的事情。」

「好了，別說了！」老那威因生氣而有些扭曲的臉，眼皮輕顫的時候，那粗黑的眉毛成為三角形，他喝道：「現在是什麼時候了，妳還嘮叨不停，妳就是這樣嘮叨，所以不幸的事情都跟著那些不好聽的話，跑進我們的家屋。」

父女三人的對話，天章與天樞完全不知道怎麼回事，一時不曉得該說什麼好。還是天樞趁機把話題轉移到拉雅兒身上。他拖著拉雅兒那隻明顯漲紅的手臂，故意大聲的說：「你這樣不成，不趕緊想辦法，到明天這隻手臂就麻煩了。」

老那威說：「還是先處理傷口吧，我這裡有木炭灰、草藥，拉雅兒，你跟我來。」

老那威在大廳的角落裡，摸出來一只木箱子，抓了一把磨成粉末狀的炭灰，敷在傷口上，止住血，然後從背籃裡抓了幾把青草和樹葉，蹲在廳門前搗藥。

老人家似乎想到什麼，問拉雅兒：「方才你說，你們追一隻大花鹿？」

「是，好大一隻，好漂亮，我忍不住……」

老那威臉色一沉。「你們把牠獵殺了？」

「沒有，牠跑得比風還要快，我們在原野上追逐，繞過幾叢樹，快到山腳下的時候，一溜煙就不見了，我沒有追上牠。」

「那花鹿是怎麼個模樣，你看清楚了嗎？」

「我看到了，是紅褐色的毛羽，還有梅花的白斑，高高挺著兩隻長角……」

「你看到牠的耳朵，左邊的耳朵，缺了一角？」

阿絳賊亮賊亮的眼珠轉了轉，睫毛顫了兩下，雙手一拍，高興的說：「啊——我想起來了，他瑪，就是那頭神鹿，我看到牠缺了一片的耳朵！」

「真的？」老那威原來憂慮的臉鬆開來，睜開眼睛看一下拉雅兒——就在剎那間，阿絳看到瓦基臉上從來沒有的，像嬰兒一樣天真的笑容。老人家抓著拉雅兒的肩，以斷斷續續的聲音說：「真好，那傢伙還活著，真好……拉雅兒，你別懊惱追不上牠，我……三十六歲那年，我第一次看到牠……那時候，草原上到處都奔馳著美麗的花鹿……牠尚未成年，黃褐色的新毛，白花斑在陽光下，雪亮雪亮……我想要牠，恨不得馬上捕捉牠，牠掙扎……我一急，一刀劈下牠的耳朵，牠揚起蹄，嘶叫著，我還是追不上呢！」

阿絳幫他敷好草藥之後，告訴他，關於那隻花鹿和老那威之間完整的故事。阿絳說，從那年之後，老那威就沒有看過牠，而草原上的花鹿就越來越少了。此後，有好多年的時間，老那威以獵團領袖帶著獵犬們行圍獵的時候，都會特別叮嚀獵團成員，不能獵殺花鹿，特別是懷孕的母鹿。

「為什麼，他是擔心那隻花鹿……？」

「這也是原因之一，但——瓦基擔心的是，草原上如果沒有花鹿了，草原將不再美麗，不再能養家活口……瓦基說，那是從前方牧師說的。」

「方牧師？」

「我也沒有看過他，瓦基曾經告訴我，在許久許久之前，他是兩河流域所有部落的神！」

7.

因為拉雅兒的傷勢，天章無奈的在奇母卒社又空等一天。

大河的上空，仍然是秋高氣爽的好天氣，可是黃昏的時候又颳起北風，東邊層層堆疊的峰巒上方，厚重的濃雲密布，似乎吸足了水氣，凝滯不散，他擔心天氣可能又要變壞了。

阿絳發現不知什麼時候飛來幾隻水鴨，在河道彎折的泥沼地那邊覓食，從河岸邊連蹦帶跳的奔進屋，邊跑邊喊：「拉雅兒——武浪——你們快來呀！」

武浪先迎上去，阿絳氣喘吁吁的進來，臉上笑逐顏開。

「武浪，快呀，咦——拉雅兒呢？」

「怎麼了？」武浪搞不懂這小女子是怎麼回事，朝房內喊：「拉雅兒——」

拉雅兒從房裡出來。阿絳不由分說，拉著他的手往後院跑。「走——跟我去拿弓箭，武浪，別愣在那裡，你也來，快呀！」

那威家族的後院，在主屋的後方搭了一間低矮的房間。阿絳拉開門，就推著拉雅兒進去。「你進去，弓箭就掛在那裡，兩副弓，十枝箭，還有一個大背籃。」

「我們要做什麼？」

「我們去獵水鴨，很多呢，一大群，嘿——今晚，大家都有肥美的烤水鴨吃了！」

還來不及把事情弄清楚，拉雅兒跟武浪各自拎著弓箭，跟著背著竹籃的阿絳穿過竹林，往河岸方向走。雖然是深秋了，大河水勢依然滾滾浩蕩，岸邊的蘆竹、水香蕉、水蓼草還沒由綠轉黃，早開的芒花黃紛紛帶點灰白，在早降的暮色中柔軟的飛舞。武浪停下來，望著靠海那邊的河面上，為夕陽染了一灘金黃，此外，什麼也看不到，要去哪兒獵水鴨？

「還沒到，走呀——繞過前方那個土丘，就看到了。」

阿絳快步越過他們，爬上土丘，指著河灣那邊。「你們看，哇——好大一群，有三十幾……不，有四五十隻呢。」

這真是一幅生動美麗的水鄉澤國畫面，近岸邊的淺水灘，差不多有二十隻頂著綠頭顱在河面浮游，不時把長長的脖頸往水中一鑽，只剩下朝天的鴨屁股左擺右盪，扁平的鴨嘴就抓出一條活跳跳的小魚，三兩口就吞下去，然後ㄚㄚㄚ神氣的向夥伴們炫耀。淤積的淺沼和爛泥地上，三五成群的一堆小水鴨，垂著頭頸在爛泥沼裡拚命的挖，還有一些應該是吃飽了，挺著肥肥的身體在河灘上追逐嬉戲。

「怎麼會有這麼多的鴨子？」武浪說著，搭起弓就要跑過去。阿絳一把拉住他。

「慢一點，輕輕的，不要把牠們嚇飛了，牠們會飛呢！」

「會飛，妳沒看牠們都吃得胖嘟嘟的？」武浪似乎不以為然。

「牠們不但會飛，飛得比白鷺鷥還厲害呢！」阿絳伸出雙手做翅膀，搖了幾下，繼續說：「牠們都是候鳥，每年冬天來臨之前，牠們就從遙遠的北方飛來這裡過冬，那要飛好遠好遠呢。」

三個人靜悄悄的摸近灘岸，藏身於蘆葦叢的後方，拉雅兒搭了箭彎著弓相中一隻綠頭鴨，咻的一聲射出去。「中了！」阿絳忘情的叫起來。那隻鴨子在水面掙扎幾下，翅膀和雙蹼死命的撲打水面，驚嚇了旁邊幾隻，嘩的一聲展起翅膀沿著河面低飛，雙腳點狀的拍擊水面，一時白花花的整片河面水花四濺，好不驚豔。

那天日落之前，三個年輕人高高興興的滿載而歸。阿絳的背籃裝了三隻小水鴨，拉雅兒和武浪各自手上提了一隻綠頭鴨，神氣得像凱旋而歸的戰士。

晚間那威家門前的廣場上生起三堆篝火，大鐵鍋煮兩隻綠頭鴨，還放了生薑、藤心和其他幾種野菜，這是今晚的主食。三隻小水鴨在去毛之後，放在另一堆篝火上烤，煙火瀰漫中肉香四溢。因為入冬以來第一道冷鋒來襲，老那威特別架了一大堆枯柴，那威家族全家人、天章、天樞和兩個年輕人，以及部落裡十幾個長老和兒童，都圍在篝火旁，在熱絡的氣氛下享受水鴨大餐。

天章第一次在鄉野的夜空下，與番民一起烤火堆吃野食，完全不同於過去在府城與郊商、官員的歡宴，這種以天為廬以地為桌，在火堆中不拘禮儀大碗吃肉奇異的感覺，使他覺得新鮮生趣而開懷大樂。

不過究竟他還是商人，吃飽喝足之餘，他還是沒有忘記不遠千里來到這裡的任務。他問天樞：「今天是什麼日子了？」

「什麼日子，明天就是冬至了。」

「真快呀，又要一年了。」天章有些感慨，抬頭遠眺墨色的天空裡那為烏雲遮去一半的月娘。

「我們不能再等了，過了明天之後，白日更短了，我們得早日到大加臘呀。」

「嗯，如果明朝天氣沒有變壞，我們就不等賴科了，我們自己去。」

沒想到當晚天章入睡的時候，就聽到叮叮咚咚的雨點落在屋頂上，他想真的要變天了，結果沒多久大雨就傾盆而落，到第二天天亮時分，雨勢稍緩，卻仍然滴滴答答的沒有停歇。

為了完成東家交付的任務，天樞利用細雨的間歇，要拉雅兒、武浪兩人，以桂林箴編了三扇小竹籬，再砍了幾棵手腕粗的九芎木，準備雨勢一停，就到大加臘草原上的幾處地方，張掛官方發下的璽照。

午後烏雲果然逐漸消散，大河上方的天空薄如蟬翼的白雲，一襲襲的往海口的方向飄移，八里坌山的霧氣也逐漸消退，只剩一彎如縷繞纏於山肩，好像在觀音媽頸項間纏了白圍巾。天空如同海洋一般的藍色，浮出一大塊，迅速的盤占了慘灰的天空，那輪含羞的秋陽嬌豔豔的、紅撲撲的露了臉。被雨水潤濕的草原，四處冒著白煙，它的淚水在陽光下晶瑩剔透的閃著光，水氣很重的風帶著野草腐爛的氣息，呼啦呼啦的吹過河面，從刺竹叢的上方捲進部落。

老那威跟著天章的後面，為遠來的客人送行，一行人來到岸邊的時候，準備要上竹筏了，他顯然還是不放心的說：「你們真的不多等幾天嗎，我想賴科該回來了，讓他替你們發落。」

天章還是婉拒頭目的好意。武浪已經把竹筏解索撐到岸邊，天樞協助拉雅兒把東西搬上船，阿絳從泥路跌跌撞撞的跑過來，因為跑得急，頭頂上的藍素包布鬆開了，烏亮的頭髮凌亂的晃來晃去，跑到拉雅兒身邊。

她把拉雅兒拉到一邊，小聲的說：「拉雅兒，你真的這樣就要走了？」

「嗯，馬上就要出發了。」話才出口，才看到阿絳褐色皮膚的臉頰有些緋紅，黑亮的眼瞳四周水波盪漾。拉雅兒皺下眉頭，似有所覺的問：「妳是怎麼了嘛，咦……妳怎麼哭了？」

阿緈連脖子都紅起來，轉過身，揉著眼睛，哇的一聲哭出來。

武浪以手肘推兩下拉雅兒，跟他咬耳朵：「你還不清楚嗎？阿緈是捨不得你——她是……唉呀，你真是比豬還笨！」

拉雅兒還愣在那裡不知所措，阿緈轉過身來，推著武浪上船，誇張的說：「武浪，你還在胡說什麼，趕快上船……拉雅兒，你快走呀！」

竹筏離岸之後，老那威挽著阿緈立在岸邊揮手送行，拉雅兒低著頭，一句話也沒說，等到船走遠了，老那威要拉他回家的時候，阿緈突然向著正在划槳的拉雅兒，用力的舞動雙手，高聲大叫：「拉雅兒，要記得喔——回來看我！」

拉雅兒停住槳，朝她喊：「我聽不到……妳說什麼？」

阿緈使勁的喊：「你要回來看我呀！」

8.

武溜灣社外側接近岸邊的小土丘上，突然多了一道門板大的竹籬，上面是一塊寫著唐山字的棉布，引發番社眾人的圍觀，大家七嘴八舌議論紛紛。

最早發現那東西的是番麥家族的巴里那。土丘附近那塊地是他三年前栽種粘米的祖遺地，他想廢耕幾年之後，地力應該恢復得差不多了，準備把雜草及灌木叢砍除之後，再重新種植小米與番麥。小米是族人最重要的主糧，也是所有的五穀雜糧中最為神聖的農產品，部落裡許多節慶祭典和生活作息，都跟小米息息相關。至於番麥——這是後來的說法，巴里那的瓦基瓦基的那個時代，他們把那一串串滿滿飽的金黃色的東西，稱之為「黃金米」，巴里那的家族是大河兩岸最早種植番麥的家族。

據說這是西班牙人從遙遠的阿美利加大陸上移植過來的，這種在同樣面積的土地上收穫量是其他農產品的數倍，所以後來紅毛人統治福爾摩沙的時候，曾經勸導本地的番民種植黃金米，曬乾之後儲藏起來，作為蝗災、水災以及其他糧缺時期的主食。

巴里那看清楚棉布上的東西——那面畫著歪七扭八的記號、墨色的手掌印，和朱紅色的方形血塊時，驚嚇得張大嘴巴——他想起昨晚他的長子巴勿的嬰兒整夜哭鬧，吵得全家人無法睡覺，原來就是這塊耕地上被人暗中施放巫蠱的關係。

武溜灣的史官，已經活過三個不同世代統治的加禮蟈，一口咬定那不是巫術，也不是唐山人的符咒，那是唐山人寫的「字」

眾番都感到訝異。「什麼字？」

「字嘛……就是他們用有毛的筆，寫下來的各形各狀的記號……」加禮蟈絞盡腦汁，想把族人從來沒有想過的東西講清楚。「那些記號，我說那個字呀，可真比巫術還厲害呀——它可以把我們記不得的東西記得一清二楚！」

巴勿問他：「那上面……有說我的兒子怎樣嗎？」

加禮蟈抿著已經看不到牙齒的嘴巴，有些為難的說：「我怎麼知道，我只知道那是唐山字，卻不認識那些字。」

眾番又議論紛紛。茅完頭目匆忙趕到現場也不知道如何處理，最後還是叫人請來西奴——因為提娜的關係，她是部落裡唯一認識「字」的族人。

西奴雖然知道唐山字，可是無法念出所有的字，很多的「字」的意思——例如上面的「台灣府」、「諸羅縣」、「陳賴章」、「康熙」這些奇怪的字，她都沒有看過，不懂得其中意思。西奴勉強看得出來，那面「告示板」講的大致意思是什麼。

台灣府鳳山縣正堂記錄八次署諸羅縣事宋

為請墾給單示以便墾荒裕課事，據陳賴章稟稱，竊照：台灣荒地現奉憲行勘墾，章奏上淡水大加臘地方，有荒埔一所，東至雷匣、秀朗，西至八里坌、干豆外，南至興直山腳內，北至大浪溝，四至內併無妨民番地界，現在招佃開墾……

「這些唐山字是說，我們的荒野，大加臘地方……還有雷匣……還有秀朗……還有八里坌……還有大浪泵，現在要開墾……有經過通事、土官、社商到處去查看……」

西奴識字不多，說得斷斷續續，沒有人清楚她在說什麼。也不知道這些唐山字，到底跟他們有什麼關係？這個教人不安的謎團，一直要等到太陽已經越過頭部頂空，往海岸線的那片山傾斜時分，賴家的長子賴明通，坐著浮筏船從對岸渡溪過來，才揭開謎底。

賴家是武溜灣地區第一個向番社佃墾番地的唐山人。他們家族一家六口，在對岸的頭重埔拓荒了一張犁的地，包括一甲多需要看天吃飯的水田，其他都是只能種些番薯、花生、樹薯之類的旱園。那些水旱田原來是武溜灣社偏遠地區的獵場，十三年前——也就是康熙三十九年，賴家來台祖是透過社商楊祚的牽線，跟茅完私底下交易得來的。只是他們的草約沒有經過地方官的認可，所以土地名義上還是武溜灣的社地。

繼賴家之後，過了四年，先有幾戶唐山來的移民，以佃耕方式，在泰山腳湧泉地帶，種植水稻成功之後，又陸續來了幾戶閩南籍的唐山人，在和尚州附近的窪地上開墾荒地，以同樣的方式拓荒，並建了幾幢茅屋，準備做長居的打算，於是在這一帶逐漸建立起一個漢番交替村落，新移民把這個位於從海路進山的廣大地區，取地名為「海山口」。

在此稍後幾年，那片稍微高亢的旱地上，突然出現幾個羅漢腳，他們砍了比茅屋還高的老構樹，以及遍野的雜草，只留下四棵高大的每年初夏時開著豔紅似火小碎花的鳳凰樹，然後以雜木與桂竹，搭成幾間工寮似的簡易建築物。

「這是墾照呀——官方發下來的墾照！」

賴明通年輕時候念過幾年漢學仔，粗通文墨，還在諸羅山的時候，曾經跟隨鹿港施家管家，學習土地買賣租賃方面的事務，所以一看就知道大概了。

今批給單示，以便報墾陞科等情，業經批准行查票著該社社商、通事、土官，察勘確覆之後，茲據社商楊祚、夥長許匆、林周、土官尾佚斗等覆稱：祚等遵依會同夥長土官，踏查陳賴章所墾四至內高下不等，約開有田園五十幾甲，並無妨礙，合就據實具覆各等情到縣，據此，合給單示付墾。為此示給墾戶陳賴章，即便朝佃前往上淡水大加臘地方，照四至內開荒墾耕，報課陞科，不許社棍閒雜人等騷擾混爭……

茅完問：「墾照是什麼東西？」

「是官方——鳳山縣正堂核准下來的公文，官方已經核准他們來這裡開墾的憑證。」

「是誰要來這裡開墾——我怎麼都不知道這種事？」

「陳賴章，這張墾照是發給陳賴章的。」明通一邊看著文告上的字，一邊跟頭目解釋：「這上面寫得很清楚，這片土地陳賴章已經和社商楊先生，還有通事、頭目和相關的人，一起踏查過土地的四周界線，說社番——意思是你們都同意了，沒有問題。」

明通說的楊先生，茅完頭目和幾個長老都認識，聽說他的家遠在竹塹城，每年都會來武溜灣走動幾次，現在已經是個腰纏萬貫的商人——從國姓爺統治的年代以來，他就是負責武溜灣、擺接兩個番社對外的交易，他是官方認定核准的有力者，據說這個稱為「贌社」。㊿

㊿「贌社」為荷蘭時代在台灣中南部實施的番社政策——原住民以社為單位，採年度統一稅收制，每年選一人為該社的貿易商，負責交易與繳歲稅，獲得此一特權的人，獨占該社的貿易收益，稱為贌社。漢人對平埔族之交易方式，在荷據時期，已在官方規制之下，明鄭、清廷蹈襲之，稱之「贌社」。由社商包辦之，雙方並非自由貿易。

「我們同意什麼——是誰同意的？」茅完對著眾人指指點點，聲音越來越大，近乎咆哮的說：「陳賴章是誰——誰知道？誰認識他——沒有呀，沒有人知道他是誰？」

「哈哈！你們可別認真——這些都是衙門的官樣文章而已。」賴明通放聲大笑，在地上隨手挖起泥團，揉幾下，用力把它擲到那張墾照上。他說：「我們八里坌、海山口，還有大加臘地區，天高皇帝遠，負責管轄我們的諸羅縣衙門，距離這裡有幾百里遠，誰管這些官樣文章！」

聽明通這樣說，長老們顯然寬心一些，不過茅完頭目還是不放心的問：「那麼這塊布，我們真的不必管它嗎？」

「管它什麼，把它撕下來，連竹籬都拆掉！」明通說著，先扯去墾照上方一角，帶著幾分不屑的語氣。「你們這些死憨番——都跟你們講了，清朝的大官住在諸羅山，還有一個小官，他是竹塹的巡檢司，也離這裡百餘里遠，他手下只有十幾二十個兵，誰管你那麼多！」

長老們究竟活過不同世代的統治者，多少知道官府的厲害，他們彼此觀望不敢動手。年輕的巴勿卻不管這些，他上去一把就把那張布扯下來，高聲的喊：「你們怕什麼，這是我的耕地，我的家園，那些白浪是搶不走的！」

茅完見狀，似乎是要在眾人面前顯現當頭目的威風與尊嚴，大步上前，跟巴勿一起動手拆扯掛墾照的圍籬，其他人也都一齊動手，大家合力把整個圍籬拆下來，引起一陣歡呼。

「接下來，我們怎麼辦？」

「如果他們唐山人回來，我們該如何？」

「如果官方真的派兵過來，是不是要引起戰爭？」

笑聲之後，眾人又七嘴八舌的討論起來，特別是幾個長老，從他們臉上似乎已經預感到未來的不安。明通抹抹手上的泥巴，正色的跟大家說：「大家放心，我們明天就去找楊先生，衙門方面他熟，這樣的事情難不倒他，何況，我們還有賴科通事呢！」

9.

六個擺接社的痲達，兩個在頭目手下辦事的社差，昨晚連夜做好的三頂簡便竹轎子抬去岸邊。肥肚、大耳、寬額頭的楊先生，頭頂著一個墨西哥大盤帽，身披寶藍色滾紅邊蘇綢長袍，笑呵呵的和賴天章走在前方，天樞與招待他們食宿的痲八萬頭目並排跟在後方，走在隊伍最後面的是拉雅兒與武浪。

這是兩個年輕人溯溪而上五天以來，最輕鬆的時刻。

昨天下午，他們的竹筏在兩河交會口的港仔嘴附近，與社商楊祚會合之後，陳員外此行的事情進行得十分順利。他們先在他的引導下，在武溜灣的土丘立下第一面墾照，又乘竹筏到河對岸，又立了第二道告示板，有熟人帶路果真是事半功倍。

楊祚說，河對岸的廣瀚草原，從頭重埔、二重埔到和尚洲的沼澤，西到海山口一直延伸到興直山腳，都是武溜灣的土地或獵場。從前武溜灣每逢大河水患沖毀家園之後，他們會遷移到河的對岸，居住幾個月之後再搬回原來住的地方，現在對岸那邊，還有部分武溜灣人散居在那裡。

大嵙崁溪在三角湧出山之後，河道逐漸寬闊，河床也從上方的岩石變成卵石灘，到了這段又變為沙與泥攪和的灘地，間有些大小不一的石頭散布其間，這個深秋季節，正是芒花盛開如同低垂的雲海隨風翻舞，教天章和天樞讚嘆眼前這片山河大地的壯麗風光。

三艘竹筏停在湳仔溝岸邊，眾人依序分別上船之後，三個年輕的麻達撐起長竹篙，慢慢的划出這兩岸寬約不足兩丈的泥河。說湳仔溝是泥河一點也不誇張，它是麻八萬三十一歲那年，因為大水氾濫大嵙崁溪改道之後，留下來的廢河道，現在縮減為小溪。那一年大水逐漸消退之後，泥沙、落葉、雜草堆積，成為腐植土的膏壤，上回天章來到擺接社探勘時，就知道這條水道的兩岸，將來必定是肥美的水田。

也就是那一次的機緣，天章結識麻八萬頭目，並獲得他的協助，大致了解大加臘草原。麻八萬還意外的介紹來自竹塹，擔任擺接、武溜灣兩社社商的楊祚，三方面商談之下一拍即合，並訂下今日攜手合作的基礎。

他特別感謝楊祚的幫忙，衷心感激的說：「楊仔舍，實在是真多謝，讓我這擺來大加臘，代誌辦得如此順勢。」

「天章兄，毋免客氣，咱平平是泉州人，又是三邑同鄉[51]，就如同親兄弟啦，人講人不親土親，我當然要跟汝鬥相共。」

原籍為漳州南靖縣的天樞，插口說：「原來兄台是三邑人，是那一縣？」

「惠安，汝咧？」

「潮安。」

「潮安……那是潮州府。」

「聽汝也有海口腔，汝原鄉是講什麼話？」

「我們庄頭在海邊，講海口腔的潮州話。」天樞抿一下嘴角，腦海快速轉了一下，認為應該說實話。「當然，我也會曉講捱話。」

「那——你是……」楊祚有些意外的瞄他一眼，天樞極其敏感的接收到訊息——那眼光有些鄙夷的成分。不過楊祚究竟是生意人，處事手腕圓滑，臉上如同突然飄來幾朵白雲的天空，一下子就堆滿笑臉。「真好真好，咱平平是海口人，將來愛親如兄弟，互相照顧。」

過了爛泥灘，前方一條大河水域寬廣，從南而北貫穿大加臘草原。楊祚說，這條溪就是淡水河的主流大嵙崁溪。

天章眉頭一皺。「大嵙崁……這個名真奇怪，啥麼意思？」

「有人講是大嵙崁，可能是這條溪很闊，跟我一樣，很大嵙，嘿嘿……嘛有人講是大姑

51 清朝時代泉州府下轄五個縣，其中位於首府泉州市附近的晉江、惠安、南安三縣，統稱為三邑。

陷，我嘛毋知樣是啥麼意思。」楊祚說著，圓滾滾的身體和臉龐有如一尊彌勒佛。他轉頭問麻八萬頭目：「番大王呀，我這樣講對不對？」

「毋對呀！是大嵙崁。」跟楊祚先生交易往來七八年，麻八萬早已學會了一些簡單的唐山閩南語。「這個大嵙崁是番仔話，那是泰耶魯——他們番跟我們番不一樣，他們是生番。」

「青番？」

「是生番，他們臉上有刺青，在這裡……還有這裡，額頭，他們住在深山裡，在這條溪的上源……因為這條溪的水很大，泰耶魯就說是大嵙崁。」

天樞舉目往溪的上源眺望，滾滾溪水奔流而下，他連連點頭說：「果然是大嵙崁，嗯——大嵙崁，水真大呀！」

竹筏抵達對岸，一行人棄船登岸，麻達們擺好三頂竹轎，兩人一組，在旁邊伺候。楊祚說：「陳員外，天樞兄，我們上轎呀，還有一段路呢。」

三人分別坐上竹轎，各由兩個麻達前後扛著，才起身，麻竹篙咿咿呀呀的響起，走起路來一晃一擺，天章第一次坐這樣的簡便竹轎，覺得新鮮有趣。

麻八萬頂著兩根山豬牙的籐帽，腰插番刀走在隊伍的最前方，再來是拉雅兒與和武浪，同樣的插著番刀，舉著花鹿般的勁腿緊緊跟著。後面是三頂竹轎，咿呀作響搖搖擺擺的向前移動。最後是楊祚的兩個手下，扛著兩扇竹籬，循著草原上不知道是多少年前古人走出來的，彎來拐去的硬泥路，往前方草原過去那邊有濃綠樹林的方向而去。

他們沒有走進樹林裡，楊祚決定在樹林前方的草埔下轎。這塊草埔地勢稍高，幾乎沒有其他雜木，視野寬敞良好，後方是濃密的樹林，再過去是興直山與八里坌山，前方則可以遠眺一水如帶的大嵙崁溪。

楊祚叫兩個手下把竹籬抬過來，決定把第三面「大加臘墾照」置於此地。

天樞細心觀察附近的山水地勢，也覺得這裡頗為適當，不過他還是不放心。「這片草原地勢絕佳，視野又好，後方又是山，應該有湧泉小溪，將來引水灌溉應該不成問題……可是楊先生，這塊地是誰的？」

「管他是誰的——大加臘這麼大，誰先占就先贏。」楊祚胸有成竹，故意誇張的說：「何況我們還有官方的後盾，陳員外，諸羅縣正堂給你的墾照，在這裡，它就是一張聖旨。」

天樞轉頭問頭目：「這塊地是武溜灣的嗎？」

麻八萬答道：「這很難說……不管是我們，還是武溜灣，我們自祖先傳下來，都有一大片地，可是究竟有多大，從哪裡到哪裡，誰也不清楚。這塊地，應該是個獵場……」

「誰的獵場？」

「這也難說，從這裡到興直山腳，到和尚洲的沼澤地，都是獵場，我們擺接社、武溜灣，還有毛少翁，甚至於龜崙嶺那邊的龜崙人，都會來這裡狩獵。」

楊祚說：「別管他那麼多，那些憨番不會在乎的，天那麼大地那麼寬，我們就立在這裡吧！」

他們準備把竹籬豎起來，正在釘木樁的時候，大河岸樹林那邊，鳥群突然轟的一聲驚飛起來，只見十幾個人舉著長槍成一字縱隊，跨越莽原上蜿蜒的泥路，往他們的方向走來。眾人都抬頭往那方向張望，氣氛有些詭譎。武浪往前跑了十幾步，看了看，跑回來大喊：「他們都帶刀帶槍，朝我們來！」

天章問頭目：「他們是什麼人？」

麻八萬憂慮的說：「是武溜灣的人……陳先生，戴先生，情況有些不對，我們要注意。」

這群人果然來意不善，他們走到距離三丈遠的地方，其中三個高頭大馬的麻達，突然高舉標槍挺身跑前，同時把標槍擲出，三槍化成一聲落在他們前方的草埔上。

擺接社的六個麻達和拉雅兒、武浪，趕緊抽出番刀挺上去，站在天章、天樞與楊祚面前，緊張兮兮的警戒。拉雅兒還看到，大河那邊，一艘艋舺划著漂著靠岸過來。

為首的番人，跨步過來雙手扠腰，宏聲說：「你們要幹什麼？」

楊祚往前迎上，臉上堆滿笑容朝對方道：「原來是茅完頭目呀，真是久違了，我是楊……」

麻八萬頭目也走向前，躬下身，出右掌拍打那人結實的胸脯。「茅完頭目，你們先別動氣，大家都是自己人。」

「自己人？」茅完冷笑一聲，打量天章與天樞，然後對一旁陪著笑臉的楊祚說：「楊先生，他們是白浪？」

「他們是唐山人，這位陳員外是府城來的大墾首，他們是要……」

「我不管他們從哪裡來，你告訴他，這裡……那裡……還有那邊——全都是我們武溜灣人的土地！」茅完一手按住刀柄，一手對著不同的方位指指點點。「楊先生，我們是自己人，可是你怎麼會帶著白浪，像狐狸一樣偷偷闖進我們的地方，還要偷走我們的土地？」

楊祚拉著茅完，走到告示板前說：「不——茅完頭目，這是誤解，你看看，這是官方發下來的墾照，現在，這裡是陳賴章依法擁有的土地！」

一位鬚髮全白的老者，拄著枴杖，以沙啞的聲音說：「這是我們武溜灣的家園，我們祖先，世世代代生活於大河兩岸，在這裡採食、耕作、狩獵……誰都無法否認，是我們武溜灣人祖先的聲音，最先在這片草原上響起！」

加禮蟈的聲音雖然沙啞低沉，卻像一枝箭刺進拉雅兒的心，讓他突發的想，他們協助唐山人的事情，是否真的錯了？吹過草原呼嘯而過的風，帶著青草的芳香和泥土的氣息。風吹草偃，蘆花和白頭翁一起翻飛，更遠那邊，斜陽下的芒花叢間，他看到方才靠岸那個人，肩背上扛著什麼東西，一蹬一蹬的走著，後面還有一個人，秋風吹著他的鹿皮衣，魁梧、筆直的上半身，一直都維持同一種律動。

麻八萬頭目一向就尊重族裡的長者，雖然是不同部落，但是加禮蟈仍然是令人尊敬的長者。他對老人禮貌性的說：「老人家的話，總是生活過的歷練，是智慧的語言，您說得一點也不錯呀！」

楊祚和天章看他一眼，覺得頭目說得離譜了，正想著如何開口。兩方人馬之中起了騷動——是兩個身材魁梧的大漢走近草埔，前方那個人，扛著一隻大花鹿，由於那隻鹿實在太大了，把他頸椎以上的頭部都遮掩了，看不到那人究竟是誰。

麻八萬不慌不忙，從地上撿起一粒黑屎，在鼻頭嗅嗅，提高聲量說：「是誰的聲音最先從這片土地上響起？我的瓦基瓦基告訴我，他的瓦基瓦基曾經在這裡，獵過要兩人扛的野豬王，在他當頭目的年代，曾經帶著我們擺接社的大獵團，每年兩季的大狩獵季捕獲幾百隻的花鹿，在那個時候，就在這片寬廣的草原上，同時還有你們武溜灣人、毛少翁人，還有龜崙人獵人的聲音，在草原，在樹林之間響起……」

加禮蟈接口說：「你們不知道嗎——在許多年以前，這片大草原就是我們大家，附近所有族群所有部落的人的公埔，然而那樣的時代似乎過去了。」

麻八萬把那粒黑屎，放在手心舉到茅完面前。「嗯，雖然那個時代已經過去了，就像掠過草原上的風，我的祖先，你的祖先的聲音，都像風一樣消失了，沒有在草原上留下任何蹤影，不像這一粒屎……」

那人把背上的大花鹿，啪的一聲置於草地上，眾人嚇了一跳。另一個身著唐山大褂，全身打扮得很體面的漢子，邁著大步走到茅完和麻八萬的面前，沉聲的說：「老頭目說得沒錯，那一粒屎，可以說明一切！」

那人不怒而威的氣勢震懾全場，茅完愣了一下，認出那個人，臉色閃現些許驚懼，失聲的叫：「賴科……是賴大爺！」

賴科也不多說什麼，只是點頭跟大家相視而笑，人群裡引起一鎮小騷動，並且向賴科投以敬畏的眼光。方才那個抬野豬的魁梧大漢，抽出腰際的番刀，向東方的天空吶喊：「是誰的聲音最先在大地上最先響起？——是花鹿、是山羌、是獼猴、是野豬……是許許多多的野生動物！」

那高亢的狂嘯在草原上宛如一陣驚雷，武溜灣社的人全都愣住——怎麼會是他？

「阿陶那威——是阿陶那威！」

「啊——他把花鹿獵回來了！」

「了不起呀——好大的花鹿！」

「我已經許多年沒有看過這樣的大花鹿！」

阿陶那威不管眾人的驚嘆聲，大步邁到茅完面前，鄙夷的說：「沒什麼好爭了，茅完，我已經完成了任務，這隻花鹿，你們抬回去吧。」

第六章

逐鹿大草原

幾十簇火堆燃燒起來，
林子外圍周邊濃煙瀰漫。
草叢中起了騷動，
精靈的獵犬汪汪嘶叫著追進林子裡。
烈焰與濃煙隨風四竄，
獵犬在林木間著魔似的狂奔。
守株待兔的獵人，
正在屏息等待。

1.

才幾聲雞啼，沒多久就聽到遠方傳來清亮的鐘聲，八里坌部落的人早已經習慣了，那是干豆門老和尚每天準時的早課。

鐵灰色的天空初現第一道霞光時，大屯諸峰、八里坌山和遠方大雪山連峰圍裹起來的浩瀚草原的上空，稀落地閃爍著還在打瞌睡的星光。

阿絳是全家第一個起床的人，她在後房生火煮飯的時候，看到後山靠近女巫之山那邊，已經有兩管白煙升起來——拉雅兒告訴她，幾個月前有兩戶唐山人在那裡落戶，聽說他們是講捱話的人。阿絳不懂「講捱話的人」是什麼人，不過那兩戶人家每天都比他們家更早的升起炊煙。

烏毛是第二個起床的女人。就跟往常一樣，一起來就先梳頭、洗臉，接下來就生火煮飯——自從拉雅兒把阿絳牽手過門之後，這個操持二十幾年的工作，就給阿絳取代了。她摸黑打開前門，把圈在家屋地板下的雞群放出來——他們家養的雞，比附近唐山人的雞好吃，因為每天白天都讓牠們滿山跑，自己找喜歡吃的東西。

干豆門缺的河口上空，薄薄的霧氣在波濤洶湧的水面上緩緩移動著，隨天滲洩下來的熱氣上升而逐漸稀薄，讓那一大片紅樹林的鮮綠，從曙色中醒來。風從海口那邊吹來，帶著苦鹹味和春天溫暖的氣息，把紅豔豔的刺桐花吹得火紅火紅，像一團團火一樣燒起來。

大清早，烏毛就聽到屋後傳來砍木頭的聲音。是老阿豹爬上屋後那棵老刺桐樹，舉著番刀猛砍。這棵樹是籠肴老人在世時種的，現在籠肴已經回到祖靈山上二十幾年，這樣算起來，這棵刺桐樹差不多跟他一樣老了。

砍斷的樹幹連枝帶花嘩啦一聲落下來，拉雅兒走到老樹下，抬頭看，父親仍然握著刀，尋找另一枝較粗的枝幹。

「阿爸，你砍刺桐樹做什麼？它還正在開花呢！」

「你不知道嗎，我正在準備蓋一座新糧倉，你看看呀，這春天三月的天空，那麼藍，那麼亮麗，春雨都還沒下呢，我已經聽到春雷響了四次，我料準哪——今年將是五穀豐登！」

老阿豹的話，是巴賽語夾著唐山話說出來的。拉雅兒也不知道是從什麼時候開始，把每天要叫幾次的「他瑪」，改成了「阿爸」，久而久之也叫順口了。看到大人這樣，小孩子也有樣學樣——四歲的阿里乃，成天都叫他為「阿爹」，叫阿絳為「阿娘」，還把老阿豹叫為「阿公」——剛開始的時候，老阿豹覺得耳朵不舒服，漸漸的也習以為常了。

想到小孫子，老阿豹就不禁眉開眼笑。他心裡這麼想——除了利用這些刺桐木做幾個倉儲的防鼠板之外，還要刻一尊妹妹神給阿里乃玩。

拉雅兒跟阿絳牽手五年了。那是從武溜灣回來的第二年春末，他跟阿絳牽手的——唐山人把它稱為「結婚」。阿絳是他採用族裡傳統的習俗，邀同部落裡的年輕人，以竹篷抬著，加上紅彩和響鑼將她從奇母卒迎回來。這個婚事多賴於賴科先生的大力協助，因而老阿豹決定也依據漢人的習俗，在家門前擺桌宴客，賴科以「證婚人」身分，坐上主桌——他是八里坌社第一個「證婚人」。

賴科現在已經不是通事了——從淡水、八里坌一直到大加臘草原，所有的人不分番民都尊稱他為「大爺」。在沒有設官管理之前，地方上大小事情，包括民番的租佃、買賣與糾紛，都仰賴他打理。對於番地拓墾，他是中間人或見證人，對於商賈買賣，他則是擁有五艘戎克船，轉運本地番產、藍靛、米糧，還有官方禁品——硫磺，來往於淡水、廈門兩岸的大商人。因為船隻往來於凶險的黑水溝，為求海上安全，他還出資在干豆門的象鼻頭下方，濱臨大河岸邊，蓋了一座天妃廟，遠從唐山請來一個和尚當廟的住持。天妃，唐山人把祂叫做媽祖，神像的金身是透過老阿豹取得的，那尊金身就是當年麻阿問恭奉的聖母——後來老阿豹才弄清楚，那尊聖母瑪利亞原來是唐山人的神，廟號是「天上聖母」。

有一次，阿里乃跟著老阿豹到媽祖廟上香。他拿著香，在神龕下隨著阿公拜了拜，抬起頭，眼睛盯著媽祖許久，然後吵著阿公，要把小妹妹帶回家。

「怎麼可以，那是神！」

「那——就把妹妹神抱回家，我要跟她玩！」

「神怎麼可以玩，那是拜拜用的。」

那天中午吃過午飯之後，老阿豹坐在屋簷下，專心的刻著媽祖的神像。阿里乃在他面前跑來跑去，卻沒有瞧他一眼，讓老人家覺得心裡不是滋味。

「阿里乃，你過來……你過來呀！」

阿里乃停住，看著阿公，卻不肯走過去。

「你過來，阿公給你做的妹妹神。」

阿里乃走過去，看了又看，說：「我不要，這又不是妹妹神。」

「等阿公刻好了，給她穿上衣服戴上帽子，那就像了。」

阿里乃搖搖頭，然後跑開了。沒多久又跑回來，嘴裡叫著：「阿公──阿公──」

老人家抬頭看孫子，臉上終於有了笑容。阿里乃卻依然沒有看他手上的東西一眼，拉著老人家，急急的往前走十幾步，指著海的方向。

「阿公，我要那個東西！」

老人家看半天，狐疑的問：「你要什麼東西。」

「船呀，我要阿公做船，美麗的船，跟那艘一樣。」

老阿豹現在看到了，是出海口方向一艘三桅戎克船，白色鼓滿風的篷，插著幾支彩色的旗子，在初現的曦光下漂著漂著漂過來。這兩三年來，老人家已經多次看到這樣的大船漂來淡水港，載來許多東西和唐山人，有些較小一點的戎克船，還直接溯溪而上，把唐山移民載到大加臘。

「那不成──那是大船，阿公做不來。」

「那——大船是誰做的？」

「那是唐山人做的。」

「我們巴賽就不能做嗎？」

小孩子的童言童語把他問倒了，一時不知道如何回答。阿問拎著一支趕雞竹走過來，笑呵呵的說：「你這憨孫子，阿媽告訴你，很久很久以前那一回，大地動把我們番社吃到水裡，我的瓦基瓦基，也曾經做過這樣的大船，把我們全毛少翁的人都裝進去呢！」

2.

阿陶那威的新家園，坐落於武溜灣社外圍的土丘上——就是幾年前唐山人插上大加臘墾照告示板的那塊地。阿陶那威準備和西奴牽手成家之後，心裡時時刻刻盤算要為心愛的女人蓋一幢新房子。他不想看茅完的臉色，也不希望一直有寄人籬下的感覺——他希望，一年多之內就要如願以償。

阿陶說服西奴把繼承家產所分得的家屋與耕地，跟巴里那交換那塊廢耕地，巴里那猶豫了好幾天，他的兒子巴勿卻求之不得，因為他正準備成家立業，希望跟他心愛的秀朗社女人有屬於自己的家園，那是他未來的老丈人，首肯讓女兒外嫁與他牽手的前提。何況西奴分得的那幢家屋還相當牢靠，這樣他們就不必多花力氣整地建屋，不至於延誤婚期。這樣的交易可說是順水推舟，雙方都互蒙其利，所以事情進行得很順利。

接下來幾天之內，阿陶那威就把地基整理好，迫不及待的動工了。為了趕在兒子出生之前，就有真正屬於自己的家——西奴告訴他，上個月她的月事就沒有來紅了，這個消息就如同幾個月乾旱之後要下大雨——牽手兩年多來，西奴流產了兩次，讓他擔心又懊惱不已。他是在兩個月前唐山人的天穿日那天開始動工的，到昨天晚上月亮又圓又缺兩次了，他召集部落裡的四個麻達，又從奇母卒社請來兩個族叔，還請來和尚洲那位盧先生來主持，這麼多的人力，他相信可以依照計畫在兒子出生之前，蓋好這幢他跟西奴母子共同擁有的新家園。起初，哥哥茅完不同意他們離開這個家族，因為那椿令他難堪的婚事，阿陶那威只同意牽手之後再為他們家族工作半年。而本家在龜崙蘭的提娜，一直跟他說，為什麼要蓋新居呢？頭目家族的房子已經夠大了。西奴記得阿陶是這麼說的：「我們蓋的新房子不只是住人而已，還有其他重要的用途。」

「房子不拿來住人，那要住什麼？」

「我不是說房子不住人，我是說——房子不一定非住人不可。」

「哦……你是要住雞和鴨？不對呀——可是雞和鴨……」

「不——西奴，我們家不僅要養一大群雞鴨，還要多養幾個人。」

西奴猜不透——部落裡的人家原來是不養雞鴨的，因為要吃的時候野外抓就有。不知道什麼時候開始，有些族人開始學習唐山人養雞鴨，不過唐山人是養在房子外面，另搭一幢簡易的欄舍來圈養，而平埔人則把雞鴨養在房子下面——因為他們的房屋為了防潮氣、雨水，防蛇獸的入侵，把干欄式的竹木構造架高起來，下方還有半個人的空間，就拿來圈養雞鴨。

等她自認為想通了，不禁火冒三丈，跟阿陶吵起架來。

「我知道你要打什麼主意了，阿陶——你別做夢了！」

「妳說什麼？」

「你還想養幾個女人？我告訴你——在我們武溜灣，我們有繼承家業的女人，可以養幾個男人，但你們男人休想多養幾個女人！」

這個莫名其妙的風波，讓西奴跟他賭氣了好幾天。

為了蓋房子，阿陶還把丈人母惹毛了——「丈人母」這個稱呼是他從油車口那邊的唐山人賴科先生那裡學來的——他們倆牽手那一天，賴大爺就一直稱呼她的提娜為「丈人母」，意思是妻子的媽媽。那時候阿陶還沒學會說唐山話，看到唐山人的女人，就把她稱為「丈人母」，因而鬧出不少笑話。因為他根本不了解「丈人」是什麼東西。

這幢動工中武溜灣地區最大的宅院是看過風水的——賴科先生依據唐山地理師的說法，房子是坐南朝北，後方有遠山倚靠，前方則有綠水環繞——那是秀朗河與大嵙崁溪匯流的港仔嘴，所以賴科就把這個新墾庄命名為「港仔嘴」庄。

有了庄名之後，港仔嘴只有他們一戶人家，不過賴大爺已經幫他請了唐山師傅——他的親堂姪子賴伯和，在潘家的不遠處選好基地，準備蓋一幢土角厝的三合院，作為平和賴家在兩河流域奠基的家業。此外，陳天章也跟賴科先生進一步合作，準備於擺接社附近新闢擺接庄的漢墾庄，作為將來拓墾大加臘草原的基地。

打好地基之後，阿陶那威又因為那個三合院，跟茅完、西奴兄妹起紛爭。

起先沒有什麼問題，可是當房子兩翼的木造結構體架好之後，茅完過來看，他覺得自己的妹妹即將擁有這樣連幢的房子感到欣羨，只是心裡有點吃味卻不便說出來。可是接下來唐山師傅賴先生，領著麻達開始用泥巴做成的方塊磚，砌成厚厚的土牆，屋頂上覆上一層厚厚的竿蓁，聽說他們唐山人都是這樣蓋房子。

幾天後茅完再來看的時候，屋頂已鋪好茅草，阿陶說，這是正房的店門，正房後方做了一個卵石砌起來的火塘，大砥石上面也搭好了長方形的涼篷，幾個族裡的年輕人，正在那上面鋪茅草。涼篷是以大腿粗的木頭撐起來，大約兩個人身長的寬度，四個人的長度，上面覆著乾燥的竿蓁草。茅完以為，這個地方是用來煮食以及招待眾多親友吃飯、烤肉和喝酒的場所，西奴想的不一樣，這是屬於她的室內大廚房，她想：其實不需要那麼大，其中一半的空間還可以做其他用途。

阿陶那威進來的時候，西奴高興的叫起來：「你真好，總是會替我著想——以後燒飯煮東西，就不怕吹風淋雨了！」

阿陶愣在那裡。「西奴，妳說什麼呀？」

西奴拉著他的手臂，喜孜孜的笑得合不攏嘴。「來——我跟你說，這火塘已經夠大了，一個就夠了，這邊可以拿來……」

「可是西奴——那不是給妳燒飯用的！」

「不讓我燒飯，那要做什麼？」

「那是我的鐵工場。」

「什麼鐵工場？」

「那是做菜刀呀、鋤頭呀、柴刀呀、犁呀……」

「那些是要幹什麼的？」

「是賴科先生說的……大爺說，將來很多唐山人，還有我們族人都需要它。」

「要那東西幹什麼？」

「大爺說，隨著大加臘平原的開墾，將有越來越多的唐山人，如同白鰻一樣溯溪而上來到這裡，他們伐木、除草、做田、種東西的方式，都跟我們不一樣……」阿陶看到她臉上奇怪的表情，急得不知道如何說明，這個草原上即將來臨的人生的大變動。

「唉呀西奴，現在說這些，妳是不會了解的啦！」

3.

過了正午的豔陽天之後，突然海上的碧澄晴空飄來幾朵灰雲，不多久那些越來越厚的雲就吃掉了大半個天空，接著嘩啦嘩啦的下起一陣大雨。

拉雅兒的背簍裝得滿滿的，匆匆走進當年麻阿問的靈屋裡，由於許多年來這幢被唐山人視為鬼屋的房子，許多年都沒人住了，到處都滴答滴答的漏著水，還有幾分陰霾的鬼影幢幢的詭譎氣氛。

這是春雨停歇好一陣子之後，春天還沒有走之前最後一場雨了。這陣豪雨下了一頓飯的時間，依然沒有停的跡象。他無聊的枯等，不知怎麼腦海中浮現那個女人的臉。在春雨連綿近一個月的雨季，拉雅兒多半待在屋子裡，除了跟兒子玩耍之外，幾乎是閒得沒事幹。那一天雨幾乎停了，難得春陽紅著臉龐出來了，他出門到後山走走，發現遠方小山崗的山腰那邊冒著煙，又聽到一陣紙炮聲──是一家唐山人立在那邊，猛然想起，今天是清明，唐山人掃墓的日子。

等到那家人陸續下山跟他錯身而過的時候，他覺得走在最後方那個女人有些眼熟，一時之間沒有想起來。那個牽著一個三歲大的女孩子，穿著碎花棉布衣和七分褲的少婦停下來，吃驚的瞪著他。那對會說話的眼睛，以及厚厚的性感的唇，他愣住──竟然是是塔班加加。

「拉雅兒，不記得我了？」

拉雅兒尷尬一笑，不知道要怎麼說。

「這是我女兒，她叫做鄭罔市……我生了兩個，都是女兒。」雖然早已成為人妻，但塔班那熟悉的慾眼還是沒有離開他的臉龐。塔班帶一點挑逗性的口氣說：「你真行呀，聽說你的牽手很漂亮，還為你生了一個兒子，真好命呀！」

他們還多聊了幾句，幾乎都是塔班在說話。半個多月過去了，他還記得一句，那句話教他當天晚上在床上翻來覆去想了一夜。

「哪一天來我家坐坐，你知道的，就在奇里岸庄，庄頭進去第三家……記得來呦，別教我每天都在想……」

就是那一句話，以及那性感的厚唇和掩飾不住慾望的眼神，教他朝思暮想好多回。有幾次，他就著魔似的往那一條春天時葉子青綠入冬之後一路深紅的山徑，走了幾段又踅回來——他擔心，去她家要說什麼？做什麼呢？萬一塔班她……萬一她的唐山男人……

雨停之後，雲層很快散去，驕豔的陽光又溫暖的灑落樹叢下，拉雅兒又折回來到岔口，猶豫著，還是帶著那顆忐忑不安的心，通過那條宛如隧道般的山徑，來到奇里岸。從大河口吹來的風，春天的花隨之舞動，陽光下遲開的山杜鵑火紅火紅的亮著光，數不清的白蝶、小黃蝶追逐著、嬉戲著，菜園仔那邊的小水塘，還有雨水尚未乾涸的壠溝，漫天飛舞的紅蜻蜓四處竄飛，有的雙雙對對層層疊疊，捨不得分開的享受牠們一生中最大的歡娛。

看到塔班的時候，兩個人連話都沒說，她在牆腳那邊向他招手。拉雅兒有些忐忑，可是身體內那火一般燒起來的慾望，像紅蜻蜓一般竄飛。他走過去，那幢泥磚造鋪茅草的大屋靜悄悄的，房裡傳出來兩個孩子的鼾聲。他們沒有進屋，塔班把他拉進屋後的柴房裡，塔班掩上柴門，急著脫去掩不住兩顆肉球的背心。他把她飽滿的身軀抱起來，緊緊的擁住，兩個飢渴多時的肉體交纏著。

「喔，拉雅兒，我的心肝！」塔班嘴裡呢喃著，拉掉他身上的外衣，然後把臉伏在他赤裸的胸膛上哭起來。「你怎麼現在才來，你這個沒有心肝，無情無義的男人！」

拉雅兒幫她擦拭眼淚，看著她冒火的眼睛，問：「妳的男人呢？」

「我沒有男人了。」

拉雅兒一臉詫異。「妳不是，不是嫁給唐山人？」

「他走了，過了元宵之後就回唐山了。」塔班的語氣有些憂傷，還夾雜一些忿恨，「他爹去年夏天死了，家鄉還有老母，他是回到同安接他娘去了——其實，他是回到那女人身邊了，我知道，在那邊他還有一房妻兒。」

「這是怎麼回事？」

「你還沒弄清楚，他是鄭珍的兒子！」

「鄭珍？」

「也就是鄭善人的孫子。」

「哦?!」

拉雅兒愣住。從前他聽老阿豹說過，在奇里岸庄的鄭善人，是附近地區住得最久的唐山人，早年父母親牽手的時候，鄭珍還參加了他們的婚慶。

「我怎麼知道，他一點也不在乎我，也不管兩個女兒……嗚嗚……，那個沒有心肝的男人，也許……最好是船翻了，給大魚吃掉了。」

「那——以後妳怎麼辦？」

「看你啦。」

「看我？」

「就是你……喔，拉雅兒，你本來就是我的男人，是那番婆把你從我身邊搶走的。」

塔班許多日以來無法宣洩的慾望，此時再也不能矜持，她把拉雅兒推倒在草堆上，整個人騎上去，扭著比從前粗的腰肢，兩顆肥大飽滿的乳房晃得他眼花撩亂。拉雅兒覺得下體即將痙攣的時候，聽到塔班忘情的嘶吼，那是她被娶進鄭家之後已經習慣的唐山話：「快——來呀，我等很久了……出力，嗯——就是這樣……都是你自己，誰叫你娶那個番婆子！」

這樣瘋狂的事情在往後又發生若干次。他們擔心這樣猥褻的事情，早晚將如同陽光穿透樹縫一樣，讓家人、村人知道，拉雅兒叫她來到女巫之山的靈屋，在地上鋪層厚厚的稻稈，每隔幾天，他們互相感到需要的時候，就長途跋涉到那裡，在晚春暖暖的陽光下，粗野的毫無忌憚的享受肉體的歡愉。

除了四歲的阿里乃之外，阿絳是最後知道件事情的人。她從來沒有想過每天晚上睡在身邊的男人，有一天會跟她之外的其他女人睡在一起。阿絳只是覺得奇怪——有時候拉雅兒從山上回來飯也不吃累得躺下來就睡，臉頰、額頭還有頸項間有一種特殊的味道。

那是什麼味道呢？懷有第二個嬰兒五個月身孕的阿絳無法理解。

一天吃過飯之後，拉雅兒又上山了。老阿豹、烏毛和阿里乃祖孫三人，坐於屋前涼篷下曬太陽。阿絳躺在床上打盹，聽到老夫婦倆一直在談什麼事，好幾次談到拉雅兒的事情，還提到一個陌生女人的名字。阿絳走出門的時候，烏毛使個眼色，老阿豹抿抿嘴唇，沉默一陣之後，突然叫阿絳坐下來，一起曬太陽聽他講故事。

那個故事很長，阿絳還是聽得入了神。老阿豹說的是一則關於女巫之山區一個通事和頭目之間的事情——北投社頭目冰冷，帶著番丁殺掉本社通事金賢的故事。

三十幾年之前，因為生性風流放蕩的北投社通事金賢，想娶番社長老麻里吼的女兒為妻，麻里吼以女兒還不滿十七歲，年紀尚小不願出嫁的理由，幾番拒絕了金賢的請婚。金賢大怒，遣社差兩人將麻里吼捉來，綁在樹上加以鞭撻以洩怒。那個時常欺壓社番調戲番女的金賢，仗著他的通事身分，還有他跟八里坌巡檢司大人的關係，行事更是囂張，他把那個未成年的女兒，在野外的茅草叢裡凌辱她的身體。事發兩個月之後，那女人肚子大起來，麻里吼哭泣著向頭目冰冷投訴，冰冷立即率社兵殺金賢，以及附和金賢的人。

聽完故事，阿絳還是不了解，令人尊敬的老阿豹為什麼講這個故事。

那天黃昏，她想著這個故事，就隨口問拉雅兒的提娜。烏毛覺得鼻腔一酸，脫口而出：「妳還不知道呀，還是裝迷糊——可是我知道，我的兒子現在被山林裡的精靈迷惑了……」

阿絳臉色大變，急著問：「拉雅兒怎麼了？」

老太婆含著眼淚說：「阿里乃他媽呀……妳真的不知道嗎？現在他跟風流的金賢一樣

了！」

4.

武溜灣社準備彭巴鹿祭典的前三天，茅完頭目請社差帶來口信，希望獵神阿陶那威參加一年兩度全社的壯丁都要參加的活動。

他婉拒了——倒不是阿陶跟頭目不和的因素。隨著新居即將落成，在喜悅的期待和過去三個多月來相互之間的幫忙，他跟大舅子之間的恩怨淡化了——因為兩個家庭分居兩地，反而覺得有親情的聯繫。

阿陶那威不得不拒絕的原因，是因為賴大爺已經算好了日子，那天剛好要舉行上梁儀式。

西奴挺著渾圓如陶罐般的大肚子，好意勸他：「去年秋獵的彭巴鹿，你沒有參加，這次又沒有，別說茅完哥哥，恐怕社裡的長老們都要不高興。」

「那也沒辦法呀，看妳……」阿陶蹲下來，將耳朵貼近她鼓起的肚皮，笑逐顏開。「妳聽……那小子又不安分了……他是在叫我吧？」

「胡說，他就跟你一樣煩人，整天動個不停，踢個不停！」

「西奴，我們的孩子就要出世了，我希望，他一出來便看到我們的新家。如果上梁的事情誤了，那我說什麼也不願意。」

西奴把他的頭推開，故意以埋怨的語氣說：「我要怎麼說呢——你總是把我說的話，都當作吹過草原的風，可是賴大爺說的話，你卻把它當作山一樣的可靠。」

西奴的話教他無言以對。的確，他從來沒有這樣崇拜一個人——包括他說的話，以及他提出的意見，都深信不疑。上一次大爺來的時候，還建議阿陶，如果真的要跟唐山人往來，與他一起共圖草原開發的大業，那最好是改漢姓。賴科說，台灣中南部地區，已經有部分熟番改成潘、段、楊、卓、錢、衛等漢姓。阿陶這幾天心裡在盤算，等兒子出生之後，就把他號名為「潘永陶」。這也是大爺的意思——他說「潘」這個姓，有水有米又有田，將來必定大富大貴。

過去二十幾年來，闖蕩北台灣各地的賴科，對於兩河流域大草原的形勢有相當深入的觀察，也抱持相當大的企圖心。他認為這兩個新闢的漢墾庄，都位於大河左岸，前臨大嵙崁溪與沃壤千里的大加臘草原，還有廣大的草萊未闢的擺接平原作為腹地，南方則有三角湧、鷹哥石夾峙的大溪活水源頭，東方連綿到尖山和拳頭山背後的角盆地，更遠方則是一片越來越高的重巒疊嶂，隨著秀朗河和打燕之溪的滾滾清水層層疊疊到雲深不知處。

賴科大爺斷定：經營這片少有人煙的處女地，不但富可敵國，也是逐鹿天下的英雄事業。

近幾年來，賴科以他長期建立的聲望，以及無比的膽識，集結了不同地域的商家、墾戶與土地投機客，希望大家同心協力，共圖拓墾大加臘草原的宏圖大業。因為曾經擔任通事多年的經驗，他知道這樣的宏圖大業，缺不了本地平埔番的協助，所以在他幾度穿梭說服，並巧妙的略施小惠之後，奇母卒、武溜灣、擺接三社已經盡釋前嫌，老那威、茅完和麻八萬等幾個頭目，先後都是曾經協助他拓墾番地的馬前卒，特別是年輕力壯又有不凡見識的阿陶那威，更是他積極拉攏的對象。

第二天下午，一艘有頂篷的駁船駛近港仔口，賴大爺偕同楊祚走下船，吩咐幾個水手和挑夫，把一船貨物搬下來。守候在那裡的阿陶，帶來兩個麻達和一輛雙輪板車，將那個鐵製的鼓風爐、圓形平底的大鐵鍋，還有焦煤、鐵沙等原料搬上車，這些東西教麻達及幾個圍觀的族人看穿眼睛，他們有生以來從來沒有看過這些東西，當然，也不知道那些東西要做什麼。

那艘駁船已經離港了，揚著一面米色的麻布帆，和長長的木櫓，順流而下往兩河交會的地方。阿陶那威看到船尾那個舵手，覺得有些面善，看他的膚色和體格，似乎跟族人沒有兩樣。大爺睨他一眼，回頭跟阿陶說：「你忘了嗎？那人是拉雅兒，八里坌社老阿豹的兒子。」

「哦──我還記得，那一年在海山口，跟楊先生一起來的。你說，他是八里坌人？」

「嗯，那個社原來在大河口的南岸，很多年前就移居到北岸，在竿蓁林一帶。那個阿豹頭目年輕的時候，我就認識他了。」大爺和阿陶看到那船已經過了河口，往大嵙崁溪溯流而上。大爺繼續說：「那個阿豹，從前我們叫他金毛番，嘿嘿……那個金毛番。」

「金毛番？」

「嗯——因為他的祖父就是金毛番，從前我在大雞籠社那幾年，聽過他響亮的大名，叫做卡拉豹……嗯，是卡拉豹，那是巴賽人說的野牛，也是巴賽人的戰神！」

大爺說著豎起大姆指，阿陶看到他眼睛裡泛出景仰的神采。

「可惜的是，國姓爺趕走紅毛打下台灣之後，南崁那邊的汛防兵聯合南邊的平埔番，攻下了八里坌和淡水城砦，那一次卡拉豹戰死了，他的兒子、還有卡拉豹的生父，一個南洋番的混血兒，喝——父子三代，都在那一天的混戰中，死了。」

大爺的歷史故事說完了。吹過大加臘草原的風，帶著濕潤的水氣還有原野自然的草香，吹皺了大河上千年不曾停歇的流水，吹乾了港仔口唐山移民曬衣竿上的衣服，吹遠了那一艘逐漸變小的駁船。

「大爺，那艘船還要開往哪裡？」

「新莊子，還有海山口。」

「聽說那裡也來了些唐山人？」

「嗯，海山口有五戶，新庄子應該有十幾戶了，那個新墾庄越來越多人，地點好，港口又深，航行過大河的船筏，都喜歡在那裡靠岸，我看將來嘛——這個新庄子一定會住許多人，成為武溜灣沿岸的大港市！」

5.

看到新庄子那幾間茅草搭成的店街時，拉雅兒一手撐舵，另一手拎著旱菸管，吩咐操帆手拉下船帆，側面迎風，讓這艘長一丈八寬八尺的駁船，緩緩通過四丈寬的伏流，穩住船身靠岸。

落錨下碇之後，拉雅兒叫兩個苦力把船上的五大包穀種，還有犁、耙、鐮刀、斧頭、菜刀等農具搬下船。上回來新庄子的時候，他就跟小直街的那戶廈門人說好了，從淡水運來這些貨品，因為兩方是第一次做生意，事先講好是六四拆帳，相信雙方都可以大賺一筆。

拉雅兒已經從一個海邊的漁郎，變成一個傑出的水手，閱人無數的賴科先生，在老阿豹面前稱讚他，希望將來成為他事業上的好幫手。

上回偷腥事件爆發之後，阿絳傷心的回到武溜灣，不再孝養老夫婦以及兩個稚齡的小孩，拉雅兒仍然沉醉於他熾熱的戀情裡，有幾個月的時間，他在兩個家庭之間往返奔波，弄得疲憊不堪。老阿豹只得央求賴大爺，帶著兩隻雞和一罈酒，親身陪他到奇母卒社，向老那威夫婦賠不是。那晚，三個老男人把酒痛飲，喝到雄雞初啼的時候，阿絳發現他們三個人昏睡於涼篷旁的沙地上，於是第二天一早，阿絳就跟著老阿豹回家了。

賴大爺的處理方式很簡單，他把拉雅兒帶離部落，弄一艘駁船給他，讓拉雅兒成為旗下金順發行的一員，負責大嵙崁溪流域的貨物運輸、買賣，事情夠他忙的。他想這樣事情就解決了。

沒想到第一天開船載貨，拉雅兒就把船偷偷開到硫礦溪口，扛著大布包上山。一路遮遮掩掩的還沒走到奇里岸，遠遠的看到一個似曾相識的身影，想要閃躲時已經來不及，那人竟然是多日不見的武浪。拉雅兒有些尷尬，沒想到對方更是神情慌張——武浪吞吞吐吐的告訴他，剛從塔班家裡出來，原來他們兩個早已經姘上了一段時間。

從那天起，拉雅兒才真正的放下心頭的擔子，他把大布包交給武浪，要他轉交給塔班。

「怎麼了？」

「她要養兩個孩子，不容易呀，你把這些東西送過去，也許可以多少幫忙一點。」

「你怎麼對她這樣好？是良心發現了？我們還年輕的時候，她可是對我們……」

「所以呀，你要對她好一點。」拉雅兒一臉苦笑，盡量裝作輕鬆的說：「何況，當你還年輕的時候，不就是一直喜歡她嗎？」

武浪被他說得有些不好意思。年輕時候，他確實私底下對塔班加加很有好感，可是那時候他很清楚，塔班愛的是拉雅兒，可是拉雅兒似乎又對她沒有意思……

「可是……你不知道嗎，從前塔班是喜歡你的。」

「那是從前，事情都已經過了那麼多年，何況，我早已經牽手了，有家庭，也有妻兒，而你，你不是一直都沒有成家？」

武浪點頭默認，這段談話讓拉雅兒回憶往日許多情事，心裡有許多感慨，卻有一些話不便明講，不過他心裡很清楚，他跟塔班之間偶爾觸發的那段孽緣，就從此了結了。

他看著武浪背著大布包上山的背影，斑駁的陽光從枝葉繁茂中灑下來，晃著晃著，被吃進綠色叢林裡。一轉身，山嶺下那片廣大而蜿蜒的河流，在陽光下閃著金光，而岸邊的駁船正在等著他，河川流長，天地是如此廣闊，此後他要駕船載貨，在大河上往返遨遊，他要做個船長，或許有這樣一天，成為像賴大爺一樣的大商家。

6.

茅完頭目終於笑了，因為加禮蟈當天晚上的吉夢，彭巴鹿祭典會有個大好天。

部落後方那兩棵老刺桐樹，還要比加禮蟈老上七八歲，那是他童年時候他的瓦基瓦基在他協助下，動手挖開黑泥與大小不一的卵石，把兩株跟他差不多高度的刺桐樹種下，現在底層樹幹已經比他的腰圍粗，上層枝葉繁茂如傘般，它遮住的天空比他家的房子還要寬，下著小雨的日子，成為貪玩的孩童還捨不得回家繼續玩的地方。

武溜灣的彭巴鹿是在春晚夏初的季節，族人的依據不是刺桐花開，而是南方大酒桶山的顏色，偏偏昨天濃雲密布看不清山的臉色。昨晚茅完還跟幾個長老商量，是不是要先取消明朝進行的彭巴祭。加禮蟈不肯同意，一直嘀嘀咕咕，年輕氣盛的巴勿也在嘀嘀咕咕，可是部落裡的傳統，必須尊重長輩，不管他是不是你的親人，如果年輕人不對，整個部落的老人都可以修理他。巴勿憋得很難受，因為他自認為所有的工作都準備好了，怎能夠又喊停——可是在老人面前他也不敢造次。最後他走進房門，明朝再看看吧，也許今晚我會做個好夢。

結果太陽都還沒有出來，加禮蟈就顛顛晃晃的到達頭目的家門，跟茅完說，昨晚他真的做了好夢。頭目正在啃一串還在冒煙的番麥米，問他夢到什麼，加禮蟈站在那裡想了很久，等到茅完一整根番麥米都啃光了，還沒想出來。

不過全部落人還是相信他，因為加禮蟈從來沒有講過謊話。當老人家回家吃完他的早飯，就看到茅完領著大隊人狗出發了。

這是一支由四十幾個壯丁、近百隻獵狗組成的獵團，插著番刀、舉著長槍，還有繩網、竹筒火把、網袋等應用物品，陣容浩蕩的走在已經被好幾代人踏硬的村路上。這樣的情景讓部落幾個長老想起他們年輕的時候，他們也曾經以這樣的英姿和步伐，在族人的祝福與祖靈的庇護下，與世仇的奇母卒人、龜崙人的部落戰爭。不過那種獵首祭跟彭巴祭鹿不同的是，他們不能帶獵犬出征，因為牠們那毛躁的叫聲會先暴露自己，讓出征的麻達反而成為對手突襲的目標。

然而加禮蟈的臉色卻堆了厚厚一層陰霾——他不是懊惱忘了夢境，而是因為巴勿家的狗。巴勿養的三隻獵犬一直囂張的跑在隊伍前面，碰到老人家時還在不停咆哮，加禮蟈的小孫子拎支趕雞棒就要打牠，加禮蟈把他拉住。

「巴勿家的狗太沒有禮貌了，看到瓦基瓦基還敢叫，你們這些畜牲，眼睛長到哪裡去了！」

加禮蟈往前走幾步，像教導晚輩一養告誡狗。「不能這樣叫，這樣對老人家沒禮貌，狗呀，你是我們最忠實的朋友，你應該把英勇與力氣，花在追逐獵物，而不是這樣對待你的朋友，還有你的主人。」

那隻受到告誡的狗顯然是冥頑不靈，還是叫個不停，讓茅完頭目都忍不住火氣上升，他把標槍提過來，狠狠一棍打下去。

「真是沒教養的狗，就跟你主人……」

巴勿覺得真是失面子，趕緊迎上前指著他的狗罵道：「你這沒有長眼睛的狗，還敢在這裡撒野，你叫春嗎？還是叫魂？不要這樣有樣學樣，我是這樣教你的嗎？滾吧——快滾！」

他的話引來一陣笑聲。三隻狗看到主人生氣了，夾著尾巴失魂落魄的逃走。

加禮蟈笑不出來。等到隊伍走之後，他把剛滿十二歲，已經長了喉結生出鳥毛的孫子拉到一旁，沉聲的告誡他：「你說得沒錯，年輕人有沒有教養看狗就知道了，紅爻，我們家族沒有這樣的狗，也不能有這樣的人。」

「瓦基瓦基，我知道，將來我一定要做個最好的獵人。」

「哦，你知道怎樣做個好獵人？」

「我知道——我不會那樣亂叫亂叫，瓦基跟我說，進入神聖的獵場就要把嘴巴鎖起來，要莊嚴的對待叢林，專注的等候獵物出現。」

「嗯，你說得真好，不過你還要記得，做一個獵人還要遵守許多禁忌，不能說不好聽的、觸怒精靈的話，不能做不應該做的、讓祖靈感到羞辱的事情。」

「還有不能打噴嚏，不能放屁，不能……」

「也不能隨便斥責獵犬，如果牠沒有犯錯的話……還有，出獵前還要遵守戒律，不能讓女人碰到你的刀和槍，更不能跟女人有親密的接觸……」加禮蠅停下來，欲言又止。他還是補上一句：「有些事情你現在還不懂，過幾年你成為麻達之後，你就知道了。」

加禮蠅沒有說出來的話，就是他臉色有些憂慮的原因——昨天夜裡，他聽到鄰家巴里家的狗咆哮聲，他的媳婦過去看，因為出獵前夕的狗這樣叫，是不好的預兆。媳婦回來說，那狗這樣大叫，是被巴勿的牽手嚇到了。加禮蠅問怎麼了？她有些難為情的說，因為巴勿的房屋裡有一個男人，但不是巴勿，巴勿的女人叫得太大聲了，嚇著他們家的獵犬。

獵團成員在溪岸分別跨上五艘竹筏、八艘艋舺，麻達的吆喝聲，還有犬的嘶叫聲，驚動了整個部落，連港仔嘴附近的四戶唐山人，也走到岸邊好奇的探頭探腦。亮麗的陽光下，河面映著岸景閃著波光，十幾艘筏船依序出發，渡過大科崁溪對岸。

一望無際的草原在眼前展開，遠方以優美的曲線矗起的觀音山，蒼翠的綠意閃著秋光，大隊人狗在菅草與雜木林間，沉寂而快速的移動著。陽光從濃密厚實的銀合歡、重陽木枝葉間，稀稀落落的灑下來，落在他們深褐色的表皮下，然後在微潤的草地上跳閃著斑斑駁駁的光影。

7.

獵團在進入樹林子之前，在一塊稍微隆起的草埔上集結。

茅完驚訝的發現，從山腳下的迴龍溪床一直延伸到頭重埔之間廣達數里的叢林，現在面積已經小了很多，而原本茂密翠綠的樹叢，有四個地方都缺了一大塊，奇怪——只不過幾年之間，這些樹是枯死還是遭人砍伐，怎麼它就像攏接草原一樣迅速的枯萎了？

他把視線投向金光耀眼的東南方，淡綠色的插天山群峰，勾勒出幾彎淺淺的輪廓，奔流千里的大嵙崁溪，就從重巒疊谷中一路蜿蜒沖刷而下，然後穿越三角湧的淺山丘陵地，還是一片翠綠山河。東方從拳頭山、暗坑仔山、五尖山、獅仔頭山到熱酒桶山層層疊起的山峰，也還是碧綠綠一片——為什麼眼前有兩條大溪活水泉源所餵養的大加臘草原，在春天將去夏日將臨草木滋長的季節，失去了她少女般美麗的容顏？

難道就如同阿陶那威三天前所預言，大加臘草原已經不再是祖先流傳下來給我們世世代代的獵場？

懷著幾分這樣不安的情緒，茅完做完他分隊出擊以及整個獵團如何分進圍捕的策略。他把所有壯丁分成四隊，其中三隊分別以弧形圍住樹林的東、西及北面，主要任務是負責點火和防止獵物脫逃的工作，他自己帶著十五六個最有狩獵經驗的老手，擔當南面接近山腳那邊的樹林埋伏——這是整個圍獵行動的袋口，當四面點火濃煙四竄之後，在網袋中的獵物必定驚慌的往叢林方向逃跑，這一隊正好守在那裡好整以暇，當然這也是三十幾隻獵犬協捕建功的大好機會。

準備工作肅靜而冗長的持續進行著。在狼煙升起之前每個人都要做好他的準備工作，放火和偵察組必須準備好一堆乾草枯枝，以每隔十幾步成一堆，然後把獵犬帶到附近守候，根據過去的狩獵經驗，他們研判可能是野豬山羌喜歡出入的獸徑，以防止獵物逃跑。獵人也要找到適當的掩體，別教耳朵和鼻子靈敏的獸類發現他們的行跡。

等到一大片濃雲在興直山坡罩了一攤陰影，他們看到山腳那邊一縷狼煙緩緩升起，接著幾個不同方位傳來木鼓的聲音，負責點火的人同時在林子外圍，沒消多久就看到，幾十簇火堆燃燒起來，於是林子外圍周邊濃煙瀰漫。風吹著，幾陣鳥群嘩然驚飛，還有苦楝樹枯幹那邊的大嘴鴉惹人討厭的嘎嘎聲，驚動了整群獵犬，同時嚎叫起來……

濃煙中，草叢中起了騷動，是一隻膽小白鼻心竄出來，精靈的獵犬撲過去，牠嚇得奔回林子裡，另兩隻獵犬汪汪嘶叫著追進林子裡。風助火勢，火燒得越來越旺，林子周遭那條火線幾乎連在一起，烈焰與濃煙隨風四竄，獵犬在林木間著魔似的狂奔。林子上空煙霧夾雜著樹葉、灰燼，以及蟋蟀、蝗蟲、金龜子舞成一團。

在袋口守株待兔的獵人，正在屏息等待，已經有三隻膽怯的山羌衝出袋口，牠們正慶幸沒有受到獵人長槍的襲擊，只有五六隻狗緊緊在後追擊，牠們舉蹄往山的方向死命狂奔，但是等待牠們的是一段落差約丈許的地塹，山羌落地斷腿之後，守候在那裡的三個獵人，毫不費力的捕獲三隻山羌。

然而沒有人發覺，在那塵土飛揚的背後，背後那片蓊鬱幽深的闊葉樹林隱藏的危機——正當他們紛紛向慌亂飛奔過來的一小群花鹿、野豬，投出長長的標槍之時，他們倏然從烏雲籠罩的林木間聽到悽厲的風聲、狂傲的吆喝聲，以及許多急速的讓山徑的石礫都為之震動的腳步聲，那聲音如海嘯一般洶湧的漫過來……

茅完轉身驚懼的回頭看，「你們……你們怎麼……」

咻——一聲，那支標槍射穿他還沒說完話的喉頭。

一群壯番圍住他，方才那個擲槍的人舉起番刀在他頸項一剁，那群龜崙人起了一陣歡呼。為首那個胸前刺了三道青的壯番，厲聲大喊：「這是我們龜崙祖先遺下的獵場，不容任何人侵犯……蘇巴鹿——蘇巴鹿！」

濃雲密布靠海那邊的天空傳來幾聲悶雷，雖然不是特別響亮，但是在陰暗的開始滴滴答答落著雨滴的叢林裡，仍然驚悚。此起彼落的驚叫、哀號和獵犬的嘶叫聲，叢林裡的戰鬥還持續進行著。

那些光著烏赤赤上半身的獵團成員，正把林子的包圍圈逐漸向中心縮小的時候，從龜崙嶺衝下來的另一支龜崙人的獵團，如同狂風一般的簇擁著滑下坡地，立刻變成扇形攻勢，兩翼往前方迅速地圍攏過來。武溜灣的獵人在驚慌中聽到肅殺的喊聲，在天色轉黑大雨滂沱落下之前猛然收起袋口，在標槍與番刀刺砍下發出悽慘的嚎叫聲，人與水鹿群無一倖免。

帶著兩個麻達匆匆趕到樹林子的阿陶那威，在悶雷和傾盆大雨之中哭泣。

今年最後一陣春雨斜斜的、細長的宛如千萬枝箭漫天落下來，落著水滴的闊葉灌木叢下面，剛剛陰乾的泥土散發腐葉和濃濃的血腥味。他們三人和殘存下來的二十八個獵團成員，沒有找到任何一隻彭巴祭的獵物，他們共同在附近尋獲的十二個沒有頭顱的屍身，成排擺在草地上，紅色的血水和著雨水滲入雜草下方的膏壤裡。

走出樹林的時候雨停了，天空逐漸恢復清朗。阿陶那威走過草埔那邊，爬上土丘，還沒有淚乾的眼，環顧著北方和西方那片大雨之後更為蒼翠的——奇母卒人和武溜灣人世世代代逐鹿的大加臘大草原，居然如同賴科大爺所說的景象——沿著大河岸邊有幾處六、七、八、九、十……那應該是唐山人的竹叢茅屋，兩條新闢的彎彎的軟泥路，從河岸邊的渡口，一路往草原的內部和樹林子那邊伸展過去……

終曲

戎克船來的時候

出海口方向，
那些早上只看到
帆影的船隊，
已經從干豆門缺駛進
浩瀚的大湖肚，
十幾艘中大型戎克船揚著帆，
被風吹的鼓鼓作響。
沼澤地再過去的紅樹林，
都飄擺起來。

許多年之後，年逾古稀的老阿豹睡夢中出現的大加臘草原，仍然是一大片榛莽未啟麋鹿奔逐的原野，他和阿問帶著阿里乃、打賓兩個小孫子，越過浩瀚的干豆門大湖，和一大群花鹿在紅蜻蜓紛飛的沼澤地上追逐著，從海面吹過來的風，帶著鹹鹹的魚腥味，金光燦爛的湖面上竄起的白色鱗光，撲通撲通聲此起彼落，老人家大叫起來——拉雅兒，快呀，我們抓魚去。

阿問罵他，你這老番癲呀，老番癲，這三更半暝哪裡抓魚？

可不是嗎，翻身起來，老阿豹走到房門，屋裡面烏漆抹黑的，屋外墨黑的天空還落了幾顆孤零零的星子，雄雞都還沒叫，距離天亮還早呢！

「你還走來走去幹什麼？快回來睡，睡飽了，明朝才有力氣幫忙賴大爺上梁！」

「哦！」老阿豹應了一聲，這才想起七天前賴大爺來過，說天妃廟太簡陋了，要改成泥磚造的，這是地方上的大事情，上梁那天務必去湊熱鬧。回到床上，翻來覆去睡不著，耳邊阿問的鼾聲又呼呼作響，老人家心裡有些懊惱，偏偏腦海裡又盡是方才那個夢——奇怪咧，夢境裡分明是兩個小孫子，怎麼自己喊著兒子的名字？

拉雅兒不在他的身邊已經有十幾年了。那孩子似乎不像個巴賽人，自從康熙六十年的冬天，他追隨賴科大爺，帶著大河流域的幾個番社的百餘個番丁，協助淡水營的官兵，弭平朱一貴在北台灣的叛軍，得到朝廷賞賜一襲七品頂戴和官服之後，他就改了漢姓，要家人稱他為「潘雅兒」，兩個孫子分別改名為「潘里乃」「潘打賓」。

去年三月千豆門天妃廟媽祖生的時候，附近的外北投、八里坌、奇里岸幾個番社，聯合附近地區的唐山移民，一起為媽祖娘慶生，熱鬧兩三天。阿絳邀請她的兄弟和嫂子來家作客，結果那大個子現在不叫做阿陶那威了，改名為「潘永桃」，他的牽手西奴也改名為「潘惜奴」。拉雅兒說，他們是所有番民中改漢姓最早的人。那天晚上，老阿豹越想越覺得不對勁，阿陶那威夫婦都姓潘，兒女也姓潘，而自己的兒子、孫子們也都是姓潘，將來兩個家族潘來潘去，誰弄得清楚誰是誰的子孫？

因而他決定，這一輩子都不要改漢姓改名字，也不許阿問改名字。

然而任憑他如何固執的拘守著傳統，卻無力阻止部落裡一年又一年的變化，許多現象都教他憂心忡忡。眼看著花鹿消失、野獸遁跡，連他們巴賽人、凱達格蘭人也越來越少了。漸漸的他發現，不是他們自己的人變少了，而是唐山人越來越多，多得讓土地草原變小了。

只不過幾年工夫，從大嵙崁溪岸到興直山腳，許多塊原本草木叢生的草原，已經搭起了簡易的茅廬，從唐山來的移民一批批的進來，他們砍伐雜樹、開闢草萊，陸續成立了七八個小型農墾莊。賴大爺告訴他，原來一直在中南部墾殖的胡同隆和張吳文墾號，已經準備將土地墾拓的重心，從嘉南與半線地區移到大加臘平原的西南部，特別是賴科自己投資的胡同隆，早在數年前向諸羅縣請墾海山莊、內北投和坑仔口三塊草埔地，現在正大肆拓墾中。為了拓展事業，賴大爺還把弟弟賴伯謙和次子賴維調來北台灣，接手他們「陳和議墾號」拆夥之後，賴家在北投、奇里岸地區分到的產業。去年又來了一個潮州籍的鄧家，他們收購了陳和議其他兩股的產業，成為海山莊的大地主，並且把眼光延伸到樹林口附近。而興直山腳下、樹林口、和尚洲一帶，也透過汀州會館的協助，帶來許多汀州、潮州籍的客家人，大爺說，這批客人背後主要的投資人大墾首，是擁有貢生身分，資產相當雄厚的胡詔猷。

吃過早餐之後，阿問催促他趕快動身，兩人相偕到天妃廟。

從新八里坌穿越象鼻頭到天妃廟，現在已開闢一條四尺寬的山徑，方便附近的民番出入。由於從淡水河口到整個大河流域的草原，只有這樣一幢漢人廟，所以附近的淡水、油車口、北投庄、奇里岸到八芝蘭的漢墾庄，都是媽祖的信徒。也許是因為賴大爺的關係，淡水、八里坌和內外北投幾個社，都有不少番人也成為媽祖信徒。

老阿豹想，其實這又有什麼關係，兒子孫子們都可以改姓改名字了，現在他瑪可以稱為「阿爹」，提娜可以稱為「阿娘」，而當年他跟「卡桑」所拜的聖母瑪利亞，為什麼不可以是「天妃」或「媽祖」呢？

看到廟尖的時候，他突然想起什麼，問老伴：「新廟翻修之後，將來廟更大，信徒也會更多，那——我們以後要常來拜嗎？」

「拜呀，怎麼不拜？」

「可是，那又不是我們的神。」

「你管他是誰的神，只要祂靈，能保佑我們就好。」

老阿豹點頭微笑，看著遠方出海口的方向，對面舊八里坌的海灘溫柔的躺在那裡，潮間帶那邊，白色浪花層層疊疊的不停的捲起、碎裂，更遠方蒼茫的平靜無波的海平線那邊，浮起幾片風帆，只是輕輕的搖著搖著，看起來好像都沒有移動過。

海底下也是這樣平靜無波嗎？他曾經聽賴大爺說過，他的海運船隊，那種越過黑水溝的大型中國戎克船，就是運用海溝下方的大黑龍，通過廣瀚的海域，往返於廈門與淡水之間。那條從菲律賓沿著台灣海峽北上東中國海的洋流，東洋人稱它為「黑潮」，據說那個寬達七八十里的大海溝，水色深藍中帶黑，而水深有五六十噚。表面看起來風平浪靜，其實下面暗潮洶湧，自古以來多少漁郎水手，在這裡葬身海底成為波臣。

想到這裡，老阿豹不禁擔心拉雅兒起來。那孩子多蒙賴大爺牽成，除了順利解決婚姻危機之外，現在還成為大爺旗下商隊的得力助手。他從內河航行的載貨小駁船開始，一路升上去，三年前就到近洋的大戎克船上當亞班，那是大船上專管風向和船帆的，幾個月前又跳升到副火長，協助船長管理更漏和針路，事業上就像他開的船般一帆風順。

老阿豹看到他的老伴走遠了，快步追上去，想要跟她一起分享兒子的榮耀。「阿問，妳知道他要當船長了嗎？」

「誰要當船長？」阿問不經意的說。

「我們的兒子，拉雅兒，不——現在應該叫他潘雅兒。」

「拉雅兒要當船長？我寧願他留在家裡捕魚狩獵，或者種幾分田呢！」

「種田……種田能做什麼呢？」

「種田就有粟米，全家人都餓不著，像你，從前說要當鐵匠，最後還不是回來種田。」

老阿豹默然了。阿問說得也沒錯，他的煉鐵工坊只開了三年就因為原料短缺而收攤，即使現在船運發達，鐵沙與焦炭都不缺，也無法繼續下去，戎克船直接從福州、廈門這些大港運來犁、耙、斧、鋤頭、柴刀、菜刀、剪刀、鐵鍋……等所有的鐵製農具，前一陣子拉雅兒還告訴他，新庄子那個港口邊的新街上，開了三家雜貨行，除了一般家庭的食品用具之外，其中兩家還兼賣米穀與相關的鐵製品，幾個月前還新開一家打鐵店，是一個福州人開的，聽說生意興隆，因為唐山來的佃農越來越多，光是打造犁頭，日子都要排到半年之後。

老阿豹夫婦走近廟埕的時候，廟裡廟外都是人，人聲嘈雜煙霧裊裊中，三川門前一張木板拼成的大供桌，擺滿三牲、花燭、香箔、水果、糕餅等供品，番男番婦和唐山人的老弱婦孺大約百來人，圍在賴大爺和住持老和尚的後面，跟著舉香當天而拜，祈求天上眾仙下來凡間，庇佑百姓普施眾生。

老阿豹趕緊跟管事取了香，分給阿問三炷，跟在眾人後方拜。

阿問說：：「要怎樣拜？」

阿豹說：「看人家怎麼拜就怎麼拜。」

「那要說什麼話？」

「什麼？」

「不是拜的時候，還要說話？」

這可難倒阿豹了，方才老和尚說的話他可是學不來，要怎麼說呢？那些已經拜好的人，上百對眼睛都在注視他們，阿豹小聲的跟她說：「唉呀——隨便啦，不過妳講小聲一點。」

阿問不經思索的念：「阿門阿門……阿門阿門。」

老阿豹扯她的衣襟，「妳怎麼講這個？」

阿問的話引來一陣爆笑聲，兩個老人家窘得不知所措。賴大爺走過來，安慰他們說：「沒有關係啦，不管你們說什麼，誠意就好，媽祖娘都知道啦。」

老阿豹感激的謝過賴大爺，眼睛在人群中搜尋，找了半天沒有看到拉雅兒，阿問乾脆直接問賴大爺，拉雅兒怎麼沒來？

「你說潘雅兒，他今天不能來了，不過，也許船快一點，中午之前可以進港。」

「怎麼？」

「我把他派去廈門了，你們的潘雅兒很將才，不簡單呀。所以我派他去押貨，並接一批唐山人過來。」

賴大爺上了年紀，走路步履蹣跚，可是聲音還很宏亮，講起話來中氣十足。

「這次，中部德化社的總通事林平侯，親自回到原鄉，林家族大業大，他們是漳州府平和縣人，他要率族人鄉親很多人一起渡海過來。」

「他們要來台灣嗎？」

「嗯，林家已經在海山、擺接一帶，跟武溜灣社、擺接社訂約，買下幾百甲還沒有開墾的荒埔，需要大量的佃工。」

老阿豹說：「我記得許多年前，武溜灣社不是已經把許多土地，讓給陳賴章了嗎？」

「那是大加臘草埔，只是廣大草原的一部分而已，那片土地，起碼還可以養活幾萬人。」

賴大爺的話，讓老阿豹心裡引起複雜的感受——幾萬人哪，這個地方住進幾萬人，會是怎樣的面貌，從前西班牙人、荷蘭人來的時候只不過一兩千人，就讓花鹿絕跡百獸減少，唐山人果真來了幾萬人，情況又會怎樣呢？

接近正午時分，突然起風了，從干豆門缺那邊湧進來，驚嚇了沼澤地棲息的昆蟲，紛紛展翅亂飛，特別是顯眼的紅蜻蜓，濃濃密密好一大群，朝廟埕方向飛過來，染紅了亮麗的藍底天空。

阿問拉住老伴的手，捏得緊緊的。看老阿豹沒有反應，阿問提醒他說：「你看，紅蜻蜓耶！」

老阿豹往那個方向看，仍然沒有反應。阿問手裡加把勁，故意吭聲：「你都沒想到什麼嗎？」

「想到什麼？」

「唉呀——我們初識那年，在那片沼澤地……也是看到一大群紅蜻蜓，你第一次……」

阿問沒有把話說完，她早已起皺紋的臉也染上紅蜻蜓的顏色。此時突然在岸邊戲水捉螃蟹的小孩子，騷動的驚叫起來，原來港邊淺灘上幾百隻魚縱身亂跳，河面水花四濺，他們站起來觀賞這番奇景，不得了——沼澤地的水草叢那邊群魚亂竄，而廣闊的河面上數不清有多少七八寸長的白腹烏魚，一群群一團團的隨著湧漲入河的潮水，奮力穿梭逆流而上。

「奇怪咧，哪來這樣多的魚？」

「對呀，從來沒看過這麼多魚。」

「快呀——趕快下船，一定可以滿載而歸，」

民眾七嘴八舌的談論眼前奇景，賴大爺卻笑呵呵的阻止他們：「不能抓這些魚，牠們是媽祖魚呀！我們天妃廟上梁的日子，來了這麼多魚，這是媽祖有靈，法力無邊呀！祂是海神——海裡所有的魚都是祂管的，我們怎麼能抓？」

賴大爺的說法，教大家嘖嘖稱奇，於是紛紛雙手合掌，面向三川門那邊默拜。突然外邊有民眾喊起來，整個廟埕起了騷動。原來出海口方向，那些早上只看到帆影的船隊，已經從干豆門缺駛進浩瀚的大湖肚，西風正緊，沼澤地再過去的紅樹林都飄擺起來，十幾艘中大型戎克船揚著帆，被風吹得鼓鼓作響，也許是那聲音驅趕著那一大群海魚，才激起這麼熱鬧的景象。

「怎麼來了這樣多的船？」

老阿豹拉著阿問的手慢慢踱到岸邊，兩個老人家極目眺望，搜尋那一艘艘破浪而來的大船，心裡這樣狐疑，會不會是拉雅兒回來了？

賴大爺走到他的身邊拍拍他臂膀，跟他說：「恭喜你啦，潘雅兒終於完成任務平安轉來了。」

愛子心切的阿問，忍不住滿心歡喜。「真的嗎，你看到我們拉雅兒了？」跑在最前面那艘三桅戎克船上，一個壯年人雙手扠著腰，旁邊一個老者垂手而立，海風吹得他們衣袂飄飄，船越來越近，老阿豹向他們揮手，拉雅兒也在船上拚命揮手。可是那十幾艘船隊只在港外繞了個半圓弧，然後船尾對著他們，往東方風馳而去。

「阿豹頭目，你看到了嗎，潘雅兒旁邊那個老人家，就是林平侯林大爺。」

老阿豹唯唯應諾，心裡若有所失，又難掩幾分神氣，眼巴巴的看著船隊，從浮出一片低平沙洲的社子島旁，往低矮灌木叢和雜草叢生的大草原方向揚長而去……

我的水鄉澤國

三四年來，我習慣每天黃昏時分，跨過高高的堤岸到新店溪邊散步。

我喜歡在堤岸上方的陸橋頂端駐足，看這個我生活了三十幾年的城市，在熱鬧喧囂一整天，經過彩霞濃粧豔抹之後短暫的美麗容顏。

其實這片河灘並不美麗。三十年前，我窩居於光復橋畔的年代，從蘇清波、邵恩新到林豐正主政的時候，他們把全縣的垃圾棄於淡水河沿岸堆積，把這條台北人的生命母河弄得污濁不堪。尤清八年任內，以幾萬輛次的卡車將它清除，蘇貞昌的八年，開始將灘岸綠化，於是我們看到春風又綠的草皮。被人譏為上山打老虎的周錫偉縣長，其實做了幾件好事情，他大力推動堤岸的自行車道聯結，做水岸綠色廊道，並致力於一般人看不到的汙廢水處理。於是我每天散步的地方，多了一個黃昏之後ＬＥＤ燈光美景的江子翠礫間水岸公園。

江仔翠老地名叫做港仔嘴，它位於新店溪與大漢溪的匯流口，是個至今仍然列為行水區的老舊社區。現在當地還有一座土地公廟，早年的信徒主要是潘姓和林姓人家，他們應該是武溜灣社凱達格蘭的子孫。

《水鄉》這部小說，就是描寫三百年前唐山移民尚未拓荒斯土之前，淡水河下游地區水鄉澤國的原始風貌。小說的主人翁就是凱達格蘭族人，隨著康熙四十九年陳賴章墾照告示——漢番初接觸為發軔，故事從淡水河口的八里坌、北投社開始，沿著河流上溯到毛少翁、奇母卒和武溜灣的故事。

這個題材前後醞釀九年，實際撰寫四年，跟第一次向國家文化藝術基金會提出申請，我的第一部長篇《吳大老》一樣，前後展延三次才完成。我實在很羨慕我的同鄉前輩鍾肇政老師，他的「臺灣人三部曲」——三十萬字的《插天山之歌》，只利用暑假期間的兩個月就完成了，就創作速度來說，我跟他比有如龜兔賽跑了。

《插天山之歌》的場景在大嵙崁溪的大溪、角板山區，是鍾老青少年時期熟悉的場域——他的父親在八結、五寮公學校教書，那時他在淡水中學念書，每年寒暑假會回到山區的家，所以他對於那片插天山地區熟悉，寫起來順手。我從高中時期就上來台北，住過台北市、景美、新店、板橋，在台北都會區生活三十幾年，本身又是一個跑遍各地的地方文史工作者，對小說場域的淡水河下游地區也熟悉，寫起來卻痛苦萬分。

主要原因在於小說所涉及的時空問題——《插天山之歌》的時空是太平洋戰爭末期，鍾老生於大正十四年，終戰那年他二十歲，因為經歷那個時代，他寫山區人家的生活、產業，戰時的體制、民生細節無不熟悉。《水鄉》的時空是三百年前的台北，那時候的平埔族吃什麼？穿什麼？住什麼？他們跟漢人初接觸說什麼話？淡水河兩岸生長哪些花草樹木，有哪些昆蟲水鳥動物？這些都困擾我的思路與文字——作者如何去還原或重建三百年前的場景——淡水河下游的原始風貌？

是故，我每一部歷史小說都要參考許多資料，而《水鄉》特別多——包括西荷時期的史料、筆記，清代的方志、古文書，日治乃至於戰後學者的研究論著。感謝翁佳音對於淡水河流域詳細的考證，他跟江樹生、李毓中、康培德有關西荷時代的研究論述，學院裡尹章義、戴寶村、陳國棟、陳宗仁的幾本著作，中央研究院潘英海、李壬癸、劉益昌、詹素娟……等良師益友所製作的「平埔文化網」，都提供我寫作這本書的主要參考依據。此外在生態及文史方面，老朋友林淑英、劉克襄、陳健一、晏若仁、林智謀、潘增鑑、周祥傳……我運用他們發表的文章，甚至是跟著他們的腳步重新認識淡水河、新店溪的河川生態與風土民情。

因為他們，讓作者把這部小說更接近於我想像中的水鄉澤國。

附記：

本書編校期間，晏子以肺腺癌病逝於台中榮總，得年五十歲。

晏子，一個外省新移民第二代，把後半生全部消耗於台灣生態環保領域的緣人——曾任自然步道協會秘書長、千里步道志工、生態農場志工隊長，最後鞠躬盡瘁於主婦聯盟合作社。晏子是平凡中最不平凡的人——愛人，愛土地，愛花花草草，愛昆蟲鳥獸，愛大地之上的芸芸眾生！

我將本書獻給晏子小德蘭天使。因為晏子是我從文學、文史領域，進入生態環保領域的重要引導人，《水鄉》的自然環境書寫，跟她息息相關。

莊華堂　於二〇一一年七月

1. 台北平原開發大事記

西元	明清年號	大事記
1604	萬曆32年	南海倭亂，都司沈有容率兵渡海來台，擊敗日本倭寇。
1621	萬曆49年	荷蘭東印度公司征服雅加達，建巴達維亞城為東亞貿易總部。
1624	天啟4年	荷蘭人毀澎湖城堡，在清朝官員同意下進占台灣台南。
1626	天啟6年	1. 西班牙軍從馬尼拉出發，登陸基隆社寮島建築聖薩爾瓦多城。 2. 西班牙安東尼歐上尉率領二十名士兵，到淡水河流域買米，於該地居住月餘之後，遭當地土番與其宿敵埋伏殺害。
1628	崇禎元年	西班牙人於淡水建築聖多明哥（San Domingo）城。
1629	崇禎2年	法蘭西斯科神父進行林仔社的佈道工作，於當地之玫瑰聖母堂，舉行聖母像安座儀式，以鳴槍方式熱烈慶祝，當地小孩聚在教堂看彌撒聽聖歌。
1632	崇禎5年	西班牙人沿著淡水河，進入台北盆地，取今淡水河為「基瑪遜河」，沿基隆河開鑿出一條往基隆的道路，並招撫所經過的凱達格蘭族各社。
1635	崇禎8年	日本幕府將軍開始鎖國，在此之前二十幾年，曾發出三百多張朱印狀給貿易商船，其中三十六張是到台灣貿易。
1636	崇禎9年	法蘭西斯科神父準備於八里坌社蓋教堂，因為林仔社與八里坌互為宿敵，在頭目率領下殺害神父，取其頭及右手入山慶祝。

1637	崇禎10年	西班牙駐雞籠長官接受總督命令報復淡水土民，殺害十五歲以上的男子，以報復前一年淡水土民的叛變，並從淡水城堡撤退到雞籠。
1642	崇禎15年	荷蘭人派軍艦北上，擊敗雞籠的西班牙人，結束西班牙在北台灣的統治。
1644	崇禎17年	荷蘭開始掃蕩台灣北部原住民村落之後，本島成為向荷蘭東印度公司納貢的據點。荷蘭軍隊以優勢的火力，對不歸順的番社，採火攻摧毀全社。
1647	永曆元年	荷蘭人開創「贌社」制度，以一社為單位，委任漢人承包各種產品及日用品的交易及繳稅。每年公開招商，由出高價的社商得標承攬。社商必須代繳該社一切稅餉，相對地則享有壟斷與該社交易的權利。
1662	永曆16年	鄭成功從廈門出兵征台，荷蘭人出降，明鄭統治台灣二十二年，於台灣設一府兩縣。但未派軍治理雞籠淡水。
1663	永曆17年	國姓爺軍隊開始清除島上殘餘的荷蘭人，由台灣南部一直往北進行。漢族移民大增，台灣北部陸續出現屯兵及漢人移民墾殖現象。
1664	永曆18年	八月荷蘭再派軍船對占領雞籠社寮島，全島密生草原，駐軍二百四十人，與土民貿易，以鐵交易鹿皮與沙金，食物由唐山人與土民供應。
1665	永曆19年	諮議參軍陳永華請申屯田之制，以拓番地。漢人墾民隨軍隊北上，墾殖點越來越多。鄭經派軍六十人乘船到淡水，占領已經廢棄的城堡，導致雞籠的荷蘭人缺糧，並相繼因病死亡五十人。
1668	永曆22年	十月荷蘭人炸毀北荷蘭城堡，三百多人撤出雞籠。

1675	永曆29年	鄭經部將何祐，奉令將降清洪承疇之姪洪士昌、洪士恩和明朝癸未翰林泉州晉江人楊明琅家眷二百餘口，放逐於雞籠、淡水兩城。
1679	永曆33年 康熙18年	鄭經死，施琅為水軍提督專征台灣之責，派人至雞籠刺探軍情。鄭克塽命劉國軒為正提督戍澎湖，右武衛何祐督兵北路戍雞籠。
1680	永曆34年	傳言清軍欲出兵打雞籠，明鄭遣林陞帶丁北巡，毀壞雞籠山城。
1681	永曆35年 康熙20年	1. 鄭克塽以右武衛何祐為北安撫司，駐軍滬尾築壘為城，並派兵駐雞籠山，修復前一年毀壞的北荷蘭城。 2. 鄭成功族人屯弁鄭長由鹿港到八里坌，率官兵溯淡水河而上，拓荒奇里岸成立第一個漢墾庄。
1682	康熙21年	雞籠山有重兵鎮守，明鄭北路協左哨千總王和把總朱得勝，命北路諸番老幼男婦運送糧食殺諸社通事，搶糧餉以反。
1683	康熙22年	施琅率軍攻台，明鄭覆亡，台灣被納入清帝國版圖。
1686	康熙25年	林永耀、王錫祺占墾關渡、唭哩岸、石牌、嗄嘮別之地。這是目前可知北投區早期的拓墾者，墾殖地由淡水河邊一直逐漸拓墾到內地山邊。
1694	康熙33年	台北發生一次大地震，三重、蘆洲一帶平原陷落形成湖泊，是為古台北湖（也稱康熙台北湖），毛少翁社陷入湖底。
1695	康熙34年	大雞籠子社通事賴科，偕七人晝伏夜出，到後山招撫崇肴八社。
1697	康熙36年	郁永河於台南府城北上，到北投山區採硫磺。時台北平野舉目荒涼。裨海紀遊曰「武嘮灣、大浪泵等處，地廣土沃，可容萬夫之耕」。

1699	康熙38年	北投社頭目冰冷殺清廷通事金賢，事因為北投通事金賢想娶社內麻里即吼的女兒為妻，但麻里即吼以女兒年紀尚小拒絕。金賢大怒將麻里即吼綁在樹上加以鞭撻。頭目冰冷率社兵殺盡金賢及附和金賢的人。
1710	康熙49年	1.陳賴章向諸羅縣請墾「東至雷匣秀朗、西至八里坌干豆外、南至興直山腳下、北至大浪泵」大加臘平原，幾乎涵蓋台北盆地大半部。 2.陳璸任台廈道員，到淡水搜捕海盜鄭盡心，調佳里興分防千總黃曾榮到台北，分頭剿匪。
1712	康熙51年	1.通事賴科於淡水干豆門，糾眾建天妃廟曰靈山廟，為北台建廟之始。 2.陳和議墾號（由賴科、王謨、朱焜侯所組成）請墾海山庄、內北投、坑仔口（桃縣蘆竹鄉）等地。
1714	康熙53年	諸羅知縣周鍾瑄北巡、至雞籠、淡水登八里坌山。關渡天妃廟重修後，周鍾瑄題其廟曰「靈山」。據《諸羅縣志》記載，相傳廟宇重建落成的時候，海上出現數條大魚，面對著廟宇像是對媽祖禮拜。
1715	康熙54年	1.陳璸升任福建巡撫。時與閩浙總督覺羅滿保合奏添設淡水營。
1717	康熙56年	1.福建巡撫陳璸北上淡水，遍歷各番社，與總督合奏添設淡水營守備。 2.八里坌設淡水營守備，由陳璸推薦隨其捕盜的黃曾榮為營守備，駐竹塹，每半年分防淡水、雞籠。

1721	康熙60年	1.朱一貴事件發生。次年官方立石劃定番界，設望樓把守「生番」，並漸將原住民分成「生番」、「熟番」。 2.大加臘、八芝蘭林、滬尾、八里坌四庄已經逐漸開墾。 3.漳州賴姓墾戶至板橋新埔一帶，時板橋地區只有零星平埔族，其餘一片荒野，是板橋最早的開墾紀錄。
1723	雍正元年	清廷設彰化縣，並設淡水同知一員駐半線，稽查北路並兼捕務。
1729	雍正7年	粵籍墾首廖簡岳率流民溯新店溪而上，與秀朗社發生衝突，百餘人被殺。
1731	雍正9年	淡水同知移駐沙轆，劃大甲溪以北刑名錢穀歸其管理。北路增設竹塹、八里坌四處巡檢，書辦魯浩為首任巡檢，下有民壯四十名。
1732	雍正10年	淡水同知又移彰化。升淡水營守備為淡水都司。翌年海禁解除，八里坌與鹿仔港（鹿港）、鹿耳門（台南安平）同列為官方許可之移民口岸，八里坌之商業為之大盛。
1735	雍正13年	1.漳浦人林天成三十七歲來台，初居大甲，鑿大甲圳引水灌溉，歲入穀萬石，前在唐山娶妻宋氏，生子海廟，來台娶番女潘氏，生子海籌、海文。 2.江蘇人王三元，任第二任淡水營都司。
1736	乾隆元年	泉州移民遷移至文山地區，在此地和粵人發生械鬥，粵人敗走，泉州人在此建立公館莊。雖然文獻記載師大分部一帶是景美最早的開發地點，但是形成街市要從「溪仔口」開始。成為文山區的重要港口。

（莊華堂輯）

2. 參考書目

郁永河 1993 裨海紀遊 台灣省文獻委員會

周鍾瑄 1993 諸羅縣志 台灣省文獻委員會

陳培桂 1993 淡水廳志 台灣省文獻委員會

姚　瑩 1996 東槎紀略 台灣省文獻委員會

盛清沂 1960 台北縣志卷五開闢志 台灣省文獻委員會

黃得時 台北市志沿革志 台北市文獻會

六十七 1996 番社采風圖 台灣省文獻委員會

郁永河 1959 裨海紀遊（1697） 台灣省文獻委員會

溫吉編譯 1992 台灣番政志 台灣省文獻委員會

古舜仁、陳存良譯 1998 台北州街庄志彙編（上下） 台北縣立文化中心

伊能嘉矩 1996 台灣踏查日記（楊南郡譯） 遠流出版公司

松浦章 2002 清代台灣海運發展史（卞鳳奎譯） 博揚文化

湯錦台 2001 大航海時代的台灣 貓頭鷹出版社

余光弘 1998 清代的班兵與移民 稻鄉出版社

尹章義 1989 台灣開發史研究 聯經出版公司

莊永明 1991 台北老街 時報出版公司
陳國棟 2005 台灣的山海經驗 遠流出版公司
伊能嘉矩 1996 平埔族調查旅行（楊南郡譯） 遠流出版公司
陳宗仁 2005 雞籠山與淡水洋 聯經出版公司
郭　輝譯 1989 巴達維亞城日記（村上直次郎原譯） 台灣省文獻委員會
吳美雲等編 1994 八里十三行史前文化 漢聲雜誌
翁佳音 1998 大台北古地圖考釋 台北縣立文化中心
曹永和 1995 台灣早期歷史研究 聯經出版公司
李壬癸 1997 台灣平埔族的歷史與互動 常民文化
鄭樑生 2003 日本史——現代化的東方文明國家 三民書局
詹素娟、張素玢 2001 台灣原住民史——平埔族史篇（北部） 台北市文獻委員會
王世慶 1996 淡水河流域變遷史 中央研究院社科所
陳秋坤 1997 台灣古書契〈1717-1906〉 立虹出版社
柯志明 2001 番頭家——清代台灣族群政治與熟番地權 中央研究院社會所
戴寶村、溫振華 1998 淡水河流域變遷史 台北縣立文化中心
方　豪 1978 世界文明史14——殖民地時代 地球出版社

論文

杜正勝 1998 平埔族群風俗圖像資料考

李壬癸 1995 台灣北部平埔族的種類及其互動關係

林昌華 1995 殖民背景下的宣教

詹素娟 1998 Sanasai傳說圈的族群歷史圖像

詹素娟 1999 地域與社群——大台北地區原住民族的多群性

康培德 2002 十七世紀上半的馬賽人

劉益昌 1995 台灣北部沿海地區史前時代晚期文化之探討

劉益昌 1996 再談台灣北東部地區的族群分布

施添福 1991 紅線與藍線：清乾隆中葉台灣番界圖《台灣史田野研究通訊》

戴寶村 2006 八里坌正港與台北新港　第二屆「台北學」學術研討會

黃富三
方素娥 2006 關渡媽祖在北台的角色與定位　第二屆「台北學」學術研討會

尹章義 1982 台灣北部拓墾初期「通事」所扮演之角色及其功能《台北文獻》

九歌文庫 1096

台北四部曲第一部 水鄉

作者 莊華堂
責任編輯 莊琬華
發行人 蔡文甫
出版發行 九歌出版社有限公司
臺北市105八德路3段12巷57弄40號
電話／02-25776564・傳真／02-25789205
郵政劃撥／0112295-1
九歌文學網 www.chiuko.com.tw
印刷 晨捷印製股份有限公司
法律顧問 龍躍天律師・蕭雄淋律師・董安丹律師
初版 2011年（民國100年）8月
定價 350元

書號 F1096
ISBN 978-957-444-784-8
（缺頁、破損或裝訂錯誤，請寄回本公司更換）

財團法人｜國家文化藝術｜基金會 長篇小說創作發表專案補助

版權所有・翻印必究 Printed in Taiwan

國家圖書館出版品預行編目資料

水鄉 / 莊華堂著. – 初版. -- 臺北市：
九歌, 2011.08

面； 公分. -- (九歌文庫：1096)
(臺北四部曲 ; 1)

ISBN 978-957-444-784-8(平裝)

863.57 100014915

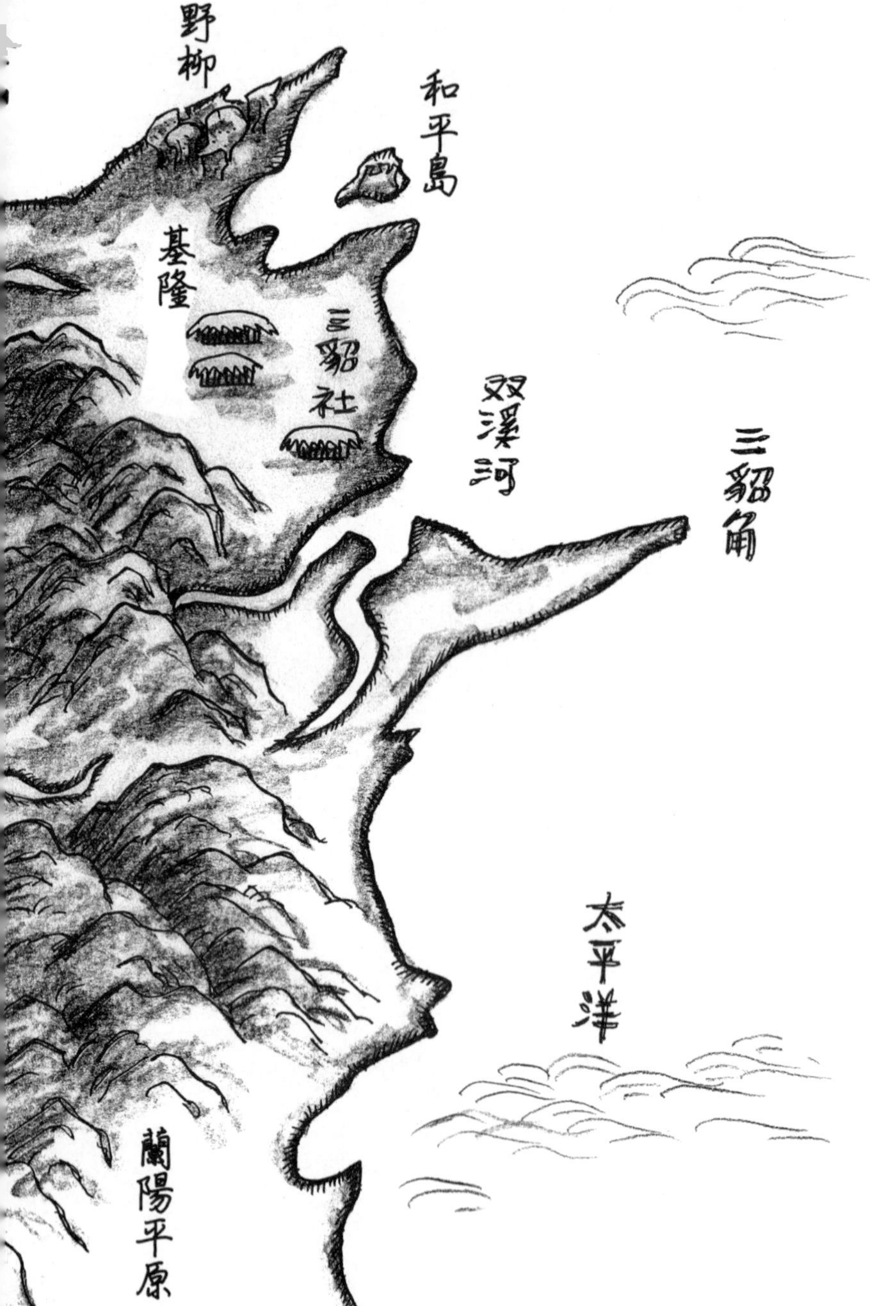
野柳
和平島
基隆
三貂社
双溪河
三貂角
太平洋
蘭陽平原

台灣海峽
小雞籠社
大屯山
七星山
淡水
石牌
關渡
八里
觀音山
大稻埕
龜山鄉
南崁
江子翠
大漢溪
板橋
永和
新
基
士